★ **1946-1950**
国共生死决战全纪录

晨 光 ◎ 著

重压双堆集

长城出版社

图书在版编目（CIP）数据

重压双堆集 / 晨光著. - 北京：长城出版社，2011.4
（国共生死决战全纪录丛书）
ISBN 978-7-5483-0064-9

Ⅰ.①重… Ⅱ.①晨… Ⅲ.①淮海战役（1948～1949）- 史料 Ⅳ.① E297.4

中国版本图书馆 CIP 数据核字（2011）第 058821 号

责任编辑 / 徐　华　萧　笛

重压双堆集

著　者 / 晨　光
图　片 / 解放军画报社授权出版　　gettyimages 授权出版
　　　　资深档案专家王铭石先生供稿
出　版 / 长城出版社
地　址 / 北京甘家口三里河路 40 号
邮　编 / 100037
电　话 / (010) 66817982　66817587
开　本 / 720×1000mm　1/16
字　数 / 240 千字
印　张 / 18 印张
印　刷 / 北京龙跃印务有限公司
版　次 / 2011 年 4 月第 1 版
印　次 / 2014 年 3 月第 2 次印刷

标准书号 / ISBN 978-7-5483-0064-9/E·995
定　价 / 49.80 元

重压双堆集 ○ 战事档案

解读国共生死大较量的历史
重温先辈们激情燃烧的岁月

战事档案

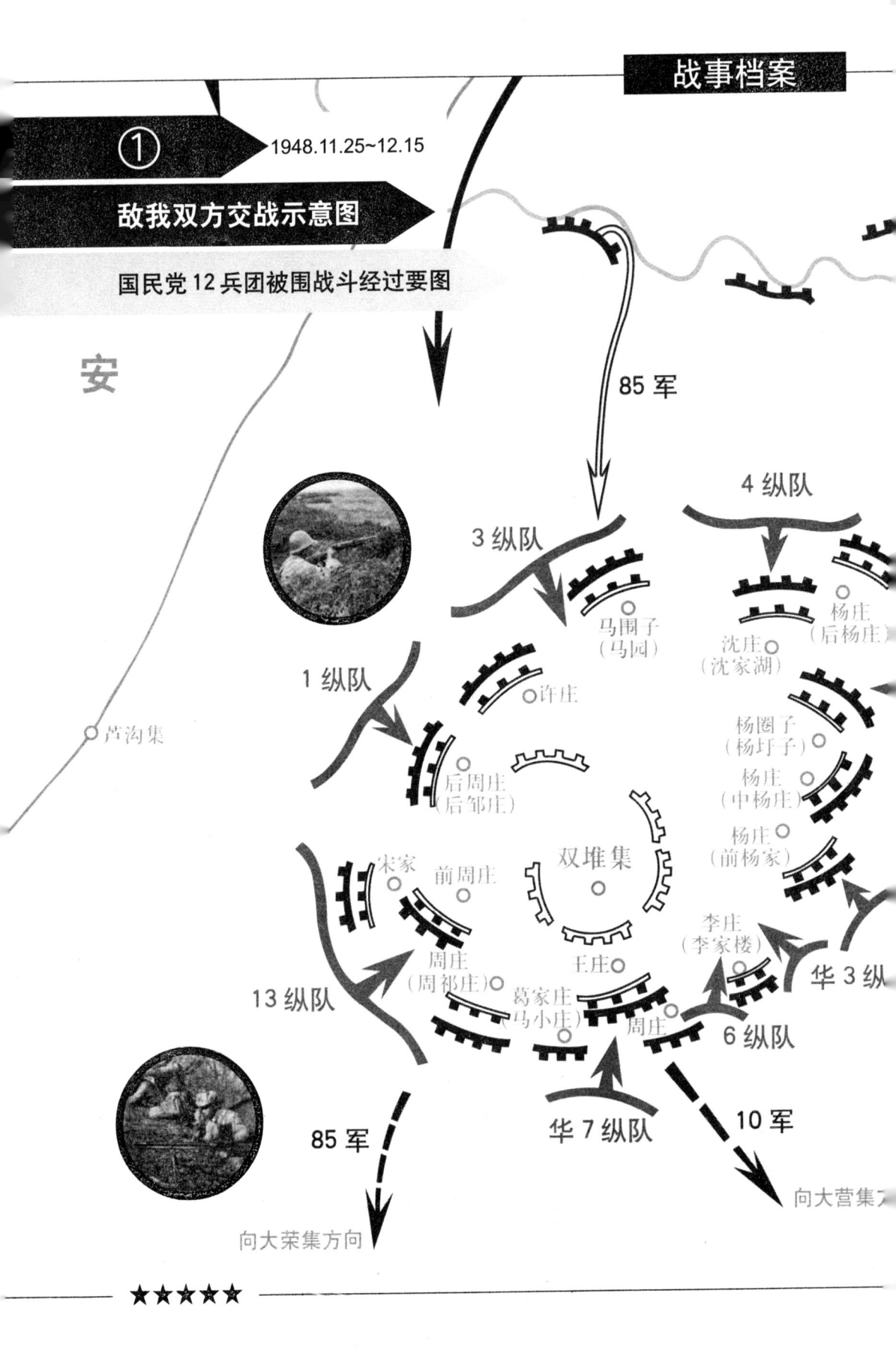

① 1948.11.25~12.15

敌我双方交战示意图

国民党12兵团被围战斗经过要图

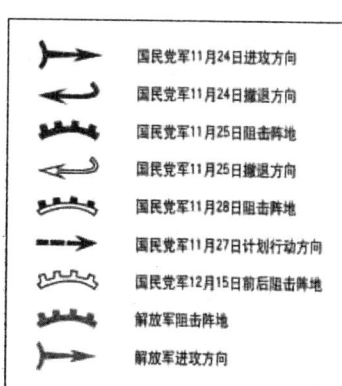

② 作战时间

1948年11月23日~12月15日

③ 作战地点

江苏徐州以南的双堆集地区

④ 敌我双方参战兵力

我军：
中原野战军7个纵队及2个旅，华东野战军第7纵队和特种兵纵队共9个纵队及地方武装。

敌军：
国民党军第12兵团所辖第10、第14、第18、第85军（含第4快速纵队）共计12万人。

⑤ 作战结果及意义

我军歼灭国民党军黄维第12兵团4个军部、11个整师（其中第110师师长廖运周率部起义），共计10万余人；生俘兵团司令官黄维，副司令官吴绍周。我军伤亡3万余人。双堆集作战是中原野战军在解放战争中所进行的规模最大、最激烈的围歼敌主力兵团的村落攻坚作战，创造了在部队转战消耗大、兵员不足、装备差的条件下勇胜强敌的奇迹。

图例：

- 国民党军11月24日进攻方向
- 国民党军11月24日撤退方向
- 国民党军11月25日阻击阵地
- 国民党军11月25日撤退方向
- 国民党军11月28日阻击阵地
- 国民党军11月27日计划行动方向
- 国民党军12月15日前后阻击阵地
- 解放军阻击阵地
- 解放军进攻方向

战事档案

⑥ 我军主要指挥官

中原野战军司令员刘伯承，政治委员邓小平，华东野战军司令员兼政治委员陈毅，华东野战军代司令员兼代政治委员粟裕，华东野战军副政治委员谭震林，中原野战军副政治委员邓子恢，中原野战军参谋长李达。

★ 刘伯承

★ 邓小平

★ 陈 毅

四川开县人。1912年考入重庆军政府将校学堂。北伐战争时期，任国民革命军四川各路总指挥、暂编第15军军长。1927年参加领导南昌起义，任中共前敌委员会参谋团参谋长。后留学苏联。1930年回国。土地革命战争时期，任中共中央长江局军委书记，中央革命军事委员会总参谋长兼中央纵队司令员，中央红军先遣队司令员，中革军委总参谋长，中央援西军司令员等职。参加了长征。抗日战争时期，任八路军129师师长。解放战争时期，任晋冀鲁豫军区司令员，中原军区司令员，第二野战军司令员等职。1955年被授予元帅军衔。

四川广安人。1920年赴法勤工俭学，1926年赴苏联中山大学学习，同年底奉命回国。1927年底至1928年夏，任中共中央秘书长。1929年10月底任中共广西前敌委员会书记，百色起义的主要领导人之一，亦是左右江革命根据地创始人之一。期间任红7军政治委员兼红8军政治委员。1933年调任红军总政治部秘书长。参加了长征。1934年再次出任中共中央秘书长。抗日战争时期，先后担任八路军政治部副主任，129师政治委员。解放战争时期，历任晋冀鲁豫军区政治委员，中共中央中原局第一书记，中原军区和中原野战军政治委员，第二野战军政治委员等职。

四川乐至人。1919年赴法勤工俭学。1921年回国。1927年参加了南昌起义，任第11军25师73团政治指导员。土地革命战争时期，任工农革命军第1师党代表，红军第4军12师党代表、师长，红4军军委书记、军政治部主任，红6军、红3军政治委员，红22军军长等职。领导了南方三年游击战争。抗日战争时期，历任新四军第1支队司令员，江南指挥部、苏北指挥部指挥，新四军代军长。解放战争时期，任新四军军长兼山东军区司令员，华东军区司令员，华东野战军司令员兼政治委员，第三野战军司令员兼政治委员。1955年被授予元帅军衔。

★ 谭震林

时任华东野战军副政治委员。

★ 粟 裕

湖南会同人。参加了南昌起义和湘南起义。土地革命战争时期，历任红4军参谋长，红一军团教导师政治委员，红11军参谋长，红七军团参谋长，红十军团参谋长，红军北上抗日先遣队参谋长，挺进师师长，闽浙军区司令员。坚持了南方三年游击战争。抗日战争时期，任新四军第2支队副司令员，新四军第1师师长兼政治委员，苏中军区、苏浙军区司令员兼政治委员。解放战争时期，任华中军区副司令员，华中野战军副司令员，华东野战军副司令员、代司令员、代政治委员，第三野战军副司令员。1955年被授予大将军衔。

★ 邓子恢

时任中原野战军副政治委员。

★ 李 达

时任中原野战军参谋长。1955年被授予上将军衔。

⑦ 敌军主要指挥官

国民党徐州"剿总"副总司令杜聿明，第12兵团司令黄维，副司令官胡琏。

★ 杜聿明　　　★ 黄维　　　★ 胡琏

陕西米脂人。国民党陆军中将。黄埔军校第一期毕业。参加过北伐战争和长城抗战。抗日战争爆发后，历任团长、师长、军长、中国远征军副司令长官等职，率部参加了淞沪、桂南会战。获昆仑关大捷并挥师缅甸。1945年10月任东北保安司令官，指挥所部进攻东北解放区。1948年8月任徐州"剿总"副总司令，率部参加淮海战役。

江西贵溪人。国民党陆军中将。黄埔军校第一期毕业。北伐战争期间，历任国民革命军营长、团长。1934年7月，任第11师师长。抗战时期，任第18军第67师师长，54军军长等职。1947年，任国防部联勤总部副总司令。1948年出任第12兵团司令。淮海战役中所部被解放军全歼，其本人亦被解放军生俘。

陕西华县人。国民党陆军一级上将。黄埔军校第四期毕业。1933年8月，任国民党军第11师66团团长。抗战时期，历任67师199旅旅长，第18军第11师副师长，第11师师长，第18军副军长、军长。1946年夏，任整编11师师长，1947年任整编第18军军长，1948年，任12兵团副司令。所部在淮海战役中被解放军全歼。后任12兵团司令驻守金门。

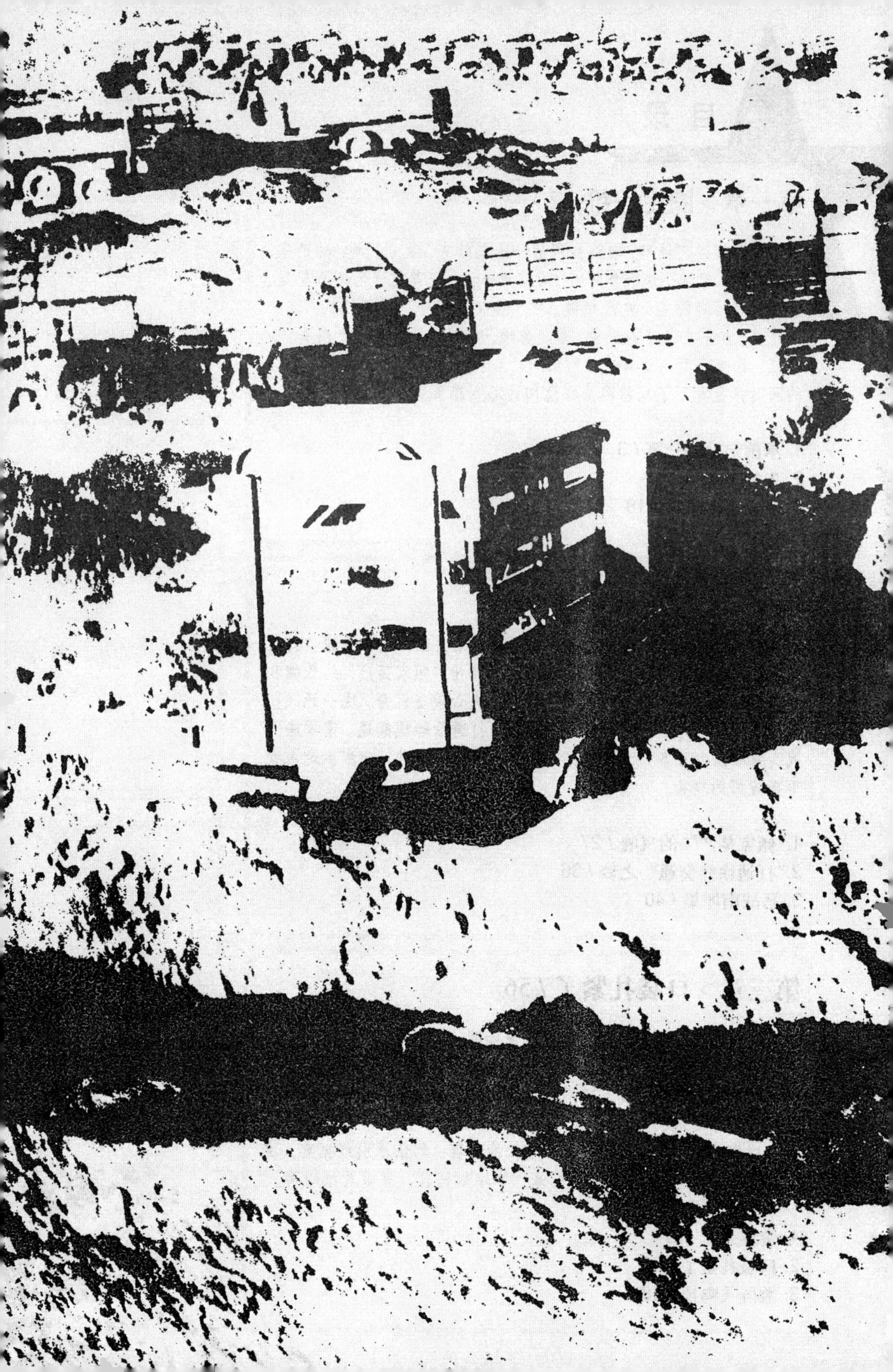

目 录

第一章 > 圈定黄维 / 2

黄百韬兵团被歼,淮海战役第一阶段结束。敌分三块:邱清泉、李弥一块,黄维一块,李延年、刘汝明一块。究竟打谁?颇费思量。西柏坡与淮海前线,电报频频。在千变万化之中,捕捉战机。战争的较量,首先在谋略的较量。圈定黄维,胜利的入场券已经在手。小李庄,因战争而名垂青史。刘伯承、陈毅、邓小平在指挥千军万马的同时,也写下了兄弟般情深意切的动人篇章。

1. 承前启后的一笔 / 3
2. 先打黄维 / 6
3. 浓情小李家村 / 18

第二章 > 首战南坪集 / 26

面对国民党军"五大主力"之一的黄维兵团,刘伯承说:打黄维好比"瘦狗拉硬屎",邓小平说:必须拿出"倾家荡产"的气魄和"拼老命"的精神;各路英豪纷纷表示:决心破釜沉舟,决一死战!徐州是退是守?蒋介石企图南北夹击,打通徐蚌线交通。南坪集一战,陈赓以少胜多,诱敌深入。黄维兵团孤军突进,一步步走入我军布置好的口袋。

1. "倾家荡产"的气魄 / 27
2. "打通徐蚌交通"之梦 / 36
3. 恶战南坪集 / 40

第三章 > 口袋扎紧了 / 56

人民解放军大军云集,布下天罗地网。
黄维前路被堵,后路被断,梦醒后企图逃跑,可惜为时已晚。
我军多路出击,敌人猝不及防,方寸大乱,被紧紧包围在双堆集这个方寸之地。
口袋已经扎紧,邓小平露出轻松的笑容。刘伯承引经据典,决定"围而不阙"。毛泽东轻挥纤毫,字字如匕首,直戳黄维心窝。

1. 黄维入套 / 57
2. 口袋扎紧了 / 60
3. 敌阵飞鸣镝 / 68

第四章 > 定时炸弹爆炸了 / 78

　　黄维四路突进，准备突围，引发了一颗埋在敌人内部的定时炸弹。
　　长期潜伏于虎穴的廖运周胆大心细，抓住时机，细致周密。
　　天不怕地不怕的王近山也有紧张的时刻。尽管一波三折，终究有惊无险。
　　廖运周起义，同何基沣、张克侠起义一样，加速了敌人灭亡的进程。黄维的突围计划，由此惨遭失败。

1. 黄维的突围梦 / 79
2. 王近山为难了 / 83
3. "定时炸弹" 廖运周 / 91
4. 大雾散尽是晴天 / 95

第五章 > 粟裕最紧张的时刻 / 106

　　淮海大地形成三个战场：围攻黄维的战斗，正在激烈地进行；钳制、阻击徐州之敌南犯和蚌埠之敌北进的任务压在了粟裕的肩头。三个战场，一副棋局，战局瞬息万变，摆阵布兵，不容丝毫闪失。粟裕7天7夜不能入睡。南犯之敌，杀气腾腾，北进之敌，跃跃欲试，战场犬牙交错，成拉锯之势。拼得一身血，不让敌寸步！大地颤抖，河山失色！

1. 粟裕7昼夜不能入睡 / 107
2. 徐南三路阻击 / 112
3. 要想吃肉就得啃骨头 / 116
4. 誓与阵地共存亡 / 119
5. 不让李、刘靠近黄维 / 129

目 录

第六章 > 压缩、再压缩 / 138

被困的黄维决不甘于坐以待毙，蒋介石频频打气，令其死守待援。在绝望中挣扎的黄维困兽犹斗，采用所谓的"硬核桃战术"，扬言要使我军"啃掉牙撑破肚子"。我军打得颇为吃力，冲锋频频受挫，伤亡增大。总前委审时度势：解决黄维已经不能速战速决，硬仗巧仗相得益彰……

1. "死守"和"守死" / 139
2. 面对"硬核桃" / 145
3. 束紧捆猪的绳子 / 149
4. 特大威力"飞雷炮" / 158

第七章 > 蒋介石的棋局和棋子 / 168

黄维告急！蒋介石已经到了无兵可调、无将可遣的地步，加上白崇禧从中作梗，所谓"调兵"，几成儿戏。杯水车薪的空投行动也快到了山穷水尽的地步。胡琏出马，往来于双堆集和南京之间，换回的也就是委员长一顿"最后的晚餐"。双堆集成了死亡之地，笼罩在悲观绝望之中。蒋介石黔驴技穷，连出臭棋，黄维难救，杜聿明又被围。

1. "小诸葛"的算盘珠 / 169
2. 胡琏出马 / 174
3. 双堆集困境 / 179
4. 吃一个，夹一个，看一个 / 184

第八章 > 剥光"硬核桃"的外壳 / 190

12月6日，对黄维兵团总攻的炮声怒吼了。中原野战军的精兵强将组成东、西、南三个攻击集团，从三个方向向敌人展开猛攻。在我军凌厉的攻势面前，李围子、沈庄、杨围子、张围子、马围子、李土楼、小周庄……敌人盘踞的一个个据点纷纷被攻克，死硬顽抗的敌军死伤枕藉……

1. 是该摊牌的时候了 / 191
2. 陈赓的"威风仗" / 200
3. 秦基伟狠吃"青年团" / 206
4. 西集团的"剥皮"战斗 / 212

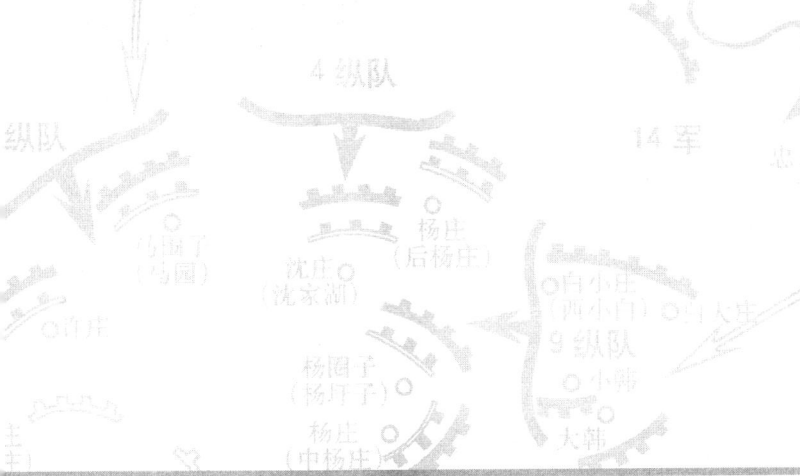

第九章 > 跳动的音符 / 220

　　一场伟大的战役，如同一曲波澜壮阔的大合唱。如同任何一曲大合唱都是由一个一个跳动的音符组成一样，围歼黄维的战斗，也是由一个又一个的具体细节组成的。对此，我军著名的《孙子兵法》研究专家、时任中野第1纵队政治部主任的姜思毅等同志都有生动的记述。
　　那么，让我们稍微停顿下来，来领略一下来自那场战场的一个一个动人细节吧。

1. "加油之战" / 221
2. 战壕政治工作 / 223
3. 火线政治攻势 / 229
4. 战场上的炊事兵 / 234
5. 小竹棍、独轮车们记载的历史 / 238

第十章 > 直捣双堆集 / 246

　　黄维的残兵败将困守着残缺不全的少数据点，罪恶的毒气计划也挽救不了行将灭亡的命运。是彻底端掉双堆集的时候了！大炮轰鸣，人喊马嘶，硝烟弥漫。战功赫赫的"洛阳营"、"襄阳营"并肩冲锋在前。
　　黄维的所谓突围，只不过是四散逃命，上下如无头苍蝇，到处乱撞，个个失魂落魄，丑态百出。

1. "最后通牒" / 247
2. 英雄营合击"威武团" / 252
3. 逃跑与覆没 / 259
4. 总前委留影 / 266

第一章

圈定黄维

∧ 解放战争时期，任中央军委副主席兼代总参谋长的周恩来。

黄百韬兵团被歼，淮海战役第一阶段结束。敌分三块：邱清泉、李弥一块，黄维一块，李延年、刘汝明一块。究竟打谁？颇费思量。

西柏坡与淮海前线，电报频频。在千变万化之中，捕捉战机。战争的较量，首先在谋略的较量。圈定黄维，胜利的入场券已经在手。小李庄，因战争而名垂青史。

刘伯承、陈毅、邓小平在指挥千军万马的同时，也写下了兄弟般情深意切的动人篇章。

1. 承前启后的一笔

1948年11月22日，夜色迷茫之中，徐州以东碾庄圩大院上的一座茅屋旁边，随着一声枪响，国民党徐州"剿总"第7兵团司令长官黄百韬毙命沙场。黄百韬兵团全部被歼灭，淮海战役第一阶段的胜利结束。

西柏坡，又是一个忙碌的夜晚，周恩来手持一份电报，匆匆走进毛泽东的办公室。

"主席，好消息，粟裕来电，黄百韬兵团全部被歼灭，黄百韬毙命。碾庄圩这颗钉子总算拔掉了。"

"歼灭黄百韬兵团的10个师，这可是一个伟大的胜利啊。"毛泽东兴奋地说。

朱德、刘少奇、任弼时等领导同志，同往常一样，此时也陆续来到了毛泽东的住处，听到淮海战役第一阶段胜利的消息，脸上都泛出了红光。

毛泽东站起身来，点燃一支香烟，一边在屋子里来回走动，一边说："从11月7日到22日，16天的时间，粟裕他们就消灭了刘峙系统正规军的15个整师，加上何基沣、张克侠起义的3个师，就是18个师，这同我们在战役发起前的估计是吻合的。同时，给邱清泉、李弥、孙元良、刘汝明4个兵团以相当的打击，占领了徐州以南、以东、以北、以西广大地区，隔断了敌人徐州、蚌埠之间的联系，使徐州处于孤立的地位。这个胜利更伟大。粟裕是立了头功的。"

何基沣 ━━━━━━━━━━━━━━━━━━━━━━━━━━━━━━━━━▲━

河北藁城人。保定军校毕业。曾任西北军110旅旅长，参加长城抗战。1937年指挥所部在北平近郊卢沟桥地区奋起抵抗日军进攻，打响全面抗战的第一枪。1939年初，加入中国共产党后在原部队从事秘密工作。1940年，任国民党军第77军军长，徐州第三"绥靖"区副司令等职。1948年，在淮海战役中，率部在贾汪、台儿庄防地起义。1949年，任第三野战军第34军军长。

"是啊,歼灭黄百韬兵团,消灭敌人18个师,这在我们的预料之内,但是,对隔断徐州、蚌埠之间的联系,使敌人完全孤立,这点,我们当初是不敢估计的。粟裕他们,完全是超额完成了任务的。"周恩来接过话头说。

"关键是攻克了宿县这招棋,是狠棋。粟裕、陈毅他们会合攻下宿县,徐州就是孤城一座了,这一点的意义和作用,怎么估计都不会过分。"朱德接着说。

"这是主观原因,客观上是敌人只有某种程度的防御能力,而很少有攻击能力。对于前者,决不可轻视;对于后者,必须有充分的认识。"毛泽东说。

"对,充分认识这一点,对淮海前线打好下面的仗,是非常重要的。"周恩来说。

对于毛泽东他们来说,吃掉黄百韬,仅仅是胜利的开端,无须过早地沉浸在胜利的喜悦中。关键是如何打好第二仗、第三仗,特别是承前启后的第二仗。

"贺电还是由我来起草吧。"毛泽东说。

胜利是明摆着的,无须多说,取得胜利的原因也是清楚的,也无须多说。几笔带过后,毛泽东的笔端切入战役第二阶段:

敌人8个兵团,一个起义(何、张),一个被歼(黄百韬),四个受了相当打击,北面邱(清泉)、李(弥)、孙(元良)南面黄(维)、刘(汝明)、李(延年)已被我分割为二,敌人士气将有进一步衰落。你们及各级干部,必须认识这一伟大胜利的重大意义,并向战士进行教育,这是一方面。但是,同时必须认识敌人主力邱清泉、李弥、黄维三兵团

∧ 淮海战役中,率部起义的国民党军第三"绥靖"区副司令何基沣。

∧ 毛泽东、周恩来在西柏坡指挥人民解放军进行战略决战。

及李延年兵团中的一个军（从葫芦岛调来的54军），在防守方面尚有相当顽强的战斗力，敌直接与你们作战的66个师（冯治安4个、黄百韬10个、邱清泉10个、李弥7个、孙元良4个、黄维11个、刘汝明6个、李延年9个、刘峙直辖5个）中，除被歼者外，尚有50个师左右。这个敌人是可以消灭的。但是，必须准备给予全战役以3个月至5个月时间；必须准备以几个作战阶段（你们已完成了第一个作战阶段），去取得全战役胜利；必须准备全军部队及民夫130万人左右，3个月至5个月的粮食、草料、弹药，10万至20万伤员的医治；必须争取全军各部队在全战役所需时间中，有1/2以上时间的休息整补，务使士气旺盛，精力饱满；对于兵员，必须实行随战随补、随补随战的方针；对于人民，必须实行耕战互助的方针；在战术方面，必须不是依靠急袭，而是依靠充分的侦察和技术准备（近迫作业，步

国民党第三"绥靖"区司令冯治安

河北故城人，国民党陆军中将。1930年，率所部第11军参加中原大战。战后，出任宋哲元所部第37师师长。1932年任察哈尔省警备司令。1933年，率部参加长城抗战。1937年7月7日，下令所部吉星文团在卢沟桥地区坚决抵抗日军进攻。抗日战争期间，先后出任第77军军长，第19军团军团长，第33集团军司令等职。抗战胜利后，出任第三"绥靖"区司令，后去台湾。

炮协同等）去取得成功；必须对我军及居民进行充分的政治工作；对于敌军进行猛烈的、有效的政治攻势，对于刘汝明等部则进行内部策反工作。只要你们注意了和完成了这些条件，你们就有可能取得这一具有全国意义的伟大战役的胜利。

只在一种情况下，可能使你们离开现地区另寻作战机会，即南面黄维、刘汝明、李延年暂时停止不进，又未受到你们的严重歼灭打击，蒋介石为救出邱、李、孙各兵团，重新部署江防，保卫沪宁之目的，将桂系各军及平津蒋系各军调至蚌埠，向北打通徐、蚌，接出徐敌。如果蒋介石这样做，他将丢掉平津并使武汉及长江中游暴露于我军面前，对于国民党是很危险的。敌人是否这样做，时间上是否来得及，短时期内即可看清楚。对于我们，最有利的是以现态势各个歼灭当面之敌，我们应力争这一招。如果我们能在第二阶段中大量地歼灭南面敌人，即使敌人这样做，我们亦有可能实行原定计划。"

电报的末尾，毛泽东发出号召：

望华野、中野全军，在刘、陈、邓、粟、谭五人总前委（邓为书记）统一领导之下，争取新的大胜利。

电报是发给总前委及陈士榘、张震、王建安、韦国清、吉洛（姬鹏飞）并转各纵队，并华东局、中原局、豫皖苏分局、华中工委的。在受电范围这样大的电报中，毛泽东特意再提邓小平为总前委书记，其用意不言自明。因为，毛泽东深深知道，下一步，华野和中野不管打谁，都是硬碰硬的仗，必须有强硬的拳头，而强硬拳头的形成，必须手指紧紧并拢，这一切，又必须有一个强有力的核心。

2. 先打黄维

中央军委决定成立淮海战役总前委时，便赋予刘伯承、陈毅、邓小平三人常委临机处置一切的权力。他们深深懂得，这不仅是信任，更是责任，担子不轻哟！

总前委成立后,即由永城移至安徽濉溪县临涣集,距离前线更近了。

那么,下一步究竟先打谁最有利?刘伯承、陈毅、邓小平不约而同地来到作战室,面对红红蓝蓝的标记,分析着,筹划着。

黄百韬兵团被我华野围在碾庄圩后,蒋介石作出了如下部署:令杜聿明指挥邱清泉的第2兵团、李弥的第13兵团由徐州沿陇海路东援黄百韬;令孙元良的第16兵团由宿县撤到徐州;令李延年的第6兵团和刘汝明的第8兵团分别由蚌埠地区北上徐州;令黄维的第12兵团由驻马店、确山地区向徐州方向东进。蒋介石把他在徐州地区的所有兵力都投向徐州,企图很明显,就是在解黄百韬之围后,同华野、中野两大野战军决战一场。

然而,事与愿违,蒋介石的如意算盘却落了空。黄百韬全军覆

国民党军第2兵团 ▲

国民党中央军嫡系主力兵团。组建于1948年初,最初番号为整编第5军,邱清泉任该军军长。下辖第5、第70、第75师,主要作战地域为豫皖苏、鲁西南和豫东地区。1948年9月,整编第5军扩编为第2兵团,增编了整编第83师、整编第112旅、新编第21旅和骑兵第1旅,由杜聿明任司令。10月,邱清泉继任司令,故又称邱清泉兵团。在淮海战役第三阶段,该兵团被全歼。

没;杜聿明率领的邱清泉、李弥、孙元良3个兵团,被我华东野战军阻击在徐州及其周围地区;李延年、刘汝明两个兵团,被中原野战军阻击在固镇以南与蚌埠地区;黄维兵团在进至宿县西南的南坪集地区时,遭到中原野战军顽强阻击,北进不成,东进不能。

敌人陷于被动地位。我军必须作出选择。

选择,需要时机,选择,需要有个瓜熟蒂落的过程。

那就让我们回过头来,循着时间的轨迹,从战役开始讲起。

1948年11月6日,淮海战役打响了第一枪。8日,国民党第三"绥靖"区副司令长官、中共秘密党员何基沣、张克侠率1.3万人起义;同日,黄维兵团从河南确山开始向徐州方向开进。11日,我华野主力将黄百韬兵团包围在碾庄圩地区。12日,杜聿明指挥邱清泉、李弥两兵团由徐州东援黄百韬,李延年、刘汝明兵团分别北上徐州,摆开了与我军决战的架势。

这期间的11月7日,毛泽东就战役第一、第二仗的歼敌任务致电华东、中原两大野战军领导人:

第一仗估计需要10天左右时间,力争歼灭黄百韬10个师(包括44师),李弥一个至两个师,冯治安4个师(包括可能起义者在内),刘汝明6个师(包括可能起义者在内),以上共计21个至22个师。如能达成此项任务,整个形势即将改变,你们及陈邓即有可能向徐蚌追近,那时蒋介石可能将徐州及其附近的兵力撤至蚌埠以南。如果敌人不撤,我们即可打第二仗,歼灭黄维、孙元良,使徐州之敌完全孤立起来。"

这时,毛泽东和粟裕同时估计到,歼灭黄百韬兵团的任务10天可以完成,而奉命东进的黄维兵团10天内很难赶到徐州。

根据国民党军部署的变化和我华东野战军作战进程的发展,11月11日,毛泽东给刘伯承、陈毅、邓小平、粟裕等发电,指出:

只要你们歼灭黄百韬、孙元良两兵团,占领宿县及徐蚌段铁路,徐州就处于被我包围中,就可以准备第二步歼灭邱、李,夺取徐州……在黄、孙被歼,邱、李被围的情况下,蒋介石有令邱、李向南或向西突围而令黄维接应他们突围之极大可能。因此,在歼灭黄百韬、孙元良后,粟陈张谭王李所部,除以一部位于徐州以东外,主力应迅速移至以宿县为中心之徐蚌路及其两侧。中原我军及华野三广两纵,则应待粟谭到达徐蚌路后,迅速移至永城、商丘之间,隔断黄维与邱、李之联系,完成攻徐作战之战略展开。

无论是华东野战军的粟裕、谭震林、陈士榘、张震,还是中原野战军的刘伯承、陈毅、邓小平,都完全领会毛泽东和中央军委的战略意图,积极拥护这一战略设想,并

∨ 淮海战役中,国民党军何基沣、张克侠率部起义后,起义部队开往解放区。

依据这一意图调整部署,以造成歼灭黄百韬兵团后继续歼灭邱清泉、李弥兵团的形势。

11月14日,刘伯承、陈毅、邓小平致电中央军委,表示:

如果歼灭黄百韬作战,既需时日而又因华野各部已较疲劳,需要增加生力军,用以歼击邱、李兵团,则宜以4、3、广纵全力归粟裕指挥,加入徐东作战。我们率1、2、3、6、9等纵负责阻击黄维,以保证徐东主力作战胜利。

11月14日,黄维兵团进至太和、阜阳地区。

刘伯承、陈毅、邓小平立即致电中央军委,认为,黄维兵团下一步行动有"三种可能,一是暂停观变,然后决定行动;二是出亳州、涡阳向永城,或出涡阳、蒙城向宿县;三是东开蚌埠掩护南京。"提出了三个应对方案:第一,"如敌出永城或宿县,我以集中1、2、3、4、6、9及华野3、广共8个纵队,歼击黄维为上策。因为黄维在远道疲惫,脱离后方之运动中,只先来3个军7个师,其中强师只有3个;我军也能适时。如能实行此方案,必须华野3天内即铣(11月16日)以前消灭黄百韬3个军以上,使华野能够抽出3个纵接替陈谢4纵及华野3、广纵之任务,或现在就有余力能够接替,以便我们及时抽调这3个纵队作战。"第二,"如华野一时尚难歼灭黄百韬主力,而我们又不能不以4、3、广纵拉住邱孙两兵团,则只能以1、2、3、6、9五个纵队除留一部于宿县外,全部担任阻击黄维之任务,以待华野全部消灭黄兵团,再定行动。"第三,"如黄维暂在阜(阳)、太(和)等85军,我则监视之。如黄维移蚌埠,我则仅以一部扭敌,2、6等纵主力移至蒙城地区待机。"表示:"我一切须俟华野战况决定"。

刘伯承、陈毅、邓小平和中央军委、毛泽东想到了一块。

11月15日,毛泽东发电给他们并粟裕、谭震林:

我们和你们在基本方针上是一致的,需待黄兵团歼灭以后,依邱清泉、李弥、黄维三部的情况,才能决定作战方针。

此时,徐东阻击邱清泉、李弥兵团的作战和围歼黄百韬兵团的战斗正在最紧张的时候。邱清泉、李弥兵团在华野的顽强阻击下,进展缓慢，解决黄百韬兵团尚待时日。

毛泽东指出：

根据上述情况，我诱邱、李东进，断其后路之计划，恐不一定能实现。黄兵团被歼后，邱、李缩回徐州的可能性是很大的。黄维在阜阳观望形势，或到蒙城观望形势，或到蚌埠巩固其后方的可能性也很大……总之，一切须待粟谭歼灭黄百韬，你们歼灭宿县之敌以后，依情况变化，才能决定下一步作战方针。如果那时邱、李缩回徐州，黄维开到蚌埠，两处均不好打，则可给我以短暂的休息机会也是好的。惟目前华野仍应争取于歼灭黄兵团以后，再打邱、李，你们于攻克宿县以后，如果刘汝明部在固镇，则应争取再歼刘部。

11月16日，中野攻克宿县。

11月17日，华野徐东阻援部队主动后撤，诱邱、李兵团深入，准备在大许家地区歼其一部。刘峙、杜聿明误以为华野全线退却，下令进击。

11月18日，黄维兵团的先头部队到达蒙城。中野第1、2、6纵在蒙城以北地区进行阻击。

期间，刘汝明、李延年两兵团也正向北进。

18日晚24时，毛泽东发电给刘伯承、陈毅、邓小平和粟裕、谭震林，指出，在取

< 淮海战役中，曾任国民党徐州"剿总"副总司令兼第九"绥靖"区司令的李延年。

国民党徐州"剿总"副总司令李延年

山东广饶人，国民党陆军中将。黄埔军校第一期毕业。曾任国民党军第2师副师长，第9师师长，驻闽"绥靖"第三区司令官等职。抗战爆发后，任第十一军团军团长，第34集团军司令等职。抗战胜利后，任徐州"绥靖"公署副主任，第1兵团副司令，徐州"剿总"副总司令兼第九"绥靖"区司令，京沪杭警备副总司令兼第6兵团司令等职。1949年后去台湾。

> 1948年11月15日，中原野战军攻克战略重镇——宿县，这是被我军夺取后的宿县城一角。

得歼灭黄百韬兵团第二个大胜利之后，"如能精心组织战斗，再歼邱、李四五个师，打得邱、李不能动弹，则将是第三个大胜利。"

刘伯承、陈毅、邓小平于11月19日9时发电给中央军委并粟裕、陈士榘、张震，电报说：

综合我当面之敌有黄维11个师（54军未计入）。我们的打法须从整个会战和三五个月时间着眼，如华野能于哿（11月20日）夜以前解决黄百韬，战局即可过关。届时如果已将邱、李包围，自应继续歼击。如果邱、李缩进徐州，或仅包围一部，则我应歼灭其已包围之部，主力位于徐州以南、以东休息，抽出四五个纵队，协同我们歼击黄维、李延年运动之敌，而后攻击徐州。如果于歼黄百韬后，以七八个纵队钳制邱、李，以六七个纵队先打黄维、李延年，似为上策。

以我们现有6个纵队，单独对付两路大军困难颇多。如取正面防御，必须分散兵力，不能歼敌，且仍有一路透过增援徐州之危险。如果采取机动作战，不受保障徐州作战之限制，则可逐个歼敌，但对粟陈张作战不无影响。如果实行钳制黄维，打李延年5个军，至少须5个纵队，但以一个至两个纵队防御黄维均无把握。依我军态势，如李延年沿津浦东侧急进很不顺手，故我们仍拟以9纵与李、刘5个军周旋，集中五个纵队，先歼黄维一两个军，再协同华野对付李延年。实行此方案，必须粟陈张对李延年预有处置。是否妥当，请军委速示，粟陈张提出意见。"

与刘伯承、陈毅、邓小平发出此报差不多同时，10时，毛泽东致电粟裕、谭震林并告刘伯承、陈毅、邓小平，指出：

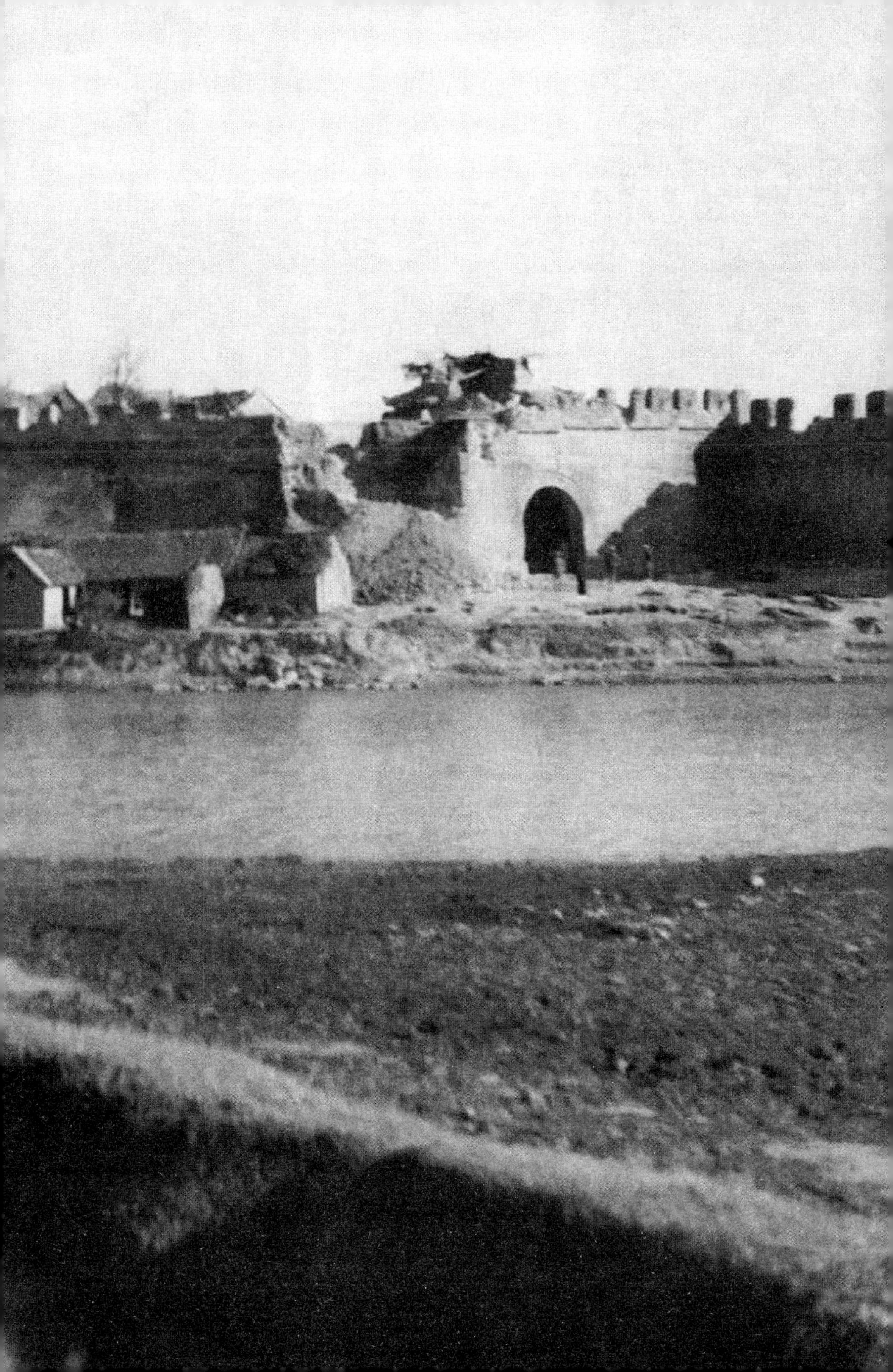

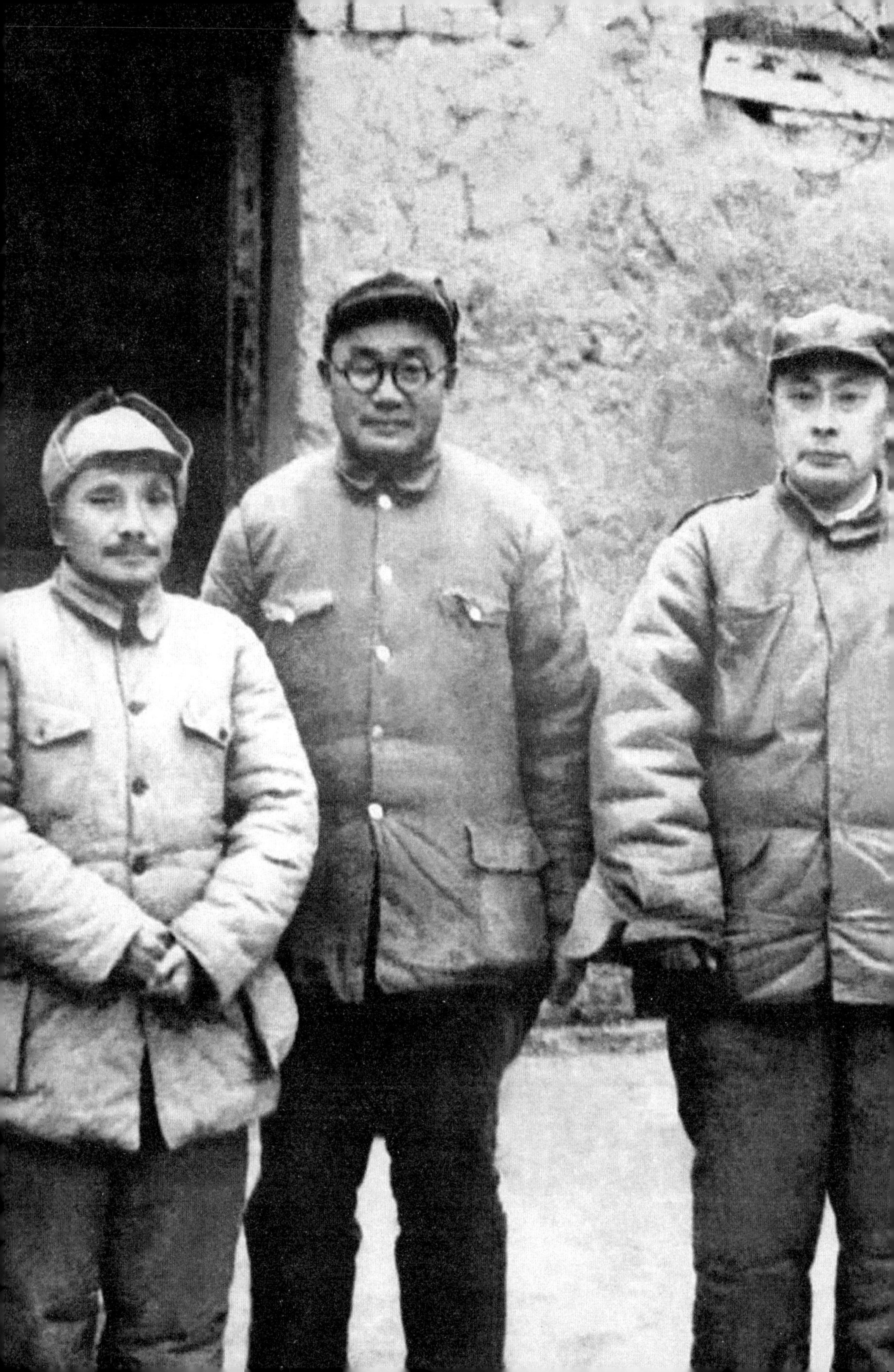

现刘峙依靠黄维（10个师）、李延年（在54军未到前是4个师）北上救命，我们觉得中野集中3、4纵及叶飞1纵，歼灭李延年兵团于宿县以东地区，是极关重要的一招。李延年歼灭后，即可续歼刘汝明，则黄维更陷孤立。

几天来，刘伯承、陈毅、邓小平对淮海战场的形势进行了反复慎重的分析研究。随着战事的推进，他们越来越感到，歼灭黄百韬兵团后，下一步究竟打谁更有利，还需要进一步权衡利弊，思之再三。战役发展到了重大转折关头，选择最有利的攻击方向，往往是决定成败的关键所在。目前，至少三种预案摆在他们面前：一是诱歼北线邱清泉、李弥兵团，二是围歼南线黄维兵团，三是割歼由固镇北进的李延年兵团。他们已经向军委提出打黄维的初步设想。那么，打黄维究竟有多少充足的理由呢？

他们又一次站在地图前，对已经烂熟于心的敌我态势进行仔细查对。围歼黄百韬的战斗已经进行了12个昼夜，华东野战军用上了攻坚能力最强的6个纵队，还不能够结束战斗，已经相当疲劳了，如果接着去打战斗力不比黄百韬差的邱清泉、李弥两个兵团，很难达到预期目的。从中原野战军的兵力看，阻击黄维、李延年、刘汝明三个兵团的两路推进，困难极大。如果北线不能速决，南线阻援又没有绝对的把握，两大野战军就都会陷入被动局面。

56岁的刘伯承，举轻若重，审慎周密，多谋善断。他历来强调，制定作战部署，必须依据任务、敌情、我情、时间、地点来决定。他有一句口头禅是："五行不定，输得干干净净。"

小刘伯承12岁的邓小平，举重若轻，行事果断，作风干练，干事实，不搞虚套子。认准的事情，他会一往无前地走下去，决不回头。

48岁的陈毅，潇洒豪爽，能文能武，胸怀博大，幽默风趣。那种泰山压头不弯腰的性格，往往给人以信心和力量。

这是绝配！三个四川老乡，三种性格互补互促。毛泽东可谓慧眼识金，用人有方。

有必要再发一份电报给军委和粟裕他们，进一步说明打黄维的理由。总前委成立的第二天17时，电报发出：

< 淮海战役期间的邓小平、刘伯承、陈毅（左起）。

军委，粟、谭、张：

军委巧（18日）24时电，粟谭张巧21时电均悉。

一、我们决心先打黄维的理由，已详皓（19日）9时电。

二、徐东作战，据我们观察，歼黄百韬兵团使用了华野6个较能攻坚的纵队，历时已12个昼夜尚未解决战斗。如再以其余部队，其中只有两三个较能攻坚纵队，加以部队必已相当疲惫，刀锋似已略形钝挫，以之歼击较黄为强的邱、李诚非易事。我们认为徐海作战必须从三五个月着眼，必须分作三四个战役阶段，每阶段都需要有休息、整补俘兵，才能保证必胜。因此，在目前情况下，特别是李延年、黄维北进的条件下，最好力争迅速歼灭黄百韬，尔后即将主力集中于徐东、徐南，监视邱、李、孙三兵团，争取休息十天半月，同时以尚未使用之5个纵队或3个纵队用于南线，协同我们歼灭黄维、李延年，这个步骤最为稳妥。如我们不这样，过低估计本身困难，而在南线又无保障两路大敌不北进的情况下（我们6个纵队，除4纵外均6个团，9纵只有5个团，平均每纵不到两万人，炮兵很弱，故只能用于一处），马上打邱、李，既无胜利把握，且可能陷入被动。如何，请考虑。

刘陈邓
皓17时

西柏坡与淮海战役总前委之间，电报频频。

11月19日至20日，毛泽东给中原、华东两野战军领导人一连发了三份电报。

11月19日17时，毛泽东发电给刘伯承、陈毅、邓小平、粟裕、陈士榘、张震并告谭震林、王建安：

倾接粟陈张巧（18日）21时电，已知华野全军用于北线打黄、邱、李，目前不能分兵协力中野打南线之敌。应即照粟陈张部署实施。请刘陈邓适当应付南线之敌。但请粟陈张注意对邱、李各军不要打得太多，以先歼一部为宜。

11月19日19时，毛泽东发电给刘伯承、陈毅、邓小平并粟裕、陈士榘、张震告谭震林、王建安：

我们18日24时电和19日10时电的基本方针是和刘陈邓大体上一致的。本日下午接粟陈张18日21时电以华野全军使用于北线邱、李、孙（我们几天前亦有此主张），并且已经部署好，所以我们于本日下午复电又认为可以按照粟陈张部署实行，而将对付南线黄（维）、刘（汝明）、李（延年）全责委托刘陈邓。现接刘陈邓19日

9时电,知刘陈邓以主力歼击黄维,以一个纵队对付刘汝明而无力顾及李延年,在此中情况下,粟陈张方面必须将对邱、李、孙之作战,在目前短期内,只限制于歼敌四五个师的范围,以便抽出必要兵力对付李延年。

11月20日20时,毛泽东发电给粟裕、陈士榘、张震并告谭震林、王建安、刘伯承、陈毅、邓小平:

中野决定打黄维。对李延年兵团须由你们负完全责任,中野无法派兵。

11月20日亥时,粟裕、陈士榘、张震向刘伯承、陈毅、邓小平并报军委、华东局报告了华野协同中野歼击黄维、李延年两兵团的部署:

黄百韬被全歼后,估计邱、李兵团有收缩徐州附近之外围守备,和待机配合黄维、李延年南北、西南以宿县为中心对进,以图打通津浦线联系之极大可能。我原拟在7兵团未解决,邱、李积极东援情况下,争取分割包围歼其一部(2至3个师),但目前已不可能。我们完全同意刘陈邓指示,抽出4至5个纵队,必要时还可增加3个纵队,协同中野歼击黄维、李延年"。

11月21日晨5时,毛泽东致电粟裕、陈士榘、张震,明确了"华野今后一个时期的主要任务是歼灭李延年"。"只要李延年被歼,战局便可改观"。

很明显,毛泽东已经改变了原来集中华东野战军主要兵力在北线打邱清泉、李弥、孙元良三个兵团和在南线集中中原野战军主力打黄维、李延年、刘汝明三个兵团的设想,而同意在战役的第二阶段将华东、中原两大野战军的主要力量集中在南线,歼灭黄维兵团或者李延年兵团。

战场态势变化明显。

11月22日,黄百韬被歼。正在向北推进的李延年、刘汝明两兵团听到消息后,畏惧被歼,迟迟不进。黄维兵团在蒋介石的一再催促下,于11月23日孤军突进,进至南坪集地区,并强渡浍河。

歼击黄维兵团的时机已到,当夜22时,刘伯承、陈毅、邓小平致电粟裕、陈士榘、张震并报军委：

今（梗）日敌18军从上午9时到黄昏，在坦克20余辆掩护下，向我南坪集阵地猛攻竟日。我虽伤亡较大，但未放弃一个阵地。另敌一个多团，于午后到南坪集以东十里处突过浍河。

我决心放弃南坪集，再缩到南坪集十余里处布置一个囊形阵地，吸引18军过河展开，而以4、9两纵吸住该敌，并利用浍河割断其与南岸3个军之联系。同时，于明（敬）夜以1、2、3、6纵及王张11纵向浍河南岸之敌出击，求得先割歼其两三个师。

歼击黄维之时机甚好，因李延年、刘汝明仍迟迟不进。因此，我们意见除王张11纵队，请粟陈张以两三个纵队对李、刘防御，至少以4个纵队参入歼黄作战，只要黄维全部或大部被歼，较之歼灭李、刘更属有利。如军委批准，我们即照此执行。

11月24日15时，毛泽东致电刘伯承、陈毅、邓小平并告粟裕、陈士榘、张震：

（一）完全同意先打黄维；（二）望粟陈张遵刘陈邓部署，派必要兵力参加打黄维；（三）情况紧急时机，一切由刘陈邓临机处置，不要请示。

从总前委成立到现在的8天时间内，毛泽东两次赋予刘伯承、陈毅、邓小平临机处置一切的权力，这一次又加上了"不要请示"四个字，这是最大的信任，也是最大的默契！

3. 浓情小李家村

打黄维的决心已定。1948年11月23日，刘伯承、陈毅、邓小平率总前委指挥部离开宿县临涣集，向东出发了。10公里的路程，很快就到了，一个只有40来户人家的小小村庄出现在他们的面前，四周柏树环绕，房屋是清一色的草顶、黄泥巴。小李家村，一个普通地图上难得见到的名字，如今，成了总前委指挥部，在中国人民解放战争史上永远镌刻下了自己的名字。

这里，东面是徐州至宿县的铁路，西面，是徐州至阜阳的公路，东距宿县只有30多公里，距离此时黄维兵团已经进至的南坪集地区，也就百里之遥，炮击声隐约可闻。

可能陈毅还没有太留意到他们所在的位置和他们的对手黄维兵团的位置竟同在浍河边上，要是那样的话，陈毅也许会写一首类似"我住浍河头，君住浍河尾，彼此交战急，共饮一河水"的诗句了。

∧ 1948年中原局和中原军区领导在一起。右起：邓小平、李达、李雪峰、张际春、刘伯承、陈毅。

总前委指挥部设在一个叫李光者的农民家里，堂屋是作战室，墙壁四周已经挂好了大大小小的军用地图。

刘伯承、陈毅、邓小平则住在村里的一个偏僻的小院子里。里外套间。刘伯承年纪大，陈毅、邓小平自然把他安排在里屋，他们两个则住在外屋。

一个指挥60万大军的指挥部，就这样安静地布置好了。

南坪集那边，敌我已经接火，大的战斗才刚刚开始，此时，指挥部里略显平静。面对他的两个老搭档,平时沉默寡言的邓小平看看这个,看看那个,一股异样的情感涌上心头。伯承,这个老搭档,从他们任八路军129师师长、政委算起,已经共事11年多了,从太行山到大别山,他们一同走过了多少风雨征程,度过了多少不眠之夜啊!刘邓大军已经成为我军的专用名词了。战争进程加快,马不停蹄那,瘦了,是瘦了。陈毅,这个留法勤工俭学的学长,交往的时间更长了,那时自己只有十五六岁,陈毅也就20来岁,岁月催人老啊,近30年的旅途,考验着、锤炼着我们这些当初的年轻人。别看他大腹便便,如今,也缩回了一圈。和蒋介石这个老冤家斗到了亮底牌的时刻,他们更需要多休息休息。

陈毅见邓小平看着他们两个不说话,用他那洪亮的嗓门打开了话匣子:"我的政委同志,从我们两个身上能看出什么名堂出来嘛。"

"最近太紧张了,我这个政委没有照顾好你们两位。你们太疲劳了,都瘦了。"邓小平说。

陈毅一听,哈哈大笑,指着邓小平说:"同志啊,你比我们更疲劳哟!你照照镜子,都胡子拉碴的了,眼窝也陷进去了。你是书记,责任比我们要大啊。你也要注意劳逸结合哟。"

邓小平没有笑,他认真地说:"两位司令员同志,我比你们小几岁,身体也比你们好一些,具体工作让我多做一些,夜间值班也多值一些。这是应该的哟!"

刘伯承也和陈毅一起,爽朗地大笑起来。

陈毅说:"我们既要竭尽全力,恪尽职守,又要尊重政委的意见哟。"

刘伯承说:"在我们这把年纪里,这样的会战、决战,机会已不会很多啦。毛主席说了,再用一年左右的时间,我们就可以从根本上打倒国民党的反动统治了。在这样的形势下,我们理应努力工作,拼命完成任务哟!"

邓小平说:"当然,大的决策指挥,还是要靠你们两位司令,靠我们三个'臭皮匠',只是具体工作由我多做一些。"

说到做到,邓小平正式向作战科宣布:一般事情多找他请示报告,重大事情同时报告刘伯承、陈毅和他。

据当时的作战科长张生华回忆,在围歼黄维兵团的战斗中,军情急,战事紧。电话铃声通宵不断,电报战报雪片般飞来。邓小平天天守在作战室,每天都要到深夜,甚至到下半夜,直到当天的战事没有大的变化后,他才回住处休息。总前委的决定,大多数是由邓小平向各纵队传达部署的。他随时听取作战科汇报战情,几乎天天亲自和各纵队首长直接通电话,检查督促对作战计划、命令的执行,直接了解战斗进展情况,以掌握第一手材料。晚上,为了在住宿的地方接电话而又不影响刘伯承、陈毅休息,邓小平让人把电话线拉得长长的,一有电话,他总是披上衣服,走到院子里去接。

相濡以沫,亲密无间。刘伯承、陈毅、邓小平之间并肩战斗的情景,在用钢铁和烈焰组成的战斗画面中,插入了一帧色调暖暖的小品。

∧ 抗战时期，出任八路军129师师长的刘伯承。

八路军第129师

　　由红四方面军第4、第31军和陕北红军第29、第30军等部于1937年8月改编而成的，刘伯承任师长，徐向前任副师长，倪志亮任参谋长，张浩任政训处主任，下辖第385、386旅及教导团和特务、工兵、炮兵、辎重、骑兵等营。经过八年抗战，129师共歼灭日伪军达42万余人，解放人民2,400万，为抗日战争做出了重大贡献。部队发展到近30万人，成为晋冀鲁豫解放军的基础。

战争宽银幕

❶ 车站上堆放着大批面粉和鞋子，准备运往前方支援我军将士。

❷ 1947年11月12日，我军解放石家庄。
❸ 战斗打响前，我军干部在进行战场鼓动工作。
❹ 延安军民正在召开庆祝延安光复的大会。
❺ 我军正在歼灭逃敌。

[亲历者的回忆]

秦基伟
（时任中原野战军第9纵队司令员）

11月23日，即华野全歼黄百韬兵团的第二天，纵队于宿县西南5公里处邵寨召开团以上干部会议，由我传达上级歼灭敌12兵团于江北的决心，动员各级充分准备，不惜花费最大代价获取全胜。

问题清楚而又严肃地摆在我们面前：假如让黄维兵团的增援企图得逞，整个战争进程就要推迟！

……

权衡利弊，横下心来与黄维兵团决一死战实在是义无反顾。这样，既可除掉蒋介石手中的"王牌"，又可"承前启后"，使江北局面大定。

正因为这是知难犯险的战略决战，所以邓小平政委明确提出"拼老命"的政治口号，告诫部队只要歼灭了国民党南线主力，即使把中原野战军打完，其他野战军也能渡江夺取全国胜利。

这种对于战争代价的清醒估计和顾全大局的胸怀，表现了共产党人的历史主动精神和英雄气概。

——摘自：秦基伟《中野9纵在淮海战场》

韦国清
（时任华东野战军苏北兵团司令员）

（11月）23日，敌情发生了急剧变化。

原来黄维兵团在各军到齐后，开始向浍河一线猛烈攻击，孤军深入，而李延年、刘汝明两兵团则迟迟不前。

总前委鉴于"歼击黄维之时机甚好"，向军委建议先歼灭黄维兵团。

24日，军委批准总前委先打黄维的方案，同时令华野派部队参加围歼黄维兵团。

——摘自：韦国清《千里驰骋鏖战多》

第二章

首战南坪集

∧ 1947年8月，刘伯承在干部会上作进军大别山动员报告。

面对国民党军"五大主力"之一的黄维兵团,刘伯承说:打黄维好比"瘦狗拉硬屎";邓小平说:必须拿出"倾家荡产"的气魄和"拼老命"的精神;各路英豪纷纷表示:决心破釜沉舟,决一死战!

徐州是退是守?蒋介石企图南北夹击,打通徐蚌线交通。

南坪集一战,陈赓以少胜多,诱敌深入。

黄维兵团孤军突进,一步步走入我军布置好的口袋。

1. "倾家荡产"的气魄

安徽宿县临涣集,淮海战役总前委指挥部。1948年11月22日。中原野战军各纵队首长济济一堂,脸上泛出大战前跃跃欲试的激动神色。

此时,华东野战军围歼黄百韬的战斗即将接近尾声,胜利在即;中原野战军下一步先打黄维的意向已基本定了下来,只待中央军委最后拍板了;从大别山到淮河平原,中原野战军和黄维这个冤家死打硬缠,也该有个了结的时候了。

会议还没有正式开始,各路英豪就早早来到了会场,他们是:第1纵队司令员杨勇、政委苏振华,第2纵队司令员陈再道、政委王维纲,第3纵队司令员陈锡联、政委彭涛,第4纵队司令员陈赓、政委谢富治,第6纵队司令员王近山、政委杜义德,第9纵队司令员秦基伟、政委李成芳,第11纵队司令员王秉璋、政委张霖芝。

大家一边打着招呼,一边交换着战情。

刘伯承、陈毅、邓小平缓步进入会场。宽厚的刘伯承和沉稳的邓小平同时默默地注视着他们手下的战将,陈毅则不时和他们打着招呼。

会场安静了下来。

王秉璋 ─────────────────────────▲─

河南安阳人。土地革命战争时期,任陕甘支队第5大队参谋,红一军团司令部作战科科长等职。抗日战争时期,任八路军115师343旅副旅长、代旅长,鲁西军区司令员,湖西军分区司令员,冀鲁豫军区第6、第11军分区司令员,冀鲁豫军区豫东指挥部司令员等职。解放战争时期,任冀鲁豫军区司令员,第二野战军第17军军长,中国人民解放军空军参谋长等职。

∧ 陈再道,1955年被授予上将军衔。　　　　　∧ 王秉璋,1955年被授予中将军衔。

中原野战军参谋长李达首先介绍战场态势:

"目前,华东野战军围歼黄百韬兵团的战斗已经接近尾声,黄百韬的兵团部及大部分兵力已经被我军消灭;邱清泉、李弥兵团被我军阻击在徐州以东大许家一带,援救黄百韬的企图已经成为泡影;黄维兵团孤军突进,在我中原野战军的追击之中,急于渡过浍河与迟迟不进的李延年、刘汝明兵团靠拢,摆脱目前的危险态势。根据这种情况,刘陈邓首长认为,此时正是歼灭黄维兵团的极好时机……"

"不过……"李达把话头一转,细细地介绍黄维兵团的实力,"黄维兵团由4个军、11个师外加一个快速纵队组成,是蒋介石的'嫡系',在国民党数百万军队中,属于叫得响的'王牌'。其中的第18军是陈诚一手培植起来的。该兵团的编成是这样的:第

李 达

陕西眉县人。土地革命战争时期,任湘赣边独立1师师长,红3团团长,红六军团参谋长,红二军团参谋长,红二方面军参谋长,援西军参谋长等职。抗日战争时期,任八路军129师参谋长,太行军区司令员,晋冀鲁豫野战军参谋长等职。解放战争时期,任中原军区参谋长,第二野战军参谋长兼特种兵纵队司令员、政治委员等职。

10军，辖第114师、第18师、第75师，计9个团的兵力，一色的日械装备；第14军，辖第10师、第85师，计6个团的兵力，一色的国械装备；第18军，辖第11师、第49师、第118师，计9个团的兵力，一色美械装备；第85军，辖第23师、110师、216师，计9个团的兵力，国、日、美械混合装备。这是一支用目前最先进的武器装备起来的钢铁部队，是蒋介石的一等精锐部队。"

刘伯承接着说："华东野战军正分兵南下，钳制徐州和蚌埠之敌。中原野战军的任务是，设法将黄维兵团包围起来，尔后分割歼灭。这可是块硬骨头啊，大家要充分认识围歼黄维兵团的艰巨性。打个不好听的比喻，这一仗好比是'瘦狗拉硬屎'。为什么这么说呢？就实力而言，我们并没有明显的优势，我们7个纵队拢共12万人，和黄维兵团大体相当。但是，由于我们在大别山的消耗和部分兵员留置，各纵队兵员明显不足。除了第1、第4纵队各有9个团，其余均只有6个团，第9纵队甚至只有5个团。平均起来，我们每个纵队只有1.5万人，其中第2、第11纵队只有一万二三千人。而我们的敌手黄维兵团，是国民党的精锐部队之一，其中的第18军是陈诚一手培植起来的，军官都是军校毕业生，是国民党的'五大主力'之一。黄维兵团大多为美械装备，

▽ 抗战时期，时任八路军129师参谋长的李达（左一）与129师主要领导和晋察冀军区主要领导合影。

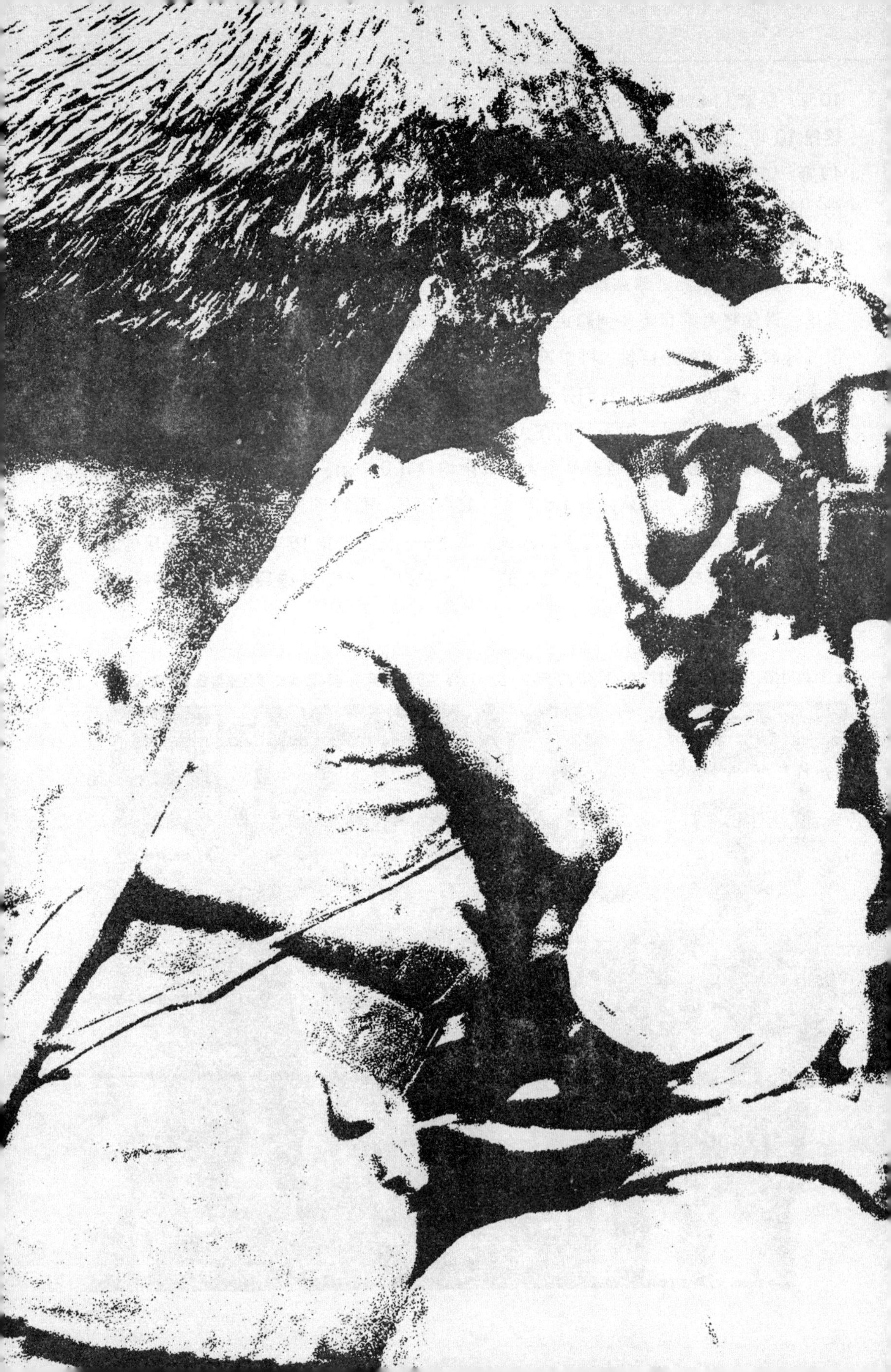

重机枪

装有固定枪架，射程较远，威力较大，可搬运的机枪，是步兵分队的支援火力；主要用于射击集群的有生力量、火力点、轻型装甲目标和低空飞机；其枪架具有平射、高射两种用途，射击精度较好。平射的有效射程为800~1,000米，高射的有效射程为500米。战斗射速为300~400发/分。

＜我军重机枪手正向敌碉堡射击。

有大量的坦克、重炮、自动步枪。而我们呢？我们除了几十门野炮、山炮、步兵炮和200多门迫击炮外，基本武器只是重机枪、步马枪和手榴弹，而且弹药不足，处于明显的劣势。我们所面对的敌人的兵力之大、装备之现代化程度，是过去所没有遇到的，他们也必然会用坚固的工事和顽强的抵抗来对付我们，这也可能是前所未有的。对此，我们必须有清醒的认识。"

邓小平接过话头，说："因此，我们这次围歼黄维是非常艰苦的，也是非常光荣的。要消灭敌人，没有牺牲精神是不行的。我们要不惜一切代价，在华野协同下，坚决完成歼灭黄维兵团的任务。中野在这一仗中即使拼光了，也是值得的，中野打光了，其他野战军照样渡江，中国革命照样胜利。因此，我们必须拿出'倾家荡产'的气魄，拿出'拼老命'的精神，坚决歼灭黄维兵团！"

敢于实事求是地亮出自己的家底，勇于牺牲自己，承担起历史的责任，这就是刘伯承、邓小平的风格！

各纵队领导被他们的精神深深打动着，感染着。这些从枪林弹雨中冲过来的将领们，从来就不知道什么是害怕。从他们参加革命的那一天起，他们就把自己的生死置诸脑后。别看他们都是统率千军万马的将军，他们同时也是战士,胸中奔流的是年轻的战士的青春和热血。

破釜沉舟，决一死战！血脉贲张，目光凛凛。会场内充满了决战前的激越情怀。大家纷纷表态，决心打好这一仗。

45岁的第4纵队司令员陈赓首先站了起来，他风度潇洒，一副精致的眼镜更衬托出了他的儒雅之气。此时，他顾不得选词择句，而是直奔主题，慷慨激昂：

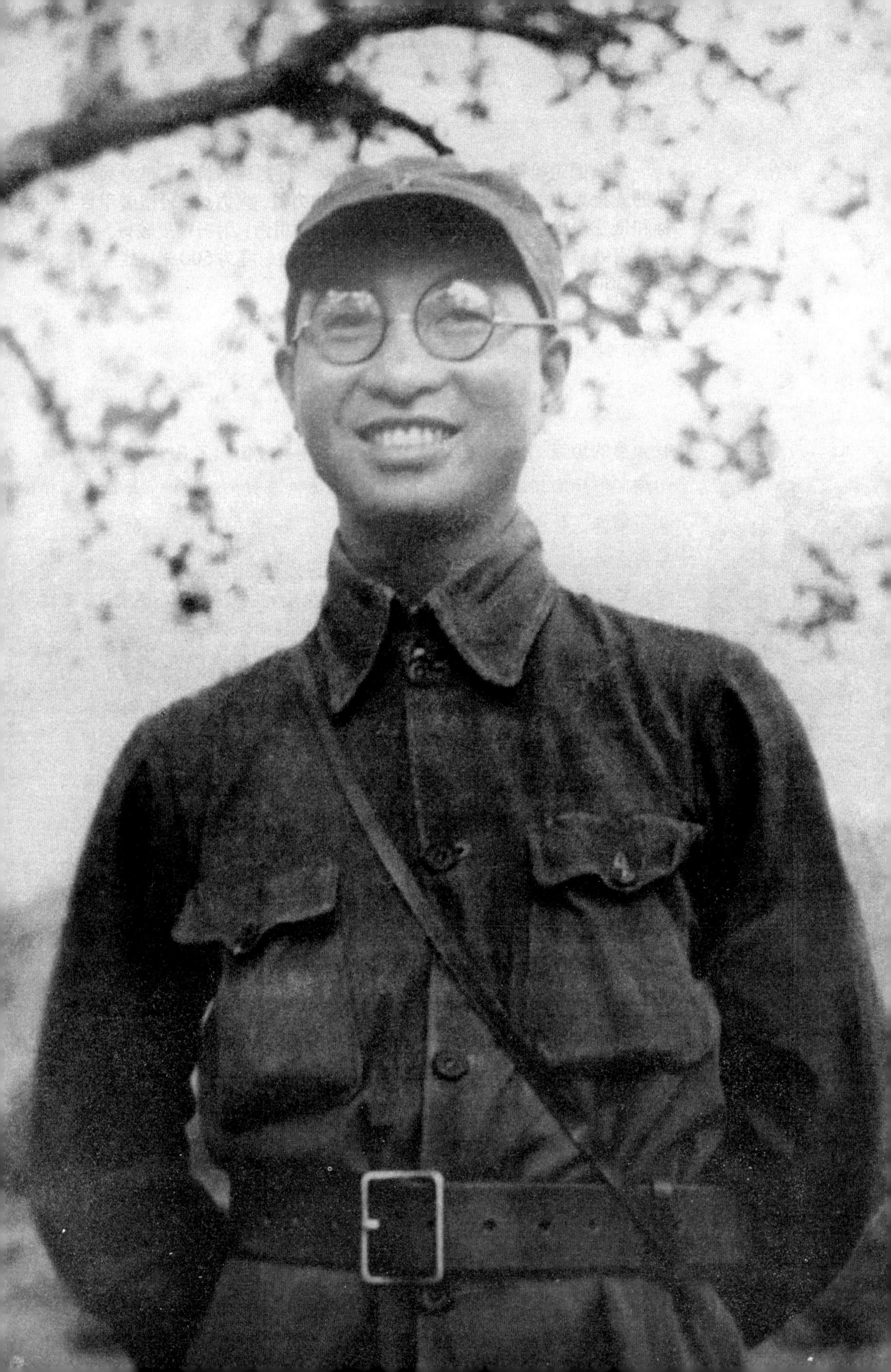

"我们4纵有破釜沉舟的决心,不惜一切牺牲承担更艰巨的任务,即使打到只剩下一个班,我本人也甘心当班长,一定坚持到最后胜利!"

陈赓此言一出,会场情绪更加高涨。陈毅心里暗暗叫好,好一个陈赓,什么都想争个第一啊!刘伯承、邓小平相视一笑

这里面有一个小小的插曲。原来,从本年5月后,陈毅、邓小平就随4纵行动,4纵指挥所就成了陈毅、邓小平的临时指挥所,作为4纵司令员的陈赓,此时,就成了他们的直接助手,担负起了近乎参谋长的工作。到11月10日,刘伯承司令员和陈毅、邓小平会合的时候,也是随4纵行动。围歼黄维兵团的意图,陈赓当然比别的纵队领导知道的早,可是,眼看着自己的部队向着预定的目标前进,自己却插不上手,陈赓心里那个急哟!他已经向刘伯承、邓小平要求了两次,要去直接指挥部队,却没有得到批准。没有法子,他就找陈毅磨。陈赓就有这个本事,在延安,他敢偷乘着朱德的车子出去玩。私事尚且如此,公事而且是大事,他可就更不能客气了,再迟了,等别人吃肉的时候,自己怕是连汤也喝不上了。

听了陈赓的请求,陈毅去找刘伯承、邓小平。陈赓不知道陈毅是怎么说的,反正是同意了,他那个乐啊!

不过,陈毅还是敲了他几句:"别激动得太早。黄维可是不那么好惹的。过去,你们机动作战多,大的阻击战可没有打过,阻击黄维兵团这样的大仗,更没有过。更重要的是,你们要有思想准备,我们对黄维不仅仅是阻击,还要围歼,那时候,你们要有担任主攻任务的准备,明打明的交手仗,马虎不得。"

"请司令员放心,要是打不好,你摘掉我的乌纱帽好了。"

返回4纵前,陈赓将全部通信分队留下来,以保障野司的作战指挥。途中,他还兴致勃勃地给随行人员朗诵了陈毅《记淮海前线见闻》词中的一段:

吉普车,美蒋运输来。闪闪电灯红胜火,轰轰摩托喉如雷。夜夜送千回。

< 抗战时期的陈赓。

谁也不甘落后，纷纷起立发言，声气明显粗了、大了。

刘伯承、陈毅、邓小平静静地听着，他们要的就是这种勇往直前的劲头。

火候已到，刘伯承发话了："我们就是要用'拼老命'这样通俗易懂的政治口号来激励军心，我看大家信心十足。眼下一个十分紧迫的问题是，黄维兵团为摆脱孤立被歼的危险，必定会拼死向津浦路靠拢，企图和李延年、刘汝明两兵团合为一股。黄维会选择哪里作为主要通道呢？"说到这里，刘伯承顿住了。

陈赓站了起来："黄维兵团机械化程度很高，携带着大量辎重，又急于求进，我估计会选择宿县至蒙城的公路为主要通道。在宿蒙公路上，只有南坪集有座大石桥可以通过重炮、坦克……"说到此处，陈赓打住了。

英雄所见略同。刘伯承、陈毅、邓小平互相交换了一下眼神，轻轻笑了。邓小平示意刘伯承先说。

刘伯承说："陈赓同志没有继续说下去，他是怕他说完了，我这个司令员就没得说了。其实，他已经说得很明显了，点到了穴位。一句话，坚决扼守南坪集，是实现阻击和包围黄维兵团的关键。我看，坚守南坪集的任务就交给你陈赓了。"

在中野部队，4纵算是人强马壮，有4万人马，别的纵队是比不了的，把4纵放在阻击黄维兵团的关键位置，大家没的说。他们心里明白，不愁没有仗打，严峻的考验在等着他们。

< 王近山，1955年被授予中将军衔。

王近山 ────────▶─

湖北黄安（红安）人。土地革命战争时期，任红4军第10师29团团长，红31军93师师长等职。抗日战争时期，任八路军129师第386旅772团副团长，第385旅769团团长，新编第8旅代旅长，386旅旅长，太岳军区第2军分区司令员，陕甘宁留守兵团新编第4旅代旅长等职。解放战争时期，任晋冀鲁豫军区第6纵队副司令员，中原野战军第6纵队司令员，第二野战军第3兵团副司令员兼12军军长等职。

> 抗战时期的秦基伟。

23日，9纵在邵寨召开了团以上干部会议。秦基伟用浓重的湖北话鼓动说："俗话说，十个麻子九个怪，一个不怪死得快！邓政委号召拼老命，陈赓说准备和黄维拼刺刀，谢富治要准备烧床铺草。他们准备横倒，我也不能竖着。此战必胜，我们和黄维兵团，你死我活。"

6纵也不示弱。同日，6纵召开旅以上干部会议。赫赫有名的王疯子王近山红着眼睛说："邓小平政委提出，我们一定要拼老命干掉黄维。我们纵队领导在刘陈邓首长面前是拍了胸脯、立了军令状的。我们请求把最艰苦的任务交给6纵，决不叫苦，决不怕伤亡，仗打不好，甘愿受纪律制裁。黄维兵团是很强，但是已经陷入了困境，我们完全有把握消灭这股敌人。我们上上下下早就憋着一股劲了，要同黄维决一死战，现在是时候了。我们的决心是，上级指向哪里，我们就打到哪里，哪怕剩下一个人、一杆枪，也要战斗下去。贪生怕死者，退缩不前者，斩！"

看来，此12万人，绝非彼12万人那。

2."打通徐蚌交通"之梦

黄百韬被歼,蒋介石心里窝火极了。从西,从南,5个兵团救援,可是,眼睁睁看着黄百韬被吃了个精光,就是奈何不得,窝囊啊。刘经扶是废物一个,杜聿明也没有高明之处……不想他了。蒋介石手中还有硬牌,决不能就此罢手。

"要刘峙、杜聿明来开会。"蒋介石吩咐道。

接到蒋介石的指令时,刘峙正和杜聿明商量下一步对策。

黄百韬兵团的灭亡,给刘峙身上打了重重的一鞭子,他觉得自己马上就要瘫掉了。他连夜找来杜聿明,就是想找出一个万全之策。

刘峙在地图上比比画画,说:"看来,只有放弃徐州,向西撤退一条路了。"

看着刘峙灰头土脸的样子,杜聿明心里也酸酸的,不过,他还是觉得刘峙太泄气,还没有到山穷水尽的时候。他试图给刘峙打气,说:

"目前还未到考虑这一方案的时候。如果能集中兵力,再抽调5个军加到李延年兵团,协同黄维兵团南北夹攻,打通津浦路一段,是上策;其次是将徐州30万兵力与黄维兵团协同一致,安全撤到淮河两岸,亦不失为中策;但在目前情况下,不像11月初那样可以安全撤退,万一撤退不当,在野战中被消灭,反不如坚守徐州尚可以牵制敌人南下。而且战守进退的决策,关系到整个'国家'军事前途,目前我不敢轻率地出主意,必须由老头子本着他的企图下决策。"

听了杜聿明的话,刘峙嘴唇动了几下,表示很为难的样子,什么也没有说。商量不出个什么名堂,也就不了了之了。

在如此紧急的情况下,他们也只能耐心地等待"老头子"的决策了。

老头子当然要决策。11月23日,总统官邸。何应钦、顾祝同、郭汝瑰等都心事重重,沉默不语。

蒋介石干咳了两声,出言有点底气不足:"我们5个兵团几十万人马,眼睁睁看着黄百韬兵团被共军吃掉,是我建军史上的耻辱。对徐州战事的失利,刘峙、杜聿明要负责,邱清泉、李弥他们也难逃其咎,责任一定要追查,一定!不过,当务之急是徐州方面是进是退是战是守,必须尽快拿出个稳妥的办法来。墨三,你说。"蒋介石点了顾祝同。

"共军两大野战军会合徐蚌地区,企图和我决战。黄兵团被歼,徐东空虚,宿县被占,徐州几成孤城。黄维北进受阻,李延年、刘汝明两兵团进展缓慢。我意,只有退守淮河一途。"顾祝同说。

"敬之的意思呢?"蒋介石问何应钦。

"我同意顾总长的意见,不过,还是要总统最后下决心。"

"作战厅呢?"

郭汝瑰站了起来,说:"退也不容易,首先要解决三个问题,一是苏北方面淮阴如何守备,是不是放弃?二是徐蚌间的交通如何才能打通?三是要等到徐蚌交通恢复后,才能决定徐州的主力如何转移,蚌埠及淮河段如何守备。"

"关键是打通徐蚌交通。"顾祝同强调。

国民党第22兵团司令郭汝瑰

重庆铜梁人。国民党陆军中将。黄埔军校第五期毕业。曾任国民党军第25军营长。1931年后就读于日本士官学校,国民政府陆军大学。1935年,任陆军大学教官。抗日战争期间,先后任18军师参谋长,54军参谋长,第20集团军参谋长,暂编第5师师长等职。抗战胜利后,任国民党军国防部第五、第三厅厅长,陆军司令部徐州分部参谋长,第72军军长,第22兵团司令等职。1949年12月,在四川宜宾起义。

蒋介石点点头:"经扶、光亭他们到了后,先要搞清徐州方面共军的情况,然后决定打通徐蚌交通问题。"

24日下午的会议上,除了原班人马外,多出了刘峙、杜聿明和他们的参谋长李树正。

郭汝瑰报告最后确定的作战计划。

郭汝瑰指着地图说:"我军以打通津浦路徐蚌段为目的,徐州方面以主力向符离集进攻,第6兵团及第12兵团向宿县进攻,南北夹击一举击破共军,以打通徐蚌间交通。"

看来,计划是老头子同意了的,刘峙、李树正表示同意。

蒋介石见杜聿明没有表态,也就不来假惺惺地征询意见那一套了,径直对他说:"你马上回去部署攻击。"

杜聿明说:"这一决策我同意,但是兵力不足,必须再增加5个军,否则万一打不通,黄维兵团又有陷入重围的可能。"

看来,杜聿明还是算清醒的。他向蒋介石建议,调青浦江附近的第4军、南京附近的第88军、52军等部队迅速向蚌埠集中，参加战斗，另外再设法抽调两个军。

蒋介石摇摇头，说："5个军恐怕不行，两三个军我想法子调，你先回去部署攻击。"

如果能够打通徐蚌段，确实是一步好棋，杜聿明心中升起了一线希望。不过，能不能打通，可不是他杜聿明说了算啊。人民解放军两大野战军是不容他杜聿明在徐蚌地区随便指手画脚的。

不过，刘峙、杜聿明还是准备硬打下去，他们当天就急急忙忙飞返徐州。飞机飞到黄维兵团的上空，黄维兵团正由浍河南岸的南坪集地区向宿县推进。杜聿明和黄维通话。黄维说："当面敌人非常顽强，应该想个办法，这样打下去不是个

国民党第54军

中央军嫡系陈诚军事集团之基本部队。抗日战争时期，先后隶属第20集团军，第9集团军。参加了南昌会战、1939年冬季攻势、打通印缅公路的后期作战、缅中反攻作战等。1947年9月，该军原辖第8、第36、第108师编入胶东兵团。辽沈战役第一阶段作战中，该军编入援锦兵团。之后，编入第6兵团，参加淮海战役，救援黄维兵团。1949年上海战役时，该军在汤恩伯率领下，撤往舟山群岛。

办法。"杜聿明对黄维说："你放心好了，今天老头子已经决定了大计，正式命令马上就到了，请你照令实施好了。"

杜聿明与黄维都被莫名其妙地拖进淮海战场的，他们的内心多少有些不愿与无奈。

黄维同蒋介石的渊源关系可以追溯到大革命时期，1924年，20岁的江西贵溪县小户人家子弟黄维考入黄埔军校第一期时，蒋介石是校长。蒋介石很看中黄维的才干，亲自将他的号"悟我"改为"培我"。毕业后，黄维在第三期入伍生总队担任中尉区队长。北伐时，黄维是营长。以后一路升迁，并先后到陆军大学特别班和德国学习，到抗日战争爆发时，黄维已经是师长了。1938年7月中旬，日军5个师团和波田支队沿长江两岸进攻武汉，已经是国民党"五大主力"之一的第18军军长的黄维，率部防守，将部队部署在九江至南昌的南浔路德安地区一带。9月24日，他率第18军同其他部队一道，在马回岭与日军展开激战，使日军迂回德安的企图破产。1939年6月6日，黄维被授予陆军中将，

那年他才35岁。黄维最早尝到国民党军队中派系复杂、相互倾轧、排挤苦头是在1940年11月他接任第54军军长之后。那时，何应钦为排除异己，编造了黄维"破坏军需"的罪名，电请蒋介石将他撤职查办，硬是把他从第54军中挤走。蒋介石也没有办法，只好调黄维为军委会高参、军委会作训处副处长。从那以后，黄维先后担任过知识青年从军、青年军编练、总监部副总监、东南分部主任、青年军第31军军长、国防部联勤总部副总司令、新制军官学校校长等职。

黄维出任第12兵团司令长官也是颇费周折的。作为国民党主力兵团之一的第12兵团，组建于1948年9月。当时，胡琏任第18军军长兼任整编第11师师长，第18军等于就是兵团的组织，整编第11师即以后的第18军，所辖的整编第3师即以后的第10军，而整编第10师（以后的第14军）也归胡琏指挥，胡琏出任司令官似乎是顺理成章的事情。然而，事情却不是那么简单。微妙之处在于，第18军是华中"剿总"的主力部队，作为"剿总"总司令的白崇禧，自然要拉拢胡琏，另一方面，白崇禧对属于陈诚系的第18军有成见，对胡琏又屡屡攻击。无奈之下，蒋介石不得不另选人，派人征求陈诚的意见。陈诚就推举了自己系统的骨干分子杜聿明出任，同时仍兼任新制军官学校校长职务。事情还有波折。国防部长何应钦和白崇禧与陈诚之间都有矛盾，何应钦对杜聿明向来不满，因此，何应钦、白崇禧反对杜聿明出任第12兵团司令官，还是参谋总长顾祝同支持杜聿明，才决定下来。胡琏任副司令官。国防部决定，将整编第85师（即后来的第85军）编入第12兵团，其师长吴绍周升任第12兵团副司令官兼整编第85师师长。蒋介石已经批准的事情，白崇禧就是顶住不办，竟把这个师编到第3兵团另做它用了。在杜聿明和国防部的力争下，白崇禧才松了口。第12兵团奉蒋介石之命11月8日从驻马店、确山出发，东援徐蚌作战时，第85军迟迟未动，直到11月20日，才赶到蒙城归建。

< 国民党陆军上将胡琏。

国民党第 12 兵团司令胡琏 ----▼-

　　陕西华县人，国民党陆军一级上将。黄埔军校第四期毕业。1928年起在国民党第11师任营长、团长等职。抗日战争期间，任第37师196旅旅长，预备第9师师长，11师师长，第18军军长等职。抗日战争胜利后，出任整编第11师师长，整编第18军军长，第12兵团副司令等职。1949年后任福建省主席兼第12兵团司令，金门防卫军司令等职。

　　黄维确实难，上面，蒋介石和白崇禧各有打算，他成了他们手中的一枚棋子，一会儿向西，一会儿向东。内部，既有第14军军长熊绶春这样的黄埔老同学兼同乡这样的铁杆，又有第85军军长吴绍周这样以何应钦为靠山的人物，还不好说胡琏他们是口服还是心服。

　　眼下，黄维再也不能被这些烦心事干扰了。老头子和刘峙、杜聿明都已经作出了部署，令李弥的第13兵团接手孙元良的第16兵团，负责徐州的守备，令邱清泉的第2兵团和第16兵团一道，由徐州向宿县攻击。自己惟一可以做的，就是向北推进了。只要打通徐蚌线，一切都会好起来的，黄维的心中升起了一线曙光。

3. 恶战南坪集

　　浍河南岸的南坪集，是宿蒙公路的必经之地。熟读兵书、循规蹈矩的黄维从21日突破泥河后，就以10军在左、14军在右、18军为中路、85军随后跟进的阵势，在坦克、大炮的掩护下，在15公里的正面上，气势汹汹地向南坪集扑来。

　　陈赓心里笑了，对于黄维这个黄埔同期的同学，他是很熟悉的。黄维在一线带兵打

> 刘丰，1955年被授予少将军衔。

刘丰

　　河南渑池人。土地革命战争时期，任中央军委供给部粮秣处科员，总部4局4科粮秣股长，红四方面军教导团供给科长。参加了长征。抗日战争时期，任八路军第129师挺进支队2营教导员，太岳区游击大队队长，山西决死队第42团团长兼任太岳军区2分区司令员。解放战争时期，任太岳军区第4纵队11旅旅长，第4兵团第14军40师师长等职。

仗的时间有限，办教育时间倒是很长，书生气十足啊。他也不想想打破常规，从别的地方迂回攻击。老弟，看来，兵书还是要害了你的。

　　不过，陈赓对黄维的悍劲还是知道的。他不会打无把握之仗。

　　从野司回到前线，一路风尘，一路惊险，陈赓顾不了这许多，立即带领第11旅旅长刘丰、政委胡荣贵等到南坪集地区察看地形。

　　北侧的浍河滚滚滔滔，迅疾流过。陈赓用手一指："浍河水深流急，正是阻挡敌人的天然屏障。"他转过身去，指向镇南："注意公路两侧的杨庄、南湖庄，那里地形突出，正是卡住宿蒙公路的好地方，应该好好地利用起来。人和不用说了，天时地利都在我们这一边。"

　　"不过，南坪集以南地形南高北低，平坦开阔，无险可守。黄维兵团是现代化美式装备，在这样的地段行动是相当自如的。如果我们固守村落，敌人的优势炮火，会把我们的阵地夷为平地的。"

　　陈赓严肃地说：

　　"刘丰同志、胡荣贵同志，纵队决定，由你们旅担任主要防御作战任务。你们的阵地应该推到镇南的田野上，以杨庄、南湖庄一线为重点，构成宽正面、大纵深、以班排为单位的集团工事，严密控制宿蒙公路及其两侧，不让敌人渡过浍河！你们的左翼

▽ 1958年12月初，中原野战军某部突击队员沿交通壕向敌阵地运动。

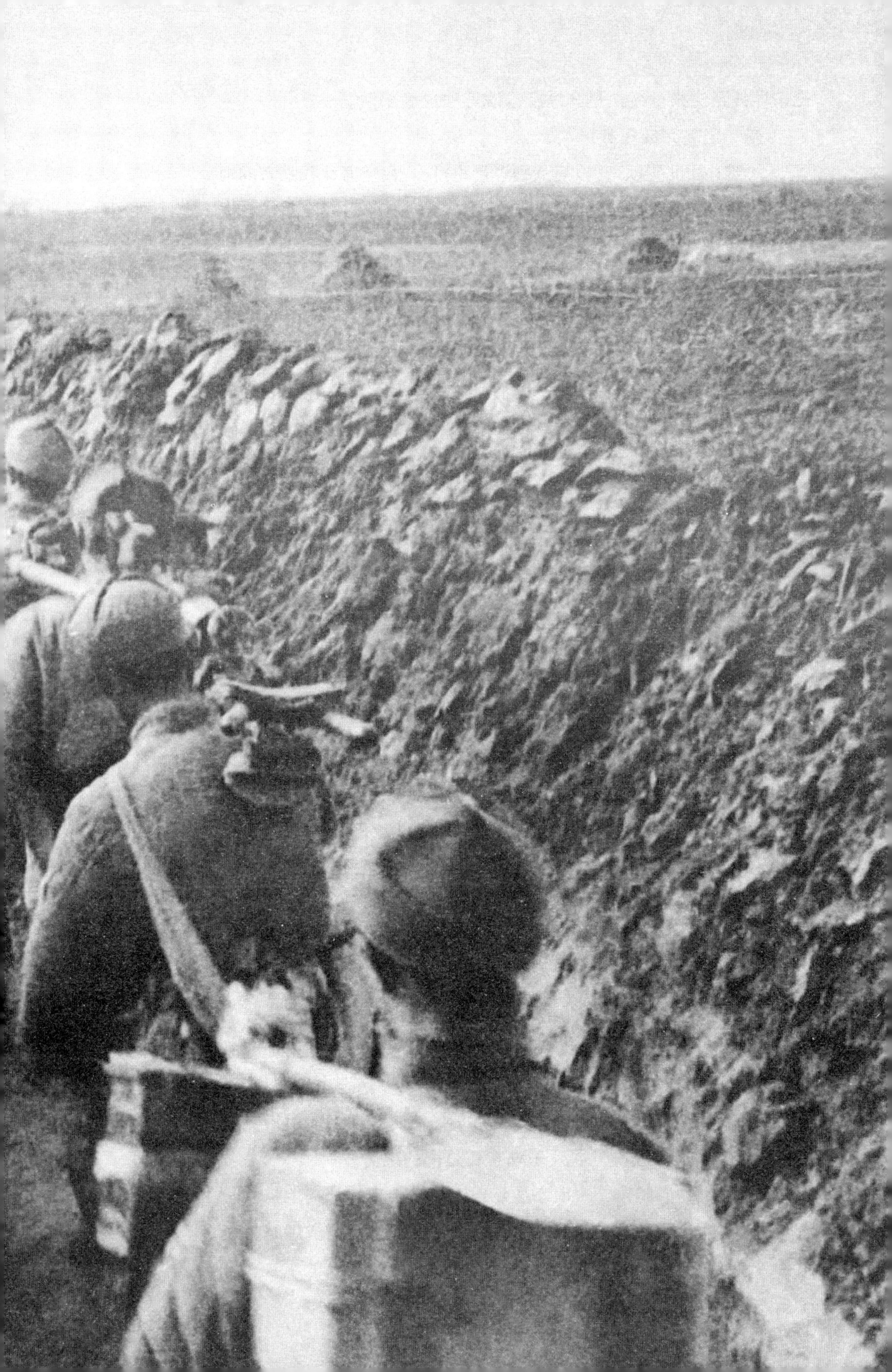

是东坪集至沈集一线，是9纵及豫皖苏独立旅部队。"

"是，坚决完成任务！"

"黄维兵团北犯以来，没有受到过严重打击，自恃有比我强大的坦克、大炮，又有飞机掩护，必定横冲直撞，急于求成。要狠狠地教训它一下。只要我们能在这里坚守3天，就能为整个战役赢得时间，兄弟部队就会对敌人形成合围。因此，要不惜一切代价打好这一仗！"

"没问题！"刘丰、胡荣贵异口同声地说。

11旅只有27个连，防御正面从大王庙、南坪集到东坪集，有15公里左右。他们将迎击的是黄维的十来万人马，兵力悬殊。

在此之前，紧张的战斗准备就开始了，经过30多个小时的紧张施工，在南坪集和浍河以南的开阔地段上，以班、排为单位，既能独立作战、又能相互支援的集团工事构筑成功。所有火力工事和指挥所，都由三层横木加三层土掩盖。在敌人坦克可能出现的地段，横阻了许多大树。在适当距离处，炸药包和集束手榴弹也已经埋设和伪装好了。

"人在阵地在，来吧，管叫你黄维碰得头破血流。"战士们一边施工，一边高喊。

为了屏障正面阵地的安全，11旅31团团长梁中玉、政委戈力决定，把右翼阵地伸展到西面500多米的杨庄，由6连据守突击阵地；把左翼阵地伸展到南面胡庄以南，由8连的张小旦排据守突击阵地。两处阵地就像两把伸出去的尖刀，敌人如果要夺取南坪集，必然要先碰到尖刀的刀刃上。他们还派出一个步兵连和侦察班、骑兵班抵近敌人22日宿营的芦沟集，以便及早发现敌人，迫使敌人过早展开。

巧得很，在我军严阵以待之时，也正是蒋介石严令黄维兵团进驻宿县、打通徐蚌铁路交通之时，黄维不能再等了。

11月23日早晨8点，敌人的行动开始了。担任主攻的是敌第18军第118师3个团，配属有快速纵队的20多辆坦克和军榴弹炮营。敌人先以炮兵和搜索部队向南坪集东西两侧2.5公里正面实施威力侦察和试探性进攻，随后，在8架飞机和20多辆坦克的掩护下，分3路向南坪集猛扑过来。敌第18军军长杨伯涛亲自到前线坦克的攻击发起位置指挥进攻，展开一副志在必得的架势。

伴着飞机的轰鸣声，一串串重磅炸弹落了下来，开阔地带立时出现了许多房屋大的弹坑。105榴弹炮、75山炮、重迫击炮一起轰鸣着，像巨雷一样，震耳欲聋。浍河中掀起无数个高高的水柱。房屋一座座地轰然倒塌，整个镇子几乎被夷为平地。

随着炮火的延伸，敌人在20多辆坦克的掩护下，多路步兵分批轮番向我军阵地猛冲。成群的坦克爬过开阔地，用炮火猛摧我们的工事，随后，敌人以火焰喷射器、机关枪、自动步枪为前导，步兵拥挤着冲了过来。

旅指挥所里，旅长刘丰接到陈赓的电话："不要怕飞机，十来架飞机带不来多少炸弹，最不好对付的是重炮，你们用山炮远射，敲一下它的重炮阵地，至少可以扰乱一下，敌人的炮兵怕死！"

我军的炮火怒吼着，集中还击。反坦克小组用炸药包、集束手榴弹将事先设置好的柴草引燃。阵地上，机枪、步枪、手榴弹一齐向敌人泻去。敌人被打得蒙头转向，冲上一拨，被我军打下去一拨。

企图迅速冲破一道缺口的敌人，认准了坚守在我军左翼胡庄西南坟地阵地上的31团8连张小旦排是他们此番进攻的钉子，决心拔除。敌人集中兵力，不惜代价，一连攻了十几次。工事被打平了，排长负重伤，3个班长都牺牲了。这时，卫生员魏树荣挺身而出，激昂地说："同志们，为了决战的胜利，跟敌人拼吧，牺牲是光荣的！"他带领剩下的几名战士，顽强地固守着阵地。

此时，陈赓也关注着11旅前沿两把尖刀的安全，当他接到梁中玉的报告后，脸上露出了笑容，指示："嘉奖坚守南坪集的部队，告诉全体指战员，一定要尽最大的努力守住阵地，歼灭更多的敌人！"

纵队首长的嘉奖迅速传遍了阵地，阵地上顿时掀起了一片欢腾的声音，决心孤注一掷，守住阵地。

战斗已经打了整整4个小时了。

敌人并不甘心失败。他们发现我军的火力点和大部分有生力量都在离村前沿200米左右的地方。于是，改变了战法。12时，敌人又以近两个师的兵力，向南坪集西侧阵地发起轮番进攻。此次，敌人把空中和地面的炮火都集中到我军前沿阵地上，主要目标是我军的又一把尖刀——在杨庄附近的6连阵地，也是31团右翼最突出的阵地。敌人以12辆坦克为先导，企图在那里突破，撕开口子。

剧烈的炮火撼动着大地。

硝烟里，6连通信员李原冲进团指挥所，向团长梁中玉报告："6连的工事全被敌人摧垮了，同志们正在暴露的地面上坚持战斗。1、2排只剩下几个人了。连长、指导员都负伤了。伤员们都在坚持战斗。现在是由党员张开指挥剩下的同志，打退了敌人4次进攻。可是敌人第5次突破了我们的阵地……"

2营营长祁大海在电话里说，敌人已经冲进了6连阵地，我们一定要把敌人堵住。

情况万分危急！敌人一个营的兵力，以火焰喷射器为前导，已经突入了6连3排阵地。两侧的5连、11连配合6连3排，正在尽力以交叉火力封锁敌人，不让敌人扩大突破口。但是，敌人并没有退缩，他们趁势把一个多营的兵力从突破口涌进来，后续部队也跟了上来，密密麻麻，一直冲到了杨庄北面。

作战参谋低声向梁中玉报告："团长，敌人离2营指挥所只有十几米了，离我们也只有200多米了。"

情况严重。梁中玉对政委戈力说："整个指挥由你负责，我带预备队上！"说罢，他便抓起两个手榴弹，带领一个参谋、两个副连长跳出了指挥所，沿着通向前沿的交通沟向前冲去。

∧ 中原野战军某部在浍河阻击战中，派小分队向敌人出击。

> 梁中玉，1964年晋升为少将军衔。

梁中玉

山西岚县人。抗日战争时期，任决死队第1总队游击1团连长，第25团教导队队长，第25团司令部作战参谋，太岳军区决1旅25团司令部作战股股长、团参谋长。解放战争时期，任晋冀鲁豫军区第4纵队11旅31团参谋长，中原野战军第4纵队11旅31团团长，第二野战军14军40师参谋长，军司令部作战处处长、副师长、师长。

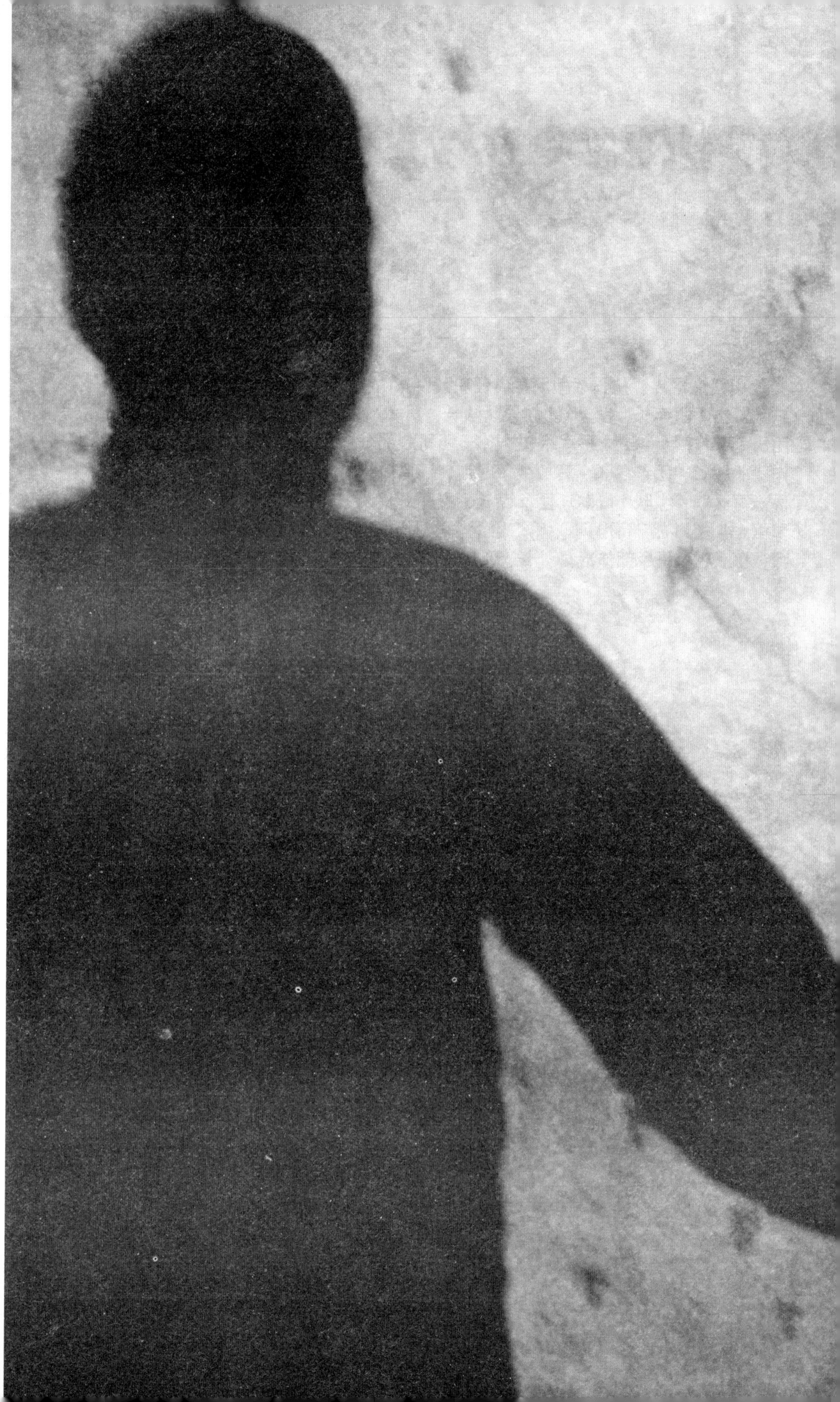

∧ 抗战时期，时任八路军129师师长的刘伯承（右）在地图前判读敌情。

从团指挥所到2营阵地，要经过100多米的开阔地。梁中玉定睛一看，只见2营阵地上，硝烟弥漫，6连阵地上的树木都被炮弹打断了，只留下了光秃秃的树干。十几辆坦克正在离2营指挥所100米左右处疯狂射击。一颗炮弹在营指挥所工事顶上爆炸了，土块飞上了天。梁中玉担心地叫着2营营长的名字："祁大海！祁大海！"只见教导员杜守信从工事中钻了出来，满身灰土，他腰中别着几个手榴弹，一手提着汽油瓶，一手提着电话机，连连说："好险！电话机几乎报销了。祁营长带着两个班支援6连去了。"

杨庄外，敌人的火焰喷射器正吐着长长的火舌，房子瞬间燃烧了起来。坦克后面，一群群敌人士兵，正持枪弯腰向前跃进。

前来支援的32团6连也已经赶到。

迫击炮阵地上，炮连正向敌人猛烈射击。连长王占魁报告说："道路被敌人封锁，炮弹运不上来，炮弹快打光了。"

"就是剩下一发，也要打到敌人群里去！炮弹打完，我们就当步兵，和敌人干！"梁中玉坚定地说。

没有负伤的、负了伤的，纷纷拿起手榴弹，端起了刺刀。预备队2连也已经赶到。

"上！"

随着梁中玉的手势，战士们就像猛虎下山一般，分两路向敌人两侧扑去。顿时，射击声、手榴弹爆炸声、呐喊声，响成一片。

1班长高凤山一手端枪跑步射击，一面高叫："同志们，这是实现决心的时候了！"他刚刚冲到村边，就中弹牺牲了。

副班长孙永平喊道："同志们冲啊，为班长报仇！"

在战士们的刺刀面前，敌人动摇了，混乱了。有一个敌人拿着火焰喷射器正要发射，被排长曾国华发现。时间紧急，手榴弹来不及拉火。曾国华几个箭步跳过去，照着那家伙的脑袋砸了下去。旁边一个敌人用刺刀向曾国华刺来，孙永平手疾眼快，赶过来就是一刺刀，那家伙也被戳翻了。看到这阵势，其余的敌人都吓呆了，乖乖地举着枪，不敢动弹。

被压缩在一排破房子里的敌人不甘失败，继续顽抗。

刺刀见红勇者胜，阵地终于被夺回。敌人作为先导的坦克，灰溜溜地当了退却时的后卫。这时，天色渐渐暗了下来，开始下起了雨，似乎是为胜利之师洗涤战尘。

敌人的正面攻击受挫，又以第14军两个团的兵力向我南坪集以东阵地进攻，企图从那里渡过浍河，迂回南坪集侧背。据守在南坪集以东浍河岸边的我军部队，人数很少，但在32团副团长胡尚礼的指挥下，英勇地打退了优势敌人的多次冲击，守住了阵地。8连曾国广班，守卫着最突出的一块前沿阵地，在连续打退敌人的轮番进攻中，全班除牺牲者外，都受伤了，他们互相包扎好伤口，坚持战斗，没有从阵地上后退半步。在他们面前，成堆的敌人尸体滚落浍河。

当敌人灰溜溜地败退后，我军接到命令，撤向浍河北岸。

还在纳闷的梁中玉接到旅参谋长王砚泉的电话："怎么？你还没有看清楚？你们已经胜利完成了任务。明天，我们还要诱敌深入，把敌人牵过浍河北岸。利用浍河，阻断敌人。这样就把我们的背水作战变成敌人的背水作战了。"

梁中玉清楚地意识到，我们的合围部队已经按时到达指定位置，我军已经赢得了时间，完成了整个部署，叫黄维北上不得，南下不能。又是一个天罗地网啊！

二话不说，他们便冒着大雨，踏着泥泞的道路奔向浍河北岸。

原来，南坪集战场，只是整个大战场棋局上举足轻重的一步。总前委的部署是：以中原野战军第4、第9纵队，豫皖苏军区独立旅，位于南坪集地区，与黄维兵团保持接触，并将该敌诱至浍河以北，利用浍河隔断敌人；第1、第2、第3、第6纵队和刚归建的第11纵队，隐蔽集结于浍河以南的曹市集、五沟集、孙瞳集、胡沟集一线，待黄维兵团在浍河处于半渡状态时，分别由东西两翼实施向心突击，配合正面各纵队，将敌分割包围，各个歼灭；华野第7纵队和特种兵炮兵一部归中野指挥，参加歼灭黄维兵团的作战。

23日夜，中原野战军第4纵队和第9纵队担任南坪集阻击的部队，按原定计划放弃南坪集，转移至徐家桥、朱口、伍家湖、半埠店一线。这时，中野第3纵队位于孙町集，第1纵队位于郭家集、界沟集，第2纵队位于白沙集，第6纵队和陕南军区第12旅位于曹市集，第11纵队位于胡沟集，布成了袋形阵地，只待黄维兵团在浍河处于半渡状态时，两翼向心突击，将其包围于浍河南北，各个歼灭。

此时的黄维，还沉浸在占领南坪集、突击成功的喜悦之中，准备继续他所谓的进攻。

战争宽银幕

❶我军战士把火炮推上火车。

❷ 陕北人民将大批粮食弹药运到前线。
❸ 我军某部坦克部队。
❹ 我军某部跨过大河，向前挺进。
❺ 我军行进在水网地带。

[亲历者的回忆]

刘有光
(时任中原野战军第4纵队政治部主任)

　　(11月) 23日8时,敌第18军以3个团的兵力,由8架飞机和20余辆坦克掩护,向我南坪集阵地展开宽正面的多路进攻,轮番不停地发起冲锋,遭到我第11旅的痛击。

　　我集中炮火向敌还击,反坦克小组用炸药包、集束手榴弹并把事先设置的柴草引燃,将敌人的进攻全部击退。

——摘自:刘有光《淮海战役中的中野4纵》

黄 维
(时任国民党军第12兵团司令)

第12兵团约于（1948年11月）21日开始由蒙城附近分渡涡河，向据守北淝河的解放军展开全面攻击。

是时，第85军亦由后方来到蒙城，经过激烈战斗，攻占板桥、鸟集。

该线的解放军被迫撤退，再据守蕲县集亘孙疃集浍河北岸之线，继续顽强狙击。

国民党军则渡过北淝河，继续展开攻击。

又解放军之有力一部在浍河南岸南坪集凭阵地死守，拒止国民党军攻击。

全线激战竟日，攻占南坪集……

——摘自：黄维《第12兵团被歼纪要》

第三章

口袋扎紧了

∧ 围攻黄维兵团的中原野战军部队正向敌发起攻势。

人民解放军大军云集，布下天罗地网。

黄维前路被堵，后路被断，梦醒后企图逃跑，可惜为时已晚。

我军多路出击，敌人猝不及防，方寸大乱，被紧紧包围在双堆集这个方寸之地。

口袋已经扎紧，邓小平露出轻松的笑容。刘伯承引经据典，决定"围而不阙"。毛泽东轻挥纤毫，字字如匕首，直戳黄维心窝。

1. 黄维入套

雨越下越大，我军后撤部队的脚步声也像雨势一样，越来越急。

这是11月23日晚上。这个晚上，黄维是在极其矛盾和焦虑的心情中度过的。

起先，他被蒙在了鼓里。熟读兵书的黄维恰恰忘记了兵不厌诈也是兵书上反复强调的计谋。他不会相信解放军会主动放弃寸土必争的南坪集，他只能相信那是他的王牌军第18军突击成功的结果。

因此，兵团部进驻南坪集后，他发出的第一个命令是：

第18军主力经南坪集北渡浍河，其他部队陆续跟进。他是固执的，他的目标还是宿县，蒋介石打通徐蚌间交通的计划在他心中牢牢扎下了根。

各路却有不祥的消息传来。

第18军便衣情报人员报告：通往宿县的公路上有解放军的大部队运动。

第11师的搜索部队在宿蒙公路两侧也遭到解放军阻击，他们发现，解放军构筑了鱼鳞式的大纵深阵地，非常坚固，兵力雄厚，严阵以待。

第10军发现，解放军的强大部队由西而东直捣自己的侧背，并与后卫部队发生了战斗。

黄维心中没有底了。他连夜找来第18军军长杨伯涛和第85军军长吴绍周，研究对策。吴绍周带来了更坏的消息：蒙城已经被解放军占领。黄维吃了一惊，他前脚走，解

国民党第18军 ──────────────────────────── ▲ ─

国民党中央军嫡系主力部队。军长胡琏（以兵团副司令官职兼任）、杨伯涛（继任）。隶属第12兵团，下辖第11、第49、第118师。该军在淮海战役第二阶段作战中，被人民解放军全歼于安徽宿县双堆集地区，少将军长杨伯涛、少将副军长兼师长王元直、少将参谋长吴庭玺等被俘。该军淮海战役后重建，由原第12兵团副司令官胡琏兼任军长。

放军后脚就占领了蒙城,分明是想断后路嘛。黄维的后脑一阵阵发麻。

黄维首先征询吴绍周和杨伯涛的意见:"兵团的任务是要打到宿县和徐州杜聿明会师。看现在的情况,我们怎么个打法,才能完成任务?"

吴绍周初来乍到,情况不明,没有说话,只是认真地看地图。

杨伯涛则分析说,我兵团所处的环境非常严重,解放军大军云集,布置下了天罗地网,有意识地放弃涡河、浍河,引诱我们深入,我们已经进了他们的圈套,所幸的是还没有到被四面包围的程度,还有主动权。如果继续执行老头子的计划,向宿县进攻,那只能是越陷越深,死路一条。

杨伯涛建议:"趁东南面还未发现情况的时候,兵团星夜向固镇西南的铁路靠拢。南坪集到固镇只有40多公里,一气就可以赶到,一方面取得后方补给,一方面和李延年兵团合股,再沿津浦线向北打。这样可以立于不败之地。"

吴绍周同意杨伯涛的意见。

黄维眉头紧锁,在房子里踱来踱去,焦急地考虑着,拿不定主意。

两位军长只有呆呆地等待司令官的决策。他们有所不知,事到如今,黄维对他们的分析还是将信将疑。解放军明摆着是退了的。黄维不愿意就此罢休,他还想再搏一下。但是,杨伯涛的分析不无道理啊!想来想去,黄维心里有主意了,既然两条船都是船,都有能够过河的可能,何不都试一试呢?准备两手也是好的,就先按他们提出的办法作出部署,渡过浍河的命令嘛,不变!

已经是半夜了,向固镇转移的部署终于定了下来:

一、以集结在南坪集东南的第14军,迅即向东坪集以西浍河之线前进,沿浍河南岸占领阵地,向北警戒阻止解放军的南下,以掩护兵团的转移;

二、第85军以主力于南坪集附近占领阵地,向西北警戒,以掩护第18军和第10军的转移,待两军通过后即经罗集向固镇以西瓦疃集附近前进;

三、第10军迅即脱离敌人,沿浍河南岸依靠第85军和第14军的掩护向固镇以西前进;

四、第18军迅即脱离敌人,连同快速纵队经双堆集向固镇西北湖沟前进;兵团司令部在第18军后跟进。

∧ 装备美式坦克的国民党军战车部队。

但是，黄维没有马上执行这个部署，而是继续命令部队渡过浍河。我们永远也无法知道黄维既然在11月23日作出了24日拂晓开始行动，向固镇方向转进的部署，为什么又要在11月24日命令部队北渡浍河呢？这是个谜。以后，黄维没有解释过，其他人也都语焉不详。

毕竟是主力兵团，行动倒也不含糊。到24日早晨，第10军主力、第18军、第14军各一部先后渡过了浍河，随即向我第4纵队、第9纵队阵地发起进攻。

黄维来迟了一步。我军在浍河北岸的袋形阵地已经布设好了，就等着他来呢。

本来以为要再打一阵子的，解放军却退了；本来以为乘势可以顺利推进的，却又遇到了顽强的阻击。黄维有点迷惑，解放军打的是哪门子仗啊，使他的部队就像过一条摸不着底的河，以为深的地方，它浅，以为浅的地方却深，深一脚浅一脚的，提心吊胆的，这滋味真不好受。

也就是后半夜平静了那么一阵。现在，激战又开始了。从早晨到中午，几路向解放军阵地进攻，愣是没有攻下来。炮兵、飞机、坦克一齐上，眼看着坦克突入了解放军的阵地，眼看着解放军的阵地被突破，又被打了回来。

直到此时，黄维还执迷不悟。杨伯涛按照转进计划部署完毕后，到兵团部报告。神态焦急万分的黄维对他说："要等我的命令才能开始行动。"

一股无名大火冲向杨伯涛的脑门，他几乎是气急败坏地质问黄维："为什么改变决心？"

黄维苦着脸说："兵团转移的命令叫一个参谋给吴绍周送去，但是这个参谋和他所乘的吉普车都失踪了，正派人寻找，还是等一等再说吧。"

黄维有黄维的难处，兵团大转移，是违背老头子的命令的，责任重大啊。

既不能进，又不叫退。杨伯涛只有干等。外面已经是火烧眉毛了，这里却迟迟下不了决断，杨伯涛那个急呀。他一会儿坐下，一会儿站起来转圈。不能再等了。"到底走还是不走？"他管不了许多，三番五次走到黄维面前，问的就是这么一句话。黄维一概支吾其词，不得要领。

前方消息一个接着一个传来，中心是一句话：共军抵抗顽强，我军行动受阻，与共军处于对峙状态。

黄维的梦终于醒了，他是不见棺材不落泪的。只有到了此时，他才深刻地意识到，他中了解放军的计，进了圈套，他的部队逐渐突入解放军之袋形阵地，形势严重！

三十六计，以走为上。这时，已经是下午4点钟了。耽误了11个多小时。如果按急行军速度，差不多快要到固镇了。

可是，晚了，说什么也晚了。

动作最快的第18军，早把部队摆成行军纵队，走到双堆集时，已经是晚上6点钟了。几十辆坦克、几百辆汽车，一到夜晚，小小河沟也是障碍，无法动弹。只好宿营。

是日夜，第18军退至双堆集附近集结，第10军撤回浍河南后即向双堆集以西地区集结。第14军在浍河南岸掩护兵团主力，第85军一部位于南坪集以南，掩护第10军撤退。

2. 口袋扎紧了

黄维要逃跑！

小李家村指挥所里，依然是一副忙碌紧张的气氛。刘伯承手拿放大镜，和陈毅一起在地图上急速查看。邓小平手拿电话机听筒，询问着战斗进展情况。

"陈赓吗？你们那里情况怎么样？"邓小平问。

国民党第14军 ———————————————————— ▲

国民党中央军嫡系部队。首任军长卫立煌。国民党整军时，该军改称整编第10师，师长罗广文。1947底，熊绶春继任师长。1948年，该师恢复第14军番号，军长熊绶春，副军长谷炳奎，参谋长梁岱。该军在淮海战役第二阶段作战中被人民解放军全歼，中将军长熊绶春被击毙，少将副军长谷炳奎、少将参谋长梁岱等被俘。后国民党重建第14军，编入黄杰第1兵团。在广西战役中，该军被全歼。

∧ 陈赓，1955年被授予大将军衔。

陈 赓

湖南湘乡人。土地革命战争时期，任红四方面军第4军第12师团长、师长，红军步兵学校校长，红军干部团团长，陕甘支队第13大队队长，红一军团第1师师长。抗日战争时期，任八路军129师386旅旅长，太岳军区太岳纵队司令员等职。解放战争时期，任中共前委书记，晋冀鲁豫野战军第4纵队司令员，第4兵团司令员兼政治委员等职。

"报告邓政委,敌人正在回撤。"

"立即强渡浍河,向敌人猛烈出击!"邓小平命令道。

"告诉陈赓,他们那里的浍河朱口至三官庙地段,是敌第75师和第14军的河防正面,是敌人撤退时的侧背,要坚决突破。"刘伯承回头说。

"是四面出击的时候了。这可是关键的一步棋啊。刀子下的越快,越利落,包黄维的饺子速度就越快。"陈毅风趣地说。

"对!司令员,你下命令吧。"邓小平把电话听筒给刘伯承递了过来。

刘伯承摆摆手:"一样。"

随着总前委的一声令下,中原野战军7个纵队从四面八方向双堆集为中心的地区猛攻过去。基本态势是:第4、第9纵队由北、东北向南进攻,第11纵队由东南向西进攻,第6纵队由南向北进攻,第1、第2纵队由西、西北向东进攻,第3纵队由西北向东南进攻。

处于撤退途中的敌人，猝不及防，方寸大乱，稍微定过神来后，拼死反抗。

又是一个激烈厮杀的夜晚。几十万人马的厮杀，无法——尽叙，只能拾捡若干片断，以窥全豹。

2纵4旅奉命从西向东插向双堆集，10团5连连长杨茂林，带领两个排冲在前头，穷追猛打，如一柄锋利的匕首，直刺敌人的心脏，一度攻进双堆集。

25日凌晨，敌85军几名军官带领随从数名，奉吴绍周之命，乘车赴110师传达命令，被我2纵部队生俘，敌人向固镇方向转移的机密文件被缴获。

3纵7、8、9旅高喊"千方百计抓住敌人，拼死拼活不让敌人跑掉"的战斗口号，从郭家集、孙疃集一线，沿浍河南岸多路向东南方向进击。7旅19团在小邹庄打退敌人第10军两个营和6辆坦克的3次反击，毙伤敌人300多人；8旅分路向南坪集以西小戴家、汴家猛插，敌18师52团在坦克掩护下，顽强堵击，敌我展开拉锯战，在我

▽ 中原野战军完全包围了黄维兵团，这是战士们在散兵掩体内阻击敌人

> 解放战争时期，时任第二野战军3兵团司令员的陈锡联。

强大的进攻面前，敌人只好退却；9旅26团在张围子遭敌反扑，战士们寸步不让，将敌击退，并乘势抢占了杨家、徐家地区。

6纵由蒙城西北檀城集以南地区向板桥集、赵集一线出击，尔后向双堆集攻击前进。其时，敌人正已经开始向东南突进。部队立即咬住了敌人，展开激战。12旅35团占领了双堆集东南的葛家庄、刘庄、小李庄、杨庄，17旅50团占领了双堆集以南和西南的周尹庄、马小庄，截住了企图向东南逃窜的敌人。

11纵由高口集、王集向浍河南岸的敌人攻击前进，进至陈楼、子孙庙、邵围子一线，左与6纵、右与9纵相衔接，封闭了双堆集东南角的一个缺口。

战斗至11月25日早晨，4纵攻至双堆集东北东坪集地区，9纵攻至东面的沈寨地区，11纵攻至东南面的邵围子地区，6纵及陕南军区第12旅，攻占至东面及东南面的周庄、小张庄地区，1纵、2纵、3纵攻至小张庄、马庄、任家地区。黄维兵团被合围在宿县西南东西不到10公里、南北5公里左右的双堆集地区内。

一夜激战。小李家村指挥部里，刘伯承、陈毅、邓小平也一夜未眠。总前委保健医生翟光栋清楚地记着，那一夜，刘伯承举着放大镜在地图前站着，几乎没有动动身子；陈毅坐在电话机旁，默默地看着随时可能响起的电话机；邓小平则手拿一副半新不旧的扑克牌，迅速摊开，又麻利地合拢。天空不时有敌机轰鸣着掠过，丢下的炸弹在不远处爆炸，房子里不时落下被爆炸震落的尘土。他们却跟无事一样。

"嘀铃铃……"电话铃声终于急促地响了起来。

1纵杨勇的电话来了，2纵陈再道的电话来了，3纵陈锡联的电话来了……简直有点应接不暇了。

陈锡联

湖北黄安（今红安）人。土地革命战争时期，任红4军第10师30团团部政治指导员，红30军第88师263团营政治教导员、团政治委员，红4军第11师副师长、师政治委员，第10师师长。抗日战争时期，任八路军129师385旅769团团长、副旅长、旅长，太行军区第3军分区司令员，太行纵队司令员。解放战争时期，任晋冀鲁豫军区第3纵队司令员，第二野战军3兵团司令员。

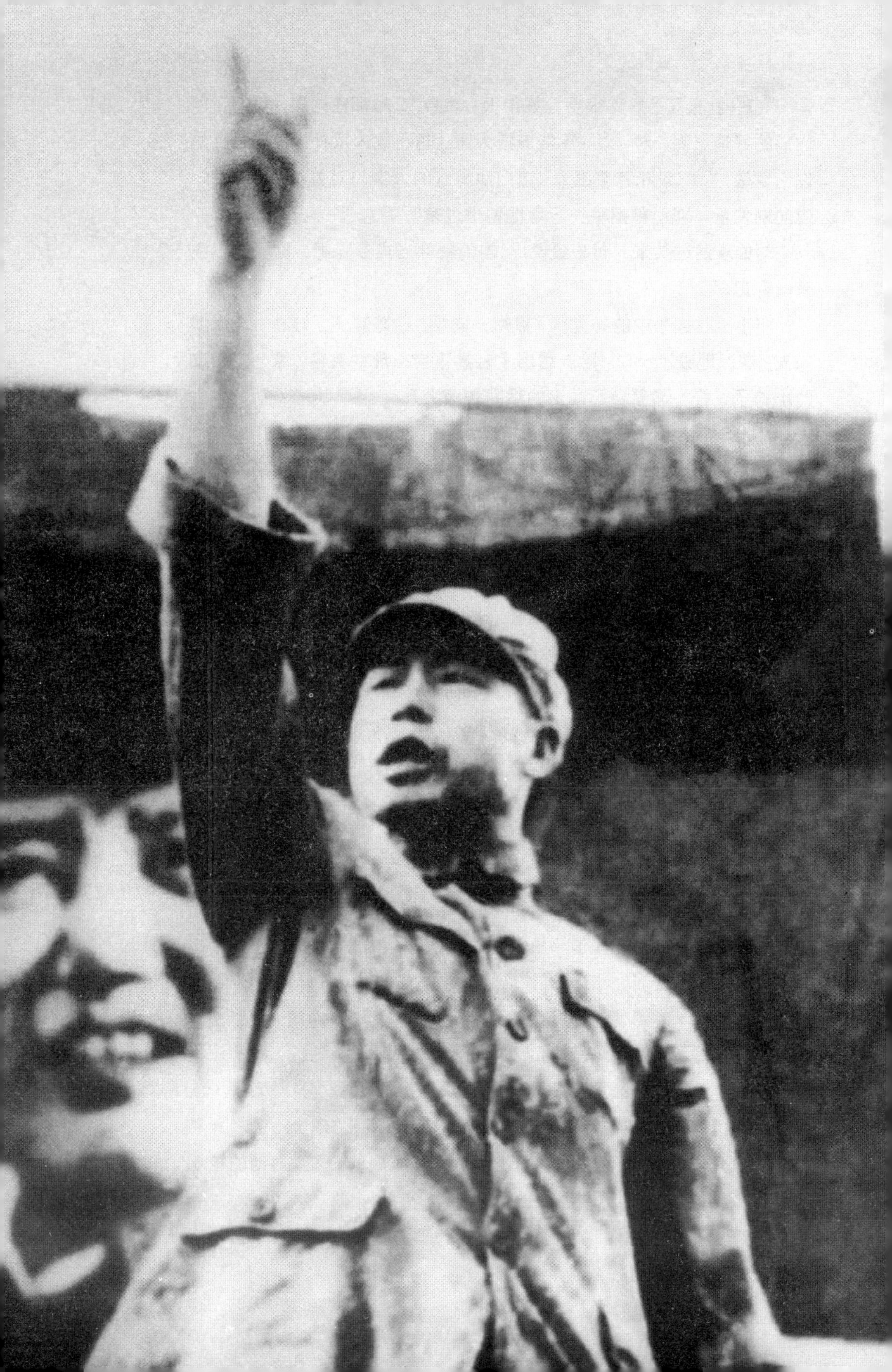

"口袋扎紧了。好得很啊！好得很！1号、2号都在这里。我们在等你们的好消息呢。对，对，不能麻痹大意，防止敌人反扑。我们三个向你们致敬！"陈毅眯着笑眼，一边用他特有的大嗓门对着听筒说着，一边向刘伯承、邓小平招手，示意他们也过来听听。

刘伯承回过头来，对陈毅说："咱们就都当当参谋吧，你复述，我来做标记。"

邓小平收起手中的扑克牌，点燃一支烟，给陈毅递了过去，又点燃一支，深深地吸了一口，脸上露出了轻易不会出现的笑容，像一个顽皮的小孩子一样，看着自己吐出的烟圈缓缓上升。

几十年后，翟光栋回忆这段往事时说："邓政委平时异常严肃，不苟言笑，他曾对我说，'一个人有一个人的脾气、秉性，我生来就是这个性格，不可能见人就笑笑，但你们见我也不要拘束嘛！'可包围黄维那天，他笑得真开心啊！"

陈毅因为激动，额头冒着热气。电话静下来了。他从墙上摘下军用水壶，满满斟了三杯白兰地，招呼刘伯承、邓小平："过来，过来，先安稳一会儿嘛。黄维总算被包了饺子，现成的下酒菜。"

"还没有煮熟啊。"刘伯承一本正经地说。

"是啊，是啊。仗要一仗一仗地打，饭要一口一口地吃。黄维是不好消化。不过，要看看是谁的胃口了。来，喝酒，喝酒。"陈毅乐呵呵地说。

邓小平指着陈毅的便便大腹，笑笑说："谁的胃口也没有你陈军长的胃口大嘛。"

三个人一齐笑了。

刘伯承慢慢品着酒，似乎还沉浸在一夜的思考中："东西10公里，南北5公里，就是50平方公里，这个账嘛，有意思，就算黄维还有10万人马，500米方圆就要500个敌人，还不说汽车、大炮、坦克……"

不等刘伯承说完，陈毅开口了："挤着热闹嘛！不这样，我们还不好收拾咧。"

"困兽犹斗。黄维这个人，是书生气十足，要不，他也不会轻而易举地按着我们的指挥棒团团转。不过，此人也有倔的一面，对他的校长可是忠诚得很那。要防止他孤注一掷，来个鱼死网破。"邓小平说。

"对，打仗嘛，既要胆大包天，又要心细如发。要提醒一线指挥员，不能轻敌。"刘伯承说。

∧ 解放战争时期的陈毅。

"是啊，饺子包好了，不等于就下锅了，下了锅也不等于煮熟了。消灭黄维兵团，是淮海战场承前启后的关键一仗，必须全力以赴。还是小平那句话，要拿出拼老命的精神来。"陈毅说。

"我的意见，应该立即命令部队，在坚决打击敌人反包围的同时，加快紧缩包围圈，把黄维驱离浍河岸边，不让他们靠近水源。"刘伯承狠狠地说。

"对，就是要把敌人困死、饿死、冻死、渴死。紧缩包围，密不透风，好连锅端。"

"你这个密不透风好！"刘伯承眼睛一亮。

"兵法上有'围三阙一'的战法，就是要放开一个口子，挤牙膏一样挤出一点打一点，各个歼灭。这在敌我兵力对比比较大时可用。现在基本是一对一。我们放开了口子，他就可以来个进一步，巩固一部，逐步推进，口子撕得越来越大，我们就被动了。关门打狗，再放开个缝隙，急疯了的狗很容易插缝溜掉。因此，我的考虑是，紧缩包围，逐渐削弱，然后一口吃掉。"刘伯承把自己的考虑和盘托出。

"我们想到一块了。部队由运动战转入阵地战，一时会不适应，困难不能低估。要有充分的心理准备和扎实的战斗准备，来对付敌人可能的反击。"陈毅说。

"军事上的准备要加强，还要发动强大的政治攻势。来个双管齐下。"邓小平插话了。

"对，给军委发电时加上一句嘛！"陈毅说。

天快亮了。电波由小李庄飞向西柏坡：

军委：

迄本晨止，黄维兵团完全被我合围于南坪集、蕲县集、邵围子、双堆集、芦沟集之间地区。敌企图向邵围子、双堆集之间突围已被我堵阻。我们已令各纵逐步紧缩，达成全歼此敌。请军委令新华广播台，加紧对敌的政治争取和瓦解工作。

刘陈邓
宥五时

3. 敌阵飞鸣镝

西柏坡。东方的天色已经开始泛白了。

又是彻夜工作的毛泽东站了起来，准备出门。周恩来兴冲冲地走了进来："主席，好消息，刘陈邓来报，黄维被围。"

"是吗？动作不慢那。恩来，我说过，有刘伯承在，不愁打不垮蒋介石，看来，事实一再证明我的话没有错啊。快告诉朱老总他们，分享分享。"毛泽东轻轻地点燃一支烟，深深地吸了一口。

"是啊，是啊！不过，刘伯承他们好像给主席布置了一道作业题呢。"周恩来说。

"什么作业？"

"你看看电报就知道了。"周恩来一边说，一边把电报递在毛泽东手中。

看了电报，毛泽东笑了："又是陈毅的主意。你看看，既没有点我毛泽东的大名，又把意思说得明明白白。他们晓得，我们这里既不发枪，也不发炮，只是发电报、发社论，现在又要加上一条，发广播稿。其实，他陈毅的笔头子也很硬朗啊，他可是当年《新蜀报》大名鼎鼎的主笔啊。既然作业题已经出了，我也只有当仁不让了。"

周恩来说："主席全局在胸，气势更大，力量自然更大了。纤笔一管敌千军。不过，黄维被围后，决不会甘心失败，要提醒他们，不能轻敌。"

毛泽东眉头微微皱了起来，一边踱着步一边说："又是一锅夹生饭那。"

是夜20时，毛泽东发电给总前委：

黄维被围，有歼灭希望，极好极慰。但请你们用极大注意力对付黄维的最后挣扎。你们除使用华野的2纵、王张纵外，10纵亦应迅速进入战场，准备参加最后战斗，保证歼黄维的足够兵力。

毛泽东的忧虑是有道理的。黄百韬兵团被围后，军委也曾经希望能在11月14日或者15日解决战斗，结果，全歼黄百韬兵团的时间比预计的晚了七八天。围歼黄维兵团的战斗，是不是也会出现这样的问题呢？

事实上，刘伯承、陈毅、邓小平的确也满怀信心地做出过乐观的估计，他们把解决战斗的时间确定为3天，即11月28日。然而，瞬息万变的战场形势，使得战斗不得不一拖再拖。此是后话，按下不表。

不过，毛泽东知道，响鼓不用重锤敲，刘伯承他们会根据战场态势随时调整部署，临机处置一切的。

又一个夜幕悄悄上来了，精神饱满的毛泽东又一次坐在桌旁。油灯、毛笔、地图这三件宝贝，伴着毛泽东度过了多少不眠之夜！此时，正是他文思敏捷、笔端生花的大好时光。北国的冬夜，寒意逼人。毛泽东左手将披在身上的大衣扯了扯，右手奋笔疾书了起来。

第二天一早，总前委和黄维的收音机里同时响起了新华广播电台播音员铿锵有力的声音：

请宿县西南地区国民党军黄维兵团的将军们、军官们、士兵们注意！人民解放军总部和你们讲话！

人民解放军现在已经把你们包围住了。你们已经走不出去了。你们的命运已经到了最后关头。为你们自己设想，为人民设想，你们应该赶快缴枪投降。冯治安的4个师已经起义了，黄百韬的10个师已经消灭了，此外还有4个师被消灭了。蚌埠的李延年、刘汝明已被我军阻隔，不能援助你们。徐州的邱清泉、李弥、孙元良也被我军阻隔，不能援助你们。蒋介石、刘峙是完全没有办法的。你们可知道，前些天，在碾庄被围的黄百韬兵团，不是等着徐州的增援吗？蒋介石一天数令催迫邱清泉增援，结果走了11天，只进15公里多，眼看黄百韬被消灭。你们现在的情形，比黄百韬更坏，你们离徐州更远，你们从南阳赶到宿县附近的南坪集走得太辛苦了，你们还能打下去吗？不如早些缴枪，少死些人，留着活命，替中国人民做点工作。人民解放军的宽大政策你们是知道的，无论是不是蒋介石的嫡系，只要放下武器，就给以宽大待遇，不论官兵，一律不杀不辱。你们的王耀武、范汉杰、郑洞国及其他一切被俘将领，都在我们这里住得好好的。其中许多人已放回去了。还有许多人我们准备放他们回去。你们都是中国人，何必替美国人打仗呢？中国人民反对蒋介石的内战独裁卖国，你们何必替蒋介石等少数反动派卖命呢？时机紧急，牺牲无益，你们应当立即放下武器。南京政府已经摇摇欲倒，黄维兵团11个师的将军们、军官们，赶快调转枪口，和我们一起打到南京去罢！

新华广播电台27日广播：

宿县南坪集国民党军12兵团总司令官黄维将军及所属4个军军长、11个师师长、各团营连排长及全体士兵们，现在中国人民解放军中原野战军司令员刘伯承将军、华东野战军司令员陈毅将军向你们讲话。

国民党12兵团司令官黄维将军及其所属全兵团长官士兵们：

我们和你们都是中国人。你我两军现在打仗。我们包围了你们。你们如此大军，仅仅占住纵横十几里内的六七个小村庄，没有粮食，没有宿地，怎么能够持久呢？不错，你们有许多飞机坦克。我们这里连一架飞机一辆坦克也没有，南坪集的天空是你们的，你们想借这些东西向东南方向突进。但是你们突了两天，突破了我们阵地没有

国民党东北"剿总"副总司令范汉杰

广东大埔人。国民党陆军中将。黄埔军校第一期毕业。曾任国民革命军第4军第10师第29团团长，第10师副师长，浙江警备师师长，第十九路军参谋处处长。抗日战争爆发后，任中央军事学校教育处处长，第27军军长，第38集团军总司令，第一战区副司令长官兼参谋长。抗战胜利后，任国防部参谋次长，陆军副总司令，第1兵团司令官等职。1948年任东北"剿总"副总司令兼锦州指挥所主任，10月在辽沈战役中被俘。

∨ 辽沈战役中，被我军俘虏的国民党东北"剿总"副总司令范汉杰。

呢？不行的，突不出去的。什么原因呢？你们的士兵都不想打，你们将军都知道吗？还是放下武器罢。放下武器的都有生路，一个不杀。愿留的当解放军，不愿留的回家去。不但对士兵、对下级军官、中级军官是这样，对高级军官将领也是这样，对黄维也是这样。替国民党贪官污吏打仗有什么意思呢？你们流血流汗，他们升官发财。你们送命，他们享福。快快觉悟过来吧。放下武器，我们都是一家人。打内战，打共产党，杀人民，这个主意是蒋介石国民党定下的，不是你们多数人愿意的，你们多数人是被迫打仗的。既然如此，还打什么呢？快快放下武器吧！过去几天，我们还是布置包围阵地，把你们压缩在一片豆腐块内，还没有进行总攻击。假如你们不投降，我们就要进行总攻击了。我们希望黄维将军依照长春郑洞国将军的榜样，为了爱惜士兵和干部的生命起见，下令投降。如果黄维将军愿意这样做，及早派遣代表出来和我们的代表谈判投降办法。你们保证有秩序的缴枪，不破坏武器和装备，我们保证你们一切人的生命安全和随身财物不受侵犯。何去何从。立即抉择。切切此告。

"啪"的一声，黄维关上了收音机。这一句句入心入骨的话，就像一把刀子，戳向了他的心窝。他打心眼里佩服起草广播稿的人，尽管他并不知道出自毛泽东之手。越是佩服，他越是心里发冷。这不啻为一颗重磅炸弹，发生连锁反应了可就不好收拾了。他下令：

"任何人都不准私自偷听敌人的广播,否则军法从事！"

他可以命令他的军官士兵不听，问题是，他管不住伸向他的阵地的无数解放军的喇叭。此刻，在广阔的田野上，到处是解放军战地宣传员的广播声，他们听也得听，不听也得听。

陈毅听到广播后，哈哈大笑起来："大手笔啊，高屋建瓴，气势磅礴，晓之以理，动之以情。好文章，好文章。只是你刘伯承和我陈毅徒有虚名，贪天功为己功了。"

15

1946年，毛泽东在延安枣园住处奋笔疾书。

战争宽银幕

❶敌人溃不成军，纷纷举手投降。

★★★★★

② 我军重机枪向敌人猛烈射击。
③ 我军某部战士在追歼残敌。
④ 我军突击队冒着炮火攻打敌城。
⑤ 在战斗中缴获敌人的部分武器。

[亲历者的回忆]

秦基伟
(时任中原野战军第9纵队司令员)

　　就在我们召开邵寨会议的同一天（11月23日），黄维12兵团的先头主力第18军渡过浍河，向浍河南岸4纵南坪集阵地猛攻，一部突破浍河。

　　总前委见18军态势突出，轻敌冒进，有隙可乘，决定4纵部队撤离南坪集，诱敌18军过浍河，在浍河以北布置袋形阵地，以4、9纵队吸引敌人，利用浍河将敌南岸的3个军隔断，集中1、2、3、6、11纵队两翼包围，予以攻歼。

　　——摘自：秦基伟《中野9纵在淮海战场》

刘明辉

（时任中原野战军第2纵队4旅政治委员）

按照部署，中原野战军各部队让开中路，沿东西两侧布防。

黄维误以为第18军突击成功，遂下令该军经南坪集过浍河，其余部队陆续跟进。

敌人渡过浍河，继续北进至忠义集、东坪集、杨庄、七里桥、朱口地区，钻入中原野战军预设的袋形阵地，即遭到东、西、北三面阻击。

这时，黄维方觉察其处于不利态势，遂令各部后撤浍河南岸，向津浦路固镇方向转移，与李延年、刘汝明两兵团靠拢，然后再北援徐州。

（11月）24日，我军即令各部队乘敌转移之机，全线出击，将敌压缩在宿县西南以双堆集为中心，纵横7公里半的地域内，形成了对黄维兵团的合围。

——摘自：《刘明辉回忆录》

第四章

定时炸弹爆炸了

∧ 冯玉祥（中）与西北军高级将领合影。

黄维四路突进，准备突围，引发了一颗埋在敌人内部的定时炸弹。

长期潜伏于虎穴的廖运周胆大心细，抓住时机，细致周密。

天不怕地不怕的王近山也有紧张的时刻。尽管一波三折，终究有惊无险。

廖运周起义，同何基沣、张克侠起义一样，加速了敌人灭亡的进程。黄维的突围计划，由此惨遭失败。

1. 黄维的突围梦

　　黄维并不甘心被围在一个窄小的圈子里束手待擒，他要冲出包围圈。26日，他决定，于次日晨集中第18军第11、第118师，第10军第18师，第85军第110师共4个师齐头并进，向双堆集东南方向突围。

　　令黄维做梦也没有想到的是，就是这个决定，引发了多年来埋藏在国民党军内部的一颗定时炸弹，这颗定时炸弹就是刚刚归他黄维亲自指挥的第85军第110师。

　　黄维尽管知道，第85军是桂系汤恩伯的主力，近年来编在了华中"剿总"白崇禧的序列，其军长吴绍周深得白崇禧的信任，白崇禧和吴绍周对第85军归入第12兵团序列是十二个不愿意的，吴绍周本人在他黄维刚刚接任第12兵团司令官时，竟借口有病回武昌休养去了，直到兵团向徐州出发前夕，才勉强回到部队。但是，他对第110师师长廖运周这个黄埔同校还是颇有好感的。他不知道的是，这个比他低好多期的黄埔第四期学生，早在1927年3月就加入了中国共产党，参加过北伐战争和南昌起义。大革命失败后，接受中共党组织的指示，长期隐蔽在国民党部队，准备在最好的时机，发挥最大的作用。他更没有料到，这个"最好的时机"，竟是他黄维给人家准备好的。

汤恩伯 ──────────────────────────── ▲ ─

　　浙江武义人。国民党陆军中将加上将衔。日本陆军士官学校毕业。曾任国民党军总司令部参谋，中央军校大队长，第2、第89师师长，第30军军长。抗战爆发后，任第31集团军总司令，第一战区副司令长官，南京卫戍司令。抗战胜利后，任京沪杭警备总司令、福建省政府主席等职，1949年去台湾。

第110师的前身是冯玉祥西北军的第2师，是察哈尔抗日同盟军的基本主力之一，曾参加过台儿庄等战役，在对日作战中屡立战功。尽管汤恩伯对这支队伍进行过多次整编，但是很多进步力量还是保存了下来。廖运周本人先后担任过该师的团长、副师长，1942年接任师长职务。

中国共产党一直重视包括廖运周师在内的原西北军冯玉祥部的争取工作。中共顺直党委、北方局、晋冀鲁豫中央分局、华东局、中原局以至中共中央军委，于不同历史时期向廖运周部署任

西北军 ── ── ── ── ── ▲ ──

冯玉祥所统辖的军队。原属北洋军阀直系。1924年北京政变后，组成国民军。1925年冯玉祥任西北边防督办，其所属军队通称西北军。1926年9月，西北军在五原誓师，改称国民联军。1927年初参加国民革命，改称国民革命军第2集团军。1930年5月，冯玉祥联合阎锡山与蒋介石作战失败，所部被国民党政府改编。

∧ 出任察绥抗日同盟军总司令的冯玉祥。
＞ 1926年9月，西北军于五原誓师，改称国民联军。图为总司令冯玉祥（左一）在誓师大会上。

务，多次选派干部秘密进入第110师，帮助开展兵运活动，发展党员和进步力量。1946年春，党组织派多名共产党员，加强了我党在该师的地下活动。1947年夏天，经中共华东局批准，该师成立了中共地下师党委。

地下师党委的活动是在我党直接领导下进行的。邓小平曾指示他们，要积极准备，耐心等待，在最有利的时机起最大的作用；要大胆发展组织，不要依赖上级派人。组织上没有忘记你们，只是目前还不到时机，不能起义。起义要在军事上、政治上起最大的作用，不光是万把人、千把枪的问题，你们要考虑到全局。

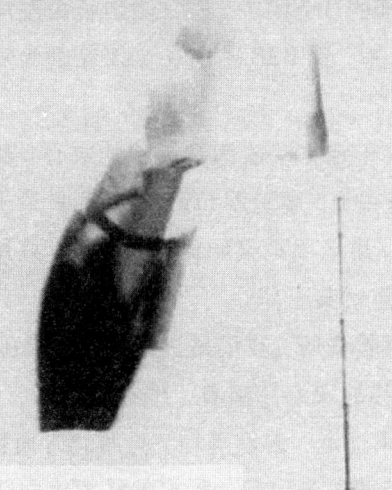

察哈尔抗日同盟军

亦称"察绥抗日同盟军"。1933年5月，冯玉祥、吉鸿昌、方振武等以国民军旧部为基础，在张家口成立察绥抗日同盟军。冯任总司令、方任前线总司令、吉任前敌总指挥。在中共和全国人民的支持下，抗击进犯察哈尔的日伪军。8月，在蒋介石的破坏和威胁下，冯玉祥离开张家口，吉鸿昌、方振武等宣布成立抗日讨贼军，继续在热河和长城一带抗击日伪军和国民党军的夹击，至9月底失败。

到淮海战场时，第110师的3个团中，329团团长由刚刚吸收入党的中共预备党员刘协侯担任，第330团团长金汉章则为党员发展对象。

11月23日深夜，黄维终于定下了向固镇转移的决心。吴绍周神态焦急地回到第85军军部所在地。廖运周和第23师师长黄子华正在焦急地等待他带回来的消息。廖运周见吴绍周脸色难看，只用眼睛看看他，没有说话。吴绍周低声对黄子华说："情况很糟糕，我军将被包围，必须转移，只怕委座不答应呀。我们是进退两难，难那。不过，现在好了，黄维还是下了转移的决心。接着，他指着地图，说："我军的任务是，主力放在南坪集附近，占领阵地，向西北方面警戒，掩护第18军和第10军转移，待两军通过后，我军就经罗集向固镇以西地区集结。第110师暂归黄维直接指挥，明日向湖沟集方向武力搜索敌情……"

廖运周一听，心里又高兴又着急。高兴的是黄维上了我军的圈套，即将被我军包围，着急的是黄维已经察觉了我军的企图，并部署了转移计划，如果我军不能迅速出击合围，就有让黄维溜掉的危险。这可是关系到整个战局成败的关键。必须立即将这一重要情报送到我军手里！否则就会贻误战机。情况紧急，又不能离开，廖运周很着急，但是，他还是镇定下来了。越是紧急时机，越要沉着冷静，不能出纰漏。他故作认真地对吴绍周说："为什么把我们师归黄维指挥？这样分割使用有诸多不便嘛。为什么要第85军掩护第18军、第10军转移？他们各自掩护直接转移不是更好吗？"

廖运周用的是缓兵之计，挑拨吴绍周和黄维之间的关系。在这样的关键时刻，能拖延一点时间是一点。

廖运周的话说到了吴绍周的心里了，他很长时间没有作声。时间在一分一秒地过去。半天吴绍周才说："你们师的任务是搜索敌情，兵力可大可小。你们把第328团留给我做预备队好吗？"

真是天上掉馅饼的好事！第328团一直是廖运周他们起义的心头之患，想甩还甩不掉呢。于是，廖运周毫不迟疑地说："完全可以，我带两个团就够了。"

吴绍周这里总算搪塞过去了，廖运周急忙回到师部，召集地下党委成员研究，决定立即派人将黄维兵团的转移计划送出去。

一夜悬心。第二天拂晓，情况明朗了。原来，黄维对杨伯涛说的那个失踪的参谋被我军俘虏了。两份情报,前后到我军手中。心中的石头落地了。黄维转移的队伍还没有全部拉开,我军就开始了全面出击,几乎是原地打转转的黄维兵团,一切都乱了套。乱套也就意味着再一次入套,而且是套牢!

2. 王近山为难了

杨庄,中原野战军第6纵队指挥所里,王近山司令员、杜义德政委眼睛通红,端座在那里,参谋人员有的站在地图前,有的守在电话机旁。从24日晚到现在,激战了整整一天,敌人企图向东南逃窜的路被堵死了。

太紧张了,战士们也太累了。但是,不能休息!此时休息就是同自己的性命开玩笑。

电话铃声急促地响了起来。

"王司令员吗?邓政委和你讲话!"

"王近山吗?情况怎么样?你们所在的双堆集东南地位非常重要,敌人企图从你们那里突围。你们那里不仅是黄维盯着的地方,也是我们关注的地方,连军委也关注着你们那。一定要坚决顶住。"

"请邓政委放心。我们已经命令占领阵地的部队,迅速构筑工事,每占领一个村庄,都要构筑能够独立作战的堡垒,村与村之间沟通纵横交通壕,以便于部队隐蔽机动,我们的阵地不仅是打退敌人进攻的坚强堡垒,而且是向敌人进攻的坚强依托。黄维企图乘我部署还没有完全就绪之际突围,只能是梦想!"

"很好,你们不仅做好了反攻击的准备,而且做好了进攻的准备。我们不会让黄维等的太久的。要发扬不怕牺牲、不怕疲劳、连续作战的作风。你们疲劳,敌人更疲劳。"

"坚决完成任务!"

刚放下电话,电话铃声又响了:

"敌49师冲出重围,逃至大营集……"

"命令萧永银,快追!同时告诉萧永银,12旅正面过宽,他们的主力要向12旅靠拢,准备随时支援12旅作战。"

放下电话,王近山对作战参谋说:"要17旅。"

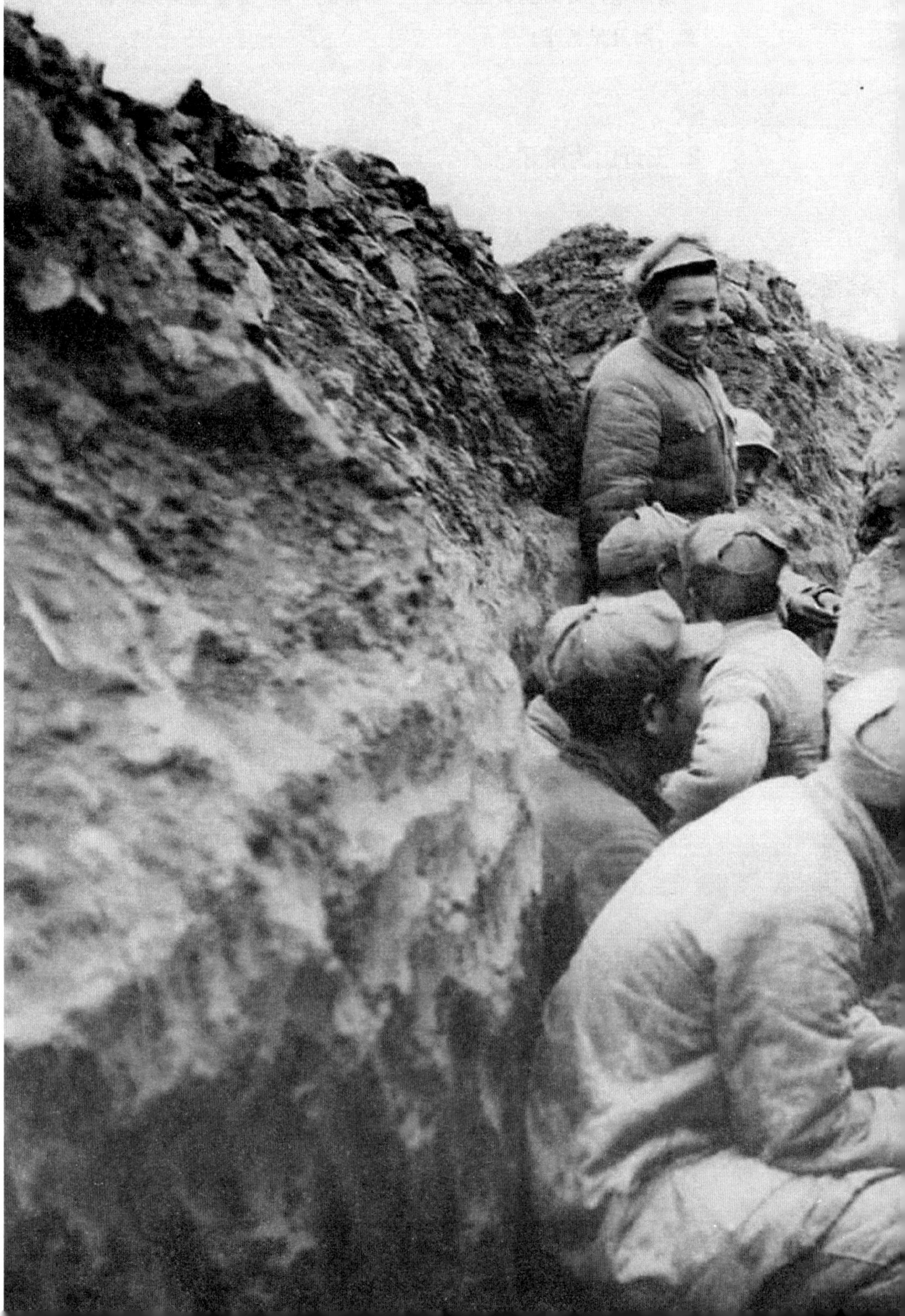

∧ 淮海战场我军某部的前沿指挥所。

< 李德生，1955年被授予少将军衔。

李德生

　　河南光山（今新县）人。土地革命战争时期，任红四方面军第4军12师35团供给处政治指导员。抗日战争时期，任八路军129师385旅排长、连长、副营长、营长，太行军区第2军分区30团团长、769团团长等职。解放战争时期，任晋冀鲁豫军区第3纵队7旅19团团长，第6纵队17旅旅长，第二野战军12军35师师长等职。

< 贺光华，1955年被授予少将军衔。

贺光华

　　江西永新人。土地革命战争时期，任红五军团司令部机要股股长、科长，军委二局副科长等职。抗日战争时期，任军委一局作战科科长，八路军120师358旅司令部作战科科长，豫南军分区参谋长等职。解放战争时期，任晋冀鲁豫野战军第2纵队6旅参谋长，中原野战军第6纵队司令部作战处处长，第6纵队17旅副旅长等职。

< 杜义德，1955年被授予中将军衔。

杜义德

　　湖北黄陂人。土地革命战争时期，任红30军第89师政治委员，红31军第91师政治委员，红四方面军总部四局局长，直属纵队司令员，骑兵师师长等职。抗日战争时期，任八路军129师随营学校副校长，新编第4旅副旅长，冀南军区副司令员，西进纵队司令员，冀南军区司令员等职。解放战争时期，任晋冀鲁豫军区第6纵队政治委员，中国人民解放军第3兵团副司令员等职。

"李德生吗？我问小马庄。要不惜血本，夺回阵地。"

"报告司令员，敌人18军4个连偷袭我50团阵地，一度由村西打进村内，50团1个营两个连和49团1个营，51团团长杨寿山带一个连，三面夹击，同敌人厮杀……"

"我要的是结果，不问你过程。"王近山打断了李德生的话。

"阵地已经夺回，阵地已经夺回！"李德生气喘吁吁地报告。

还没有来得及喘口气的王近山，正要向地图走去，突然，只见作战参谋武英带着一个头戴大盖帽的国民党军官，笑嘻嘻地走进了作战室，那国民党军官脸上也一脸释然。

搞什么搞？王近山和杜义德的脸同时一沉。

作战处长贺光华深深地剜了武英一眼，示意一位参谋拉上作战地图前的幕布。

武英见气氛有点紧张，忙上前介绍说："这是我党在第110师的地下工作者杨振海同志。"

王近山也认出了杨振海，他上前一步，握着杨振海的手说："让你受惊了。我们见过面，见过面的，你曾经联系过110师起义的事。"

来不及谦让了，杨振海急忙掏出随身携带的黄维突围的计划和地图，指点着。

"果然不出所料，黄维要突围，四路并进，来头还不小呢。"王近山和杜义德交换了一下眼神，看来廖运周已经成竹在胸了。

110师师部和黄维的兵团部同住在双堆集附近的一个村子里。11月26日下午5时，廖运周刚刚从前线回到师部，就被黄维叫去了。

黄维看了看廖运周，很镇静地说："刚才空军侦察报告说，今天午后3时敌人对我兵团的包围圈已经形成，他们正在构筑工事，你有什么主张？"

廖运周一看黄维的态度，料定黄维有新的打算，就反问了黄维一句："司令官有何决策尽管下命令，我师保证完成任务。"

黄维胸有成竹地说："我想乘敌立足未稳，打它个措手不及。决定挑选4个主力师，齐头并进，迅猛突围。"

黄维看来还是真能打仗的，这一招果然厉害。廖运周的大脑急速地转动着。他清楚地知道，黄维的部队尽管有些消耗，但是装备仍然完好，军官们大多是比较死硬的顽固分子，还有一定的士气，战斗力仍然很强。现在解放军的确是立足未稳,黄维以4个主力师的兵力突围,还真有让他跑出去的危险。此时,邓小平的话又一次在他的耳际响起,在最有利的时机发挥最大的作用。现在不正是最有利的时机和应该发挥最大作用的时候了吗?火候到了,正是起义可以利用的好时机。想到这里,廖运周平静下来了,他对黄维说:

"好啊!司令官的决策真是英明。我们师请求打头阵,愿意当开路先锋!我们既然能够攻占敌人堡垒式的工事和河川阵地,现在突破他们临时构筑的掩体,当然不在话下了。我现在是不是立即回去准备行动?"

见廖运周态度坚决,黄维很高兴,连声说:"好!好!有你这样对党国忠诚的勇士,我们不愁突破共军的重围。"

从黄维的指挥部退出后,廖运周径直到了329团指挥所。机不可失,时不再来,乘黄维突围之机,举行起义,彻底打乱黄维的计划!

派走杨振海后,廖运周他们还是觉得哪里有点不对劲。是啊,4个师齐头并进,把110师夹在中间,两翼都是敌人的精锐部队,地位很不利,万一出现失误,暴露了110师是小事,让黄维突出去可就是大事了。

廖运周再次出现在黄维面前,向黄维建议:"4个师齐头并进不如用3个师好。把第18军的主力师留在兵团做预备队,可以随时策应第一线作战。控制预备队以备不时之需,这是一个常规了。让我师先行动,如果进展得手,其他师可迅速跟进,扩大战果。"

廖运周的一番话,让黄维听得很是熨帖,在这样关键的时刻,有这样勇于打头阵,又为整个兵团的大局着想的人,实在是难能可贵啊。黄维岂止是高兴,他还有点激动,他也顾不上廖运周比他低好几级,拍着廖运周的肩膀,连连说:

"你真是我的好同学,好同志!你要什么我就给你什么,坦克、榴弹炮,随你要。"

说过后,黄维又吩咐兵团副参谋长韦镇福:"通知空军调飞机配合廖运周师行动!"

"调整"黄维的部署成功,廖运周心里更有底了,他看着一向以严谨刚毅著称的黄维高兴的像一个大孩子一样,心里暗暗发笑。国民党怎么能不败呢?何基沣、张克侠能在你们阵营中潜伏下来,我能在你们阵营中潜伏下来,还能得到你们的赏识、提升,可见你们

∧ 1947年8月31日，邓小平在中原野战军干部大会上讲话。

有多么愚蠢。他甚至有点可怜眼前这个书生气十足的兵团司令官了。

再给他吃点定心丸。廖运周又说："我已经派了几个便衣深入敌后，进行侦察，如果发现有空隙的接合部，我们就利用夜间提前行动。"

黄维连怀疑的念头都没有，一连说："好，好，你们想得周到，准备得细致。有机会就前进，要当机立断。"

所有细节在廖运周的脑海里又过了一遍，确信没有什么问题了，廖运周起身告辞，他向韦镇福要了两份地图回到了师部，接着，便像模像样地和他的副师长、参谋长一起研究起了突围计划。

真正的计划也在紧锣密鼓地进行着。

6纵指挥部里，王近山他们也正在聚精会神地听杨振海介绍情况。

杨振海兴奋地说："为了避免误会，我们商定，请求解放军前沿部队在突围处的左

89

翼闪开一个口子，等110师通过后，再把口子封上……"

他突然发现，场面气氛有点凝重。所有的人脸上都没有表情。他有点着急：

"首长，你们是不是觉得其中有诈？"

王近山沉吟着，没有说话。

杜义德笑笑说："我们相信长期在国民党军队中艰苦工作的同志。问题是，第110师还不能说全是我们共产党的天下。国民党对第110师这样的杂牌队伍，尤其是西北军的老部队，可是不放心的很那。尤其是黄维，别轻看了他，如果他来个将计就计，你们吃亏，黄维也很可能突出去。"

"首长，不会的，黄维现在一门心思就是如何突围。您说的情况我们反复考虑过。师党委的部署是很稳妥的。"杨振海说。

王近山的面容舒展开了些，他温和地对杨振海说："振海同志，你先去休息一会，我们研究研究。武参谋，你们是老相识，你陪振海同志休息去吧。"

惯于打硬仗、恶仗的王近山还是第一次遇到这样的难题，下这样的决心比他攻一个山头、一个堡垒可就难多了。

政委杜义德、政治部主任李震、作战处长贺光华也一时沉默。

一边是黄维想拼了老本突出来，一边是我们有意让开了一个人家想撕都撕不开的口子，万一情况有变，黄维的后续部队跟进太快，顺着廖运周师的道路一拥而出，我们堵不住口子怎么办？王近山为难了。他是纵队司令，总前委一再提醒他注意他所在的东南方向，一步棋错了，那可就满盘皆输了，担待不起呀！不过，当断不断，反受其乱。一个合格的指挥员，是要能在复杂的局面中理出头绪，做出决断。对廖运周来说，是机不可失，时不再来，那么，对他王近山来说，何尝不是这样呢？

想到这里，王近山噌地站了起来，这是他的习惯动作，表示他已经对某个事情考虑成熟，就要做出决断了。

等待已久的杜义德抢先他一步，说话了："这样大的事情，要报刘陈邓首长。"

"啊呀，几乎忘了，看来我是有点急糊涂了。政委提醒的好，避免我们犯错误啊。"王近山重重地坐下了。

邓小平显然比王近山他们了解的情况多，他只是在电话里平静地说了一句："好，完全同意。"就放下了电话。

"两个团的兵力，不是小数，后面还有3个师的兵力，万一廖运周同志他们几个控制不住，还是容易发生意外。我们要做好应付一切突然情况的准备，以不变应万变。狡兔三窟嘛。"王近山说。

"对，不能打无准备之仗。"杜义德说。

3. "定时炸弹"廖运周

王近山手中只有第16、17、18旅和陕南军区第12旅4个旅12个团的兵力，既要保证起义部队的安全，同时要应付各种突发事件的发生，又要粉碎敌人的突围，还真需要谋划谋划呢。

不怕一万，就怕万一。准备充分，方能万无一失。

"我的想法是，在16旅和12旅阵地之间预设通道，通道尽量避开我纵深内的村庄。两个旅分别抽出两个团在通道东西两侧占领阵地。这两个团的任务有三：一、应付意外情况；二、掩护起义部队顺利通过；三、阻击在起义部队后面跟进的突围之敌。"

王近山稍作停顿，又继续说了下去："12旅的两个团，16旅的1个团、17旅的两个团，加上12旅两个营的预备队，这5个半团的兵力，阻击黄维后面3个师的突围。18旅3个团和16旅46团作为纵队总预备队。你们看，这样的部署有什么问题吗？"

杜义德点头同意，其他人都说："没问题。"

王近山吩咐："叫杨振海同志来！"

利用这个间隙，王近山不用参谋代劳，自己亲手画了一张行军路线图。

"振海同志，现在是凌晨2点，你回去至少要到3点，规定5点钟出发，时间非常紧迫。告诉廖运周同志，刘陈邓首长已经批准了你们的起义计划，我们将协力合作，以确保你们起义成功。我们已经为你们规定了行军路线，在行军路线上将摆放高粱秆作为路标。所有起义的官兵左臂一律扎白毛巾或白布条，两军接触时，打3发枪榴弹作为联络信号。你们的集结地是罗集附近的大吴庄、西张庄。时间要提前，最好在天明以前全部通过。敌情复杂，为避免误会，你们一定要按照规定的路线通过。还有什么不明白的吗？对了，为了保证你

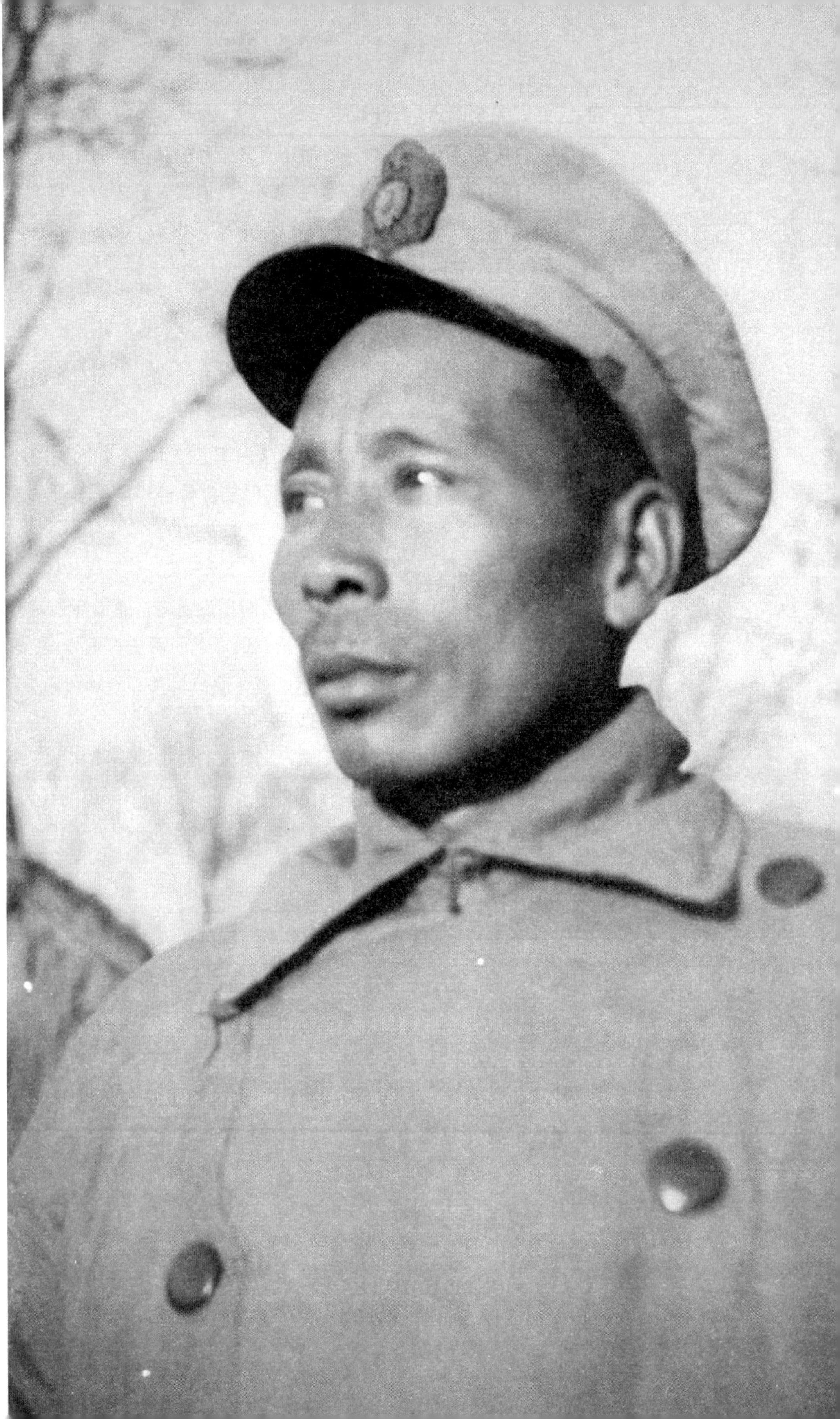

们能够准确地沿着规定的路线行进，我们决定派你的老朋友武英同志作你们的向导。"说着，王近山把自己亲手画的行军路线图递在杨振海手中。

杨振海非常激动，他的嘴唇动了动，想说点什么，结果什么也没有说，他只是向王近山行了个庄重的军礼，从喉咙深处发出一声："是！"说完，便转身消失在了夜色中。

一看杨振海笑嘻嘻地回来了，廖运周急切地盼望着的心情平静了许多，但是，他还是按捺不住自己的激动，终于要回到革命的大家庭了，多少年来，他只能等待，等待，这长久的等待，等的不就是这一天吗？看到王近山亲手画的行军路线图，他更是视若珍宝。他把路线图郑重地收好，一直保存了下来。

不过，对黄维那里，他还是放心不下，夜长梦多，何不利用这点时间再给黄维吃颗定心丸？

对廖运周的再次到来，黄维很高兴，他急切地问道：

"侦察员发现了共军的什么动向没有？你们准备得怎么样？"

"我正要向司令官报告。我们发现共军的接合部有空袭可钻，认为在拂晓前行动最为有利，特来请示。"

黄维一听，哈哈大笑起来。他大概觉得，他的突围计划是英明的，选廖运周师打头阵更是看对了人。他顺手拿出一瓶酒，对廖运周说：

"老同学，这瓶白兰地藏之久矣，一直没有舍得喝，现在我特地敬你一杯，以壮行色，预祝你们取得胜利。"

他转身招呼副参谋长韦镇福："来，来，你们是同期同班同学，也要敬一杯嘛。"

廖运周看看表，时间差不多了。他双脚靠拢，双手举杯，对黄维说："我敬司令官一杯。"黄维一饮而尽。廖运周举手敬礼，转身而去。黄维怎么也不会想到，半个多月后，眼前这个对自己毕恭毕敬的部下，将正式穿上解放军的军装，而自己则成了解放军的俘虏。

当前去接头的杨振海陪着武英来到第110师师部的时候，离规定出发的时间已经不远了。来不及客套了，武英对廖运周说："师长，我建

< 在淮海前线率部起义的国民党军第110师师长廖运周。

议，以4路纵队、正常速度前进。我同杨振海、刘协侯同志带第329团为前卫，师部及直属队居中，第320团为后卫，后面放个加强连收容掉队的官兵。时间一到，马上出发。"

"好！为了保证起义的顺利进行，我看有必要对比较可靠的连营长们公布起义的计划。"廖运周说。

"有把握吗？"

"有。"

一切都在紧张有序地进行着。

拂晓前的天色暗下来了许多，战场上暂时沉寂了。一块空地上，十来位军官靠拢在一起，看着他们的师长，周围，担任警戒的哨兵警惕地游动着。

廖运周开门见山："现在，我们已经被解放军全部包围，蚌埠的李延年、孙元良的救兵打不过来，徐州被围，黄百韬被消灭，蒙城、宿县被占，我们是援兵没有，退路已无，快要到了弹尽粮绝的地步，解放军却在不断增援。这样下去我们只有坐以待毙。蒋介石对人民犯下了滔天罪行，我们为什么还要为他卖命呢？共产党、解放军的所作所为大家都是清楚的。很多人都要求我利用朋友关系给解放军写封信，为我们提供方便，使我们脱离战场。现在，我们已经派人同解放军联系上了。解放军的司令员对我们将采取的行动非常欢迎。你们赞成不赞成这样做？"

都是十月怀胎，一朝分娩的事了，大家都说赞成。

"我们这一步走出去，就没有回头路了。国民党部队是如何对待他们所说的'叛乱'分子的，你们都是清楚的。你们都是骨干，在这生死关头，一定要掌握好部队。一、必须用行军纵队按照解放军规定的路线走，不能越位。解放军保证不向我们开枪，也不允许任何人向解放军开枪。二、任何人都不准掉队，走不动的就用车拉。三、要严守秘密。四、不愿意走的现在提出来。"

"愿意跟师长走。"

这时，东方已经破晓。是出发的时候了。

规定的时间是5点钟，现在已经快6点了，整整晚了一个小时。杨振海那个急哟。按兵不动的廖运周心中自有他的道理。凭他多年同国民党打交道的经验，在这样的紧要关头，稍显出一点慌乱，显出一点急于求成的迹象来，就会引起怀疑，功亏一篑。

浓雾依然笼罩在周围的村庄、田野、道路上，真是老天相助。在武英、杨振海、刘协侯团长的带领下，先头部队以急行军的速度开进了。一时间，脚步声、马蹄声、车轮滚动声混杂在一起。

出乎意料的顺利。

"发信号。"

三发枪榴弹闪出3团火球，被大雾吞噬了。对方没有反应。

怎么办？

"走！"活人不能被尿憋死。第18军的一个团就在近在咫尺的右翼，耽搁不得。大雾正在慢慢散去，决不能停下来！

"命令部队，跑步前进！"

4路纵队像4条游龙，加快了速度。

此时，廖运周的指挥车上，报话机里传来了急切的呼叫："长江，长江，我是武昌，你们到了哪里？"

廖运周一惊，随即镇定了下来。他接过话筒，镇静地说："武昌，武昌，我是长江。告诉司令官，我们即将抵近敌人。敌人还没有发觉我们的企图。请司令官放心。"

"好，好，此次突围，就全仗你们啦。后续部队马上就跟进了！"

黄维的话提醒了廖运周，他当即下令："命令后卫部队跟紧，速度要快！"

4. 大雾散尽是晴天

此刻的王近山，其紧张程度一点也不亚于廖运周。他站在掩体里，紧紧盯着前方，大雾弥漫，四处白茫茫的一片，什么也看不到。王近山只觉得自己心里窝着一团什么东西，吐不出来。他王近山什么江河没有蹚过，什么阵势没有见过？可是，偏偏这样的阵势他还是初次见到。

他的士兵比他紧张百倍。一个个双目圆睁，想从浓雾中辨别出起义部队的来路，可是，什么也看不见，他们下意识地握紧了手中武器，手指伸向扳机，随时准备击发。

打过仗的人都说，最紧张的不是枪炮声四起的时候，而是在等待射击命令的那段时刻。

∧ 包围黄维兵团的我军战士们,战斗间隙在战壕内休息。

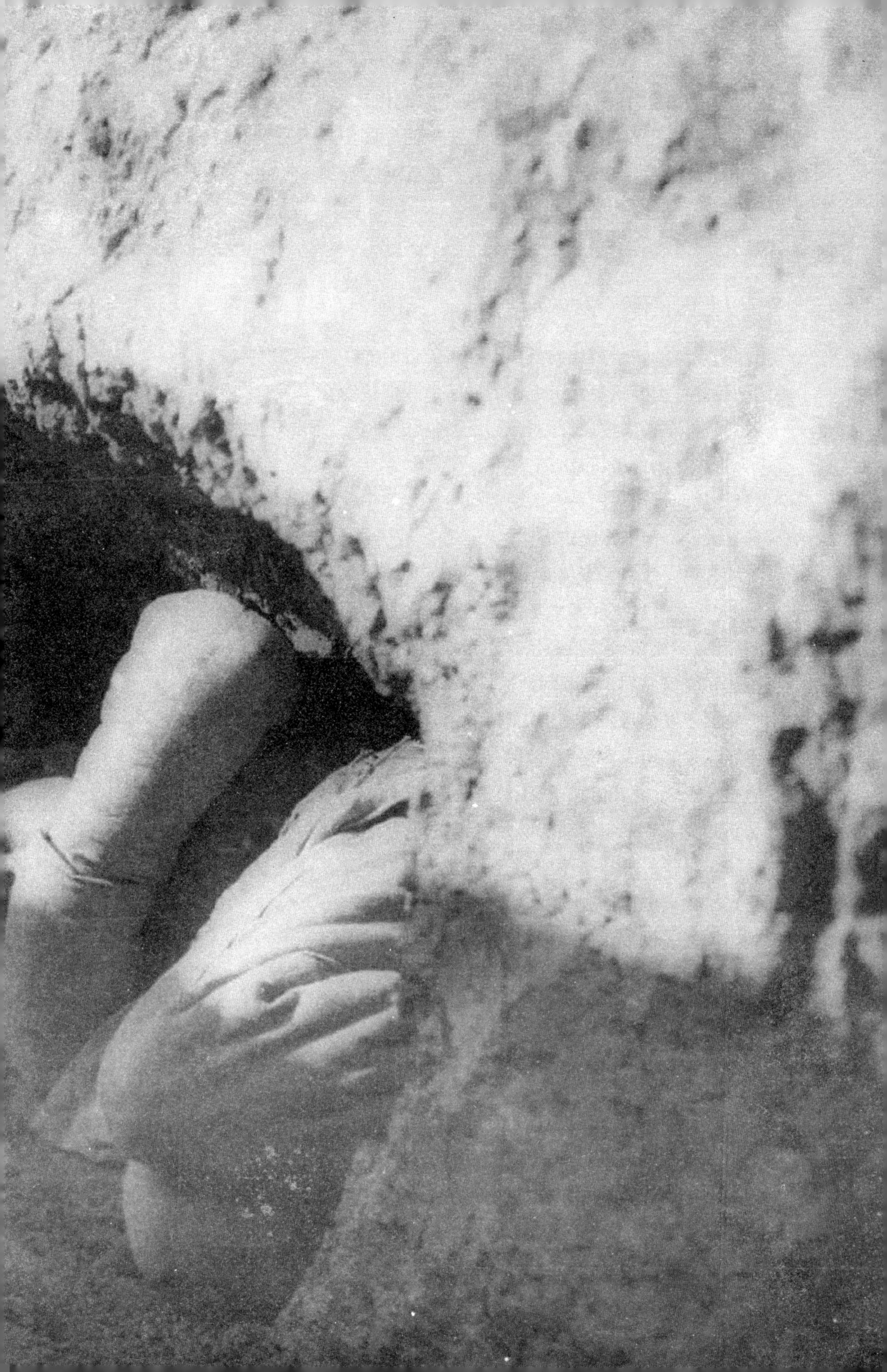

说时迟，那时快。一阵急促的脚步声隐约传来，越来越近了，是国民党的部队，但是不是廖运周师无法辨明。脚步声、马蹄声、车轮碾压声，像疾雨，像潮声压过来了，甚至可以听到人的粗粗的喘息声。

"怎么办？"

"怎么办？"

"怎么办？"

指挥员焦急的请示声如同鼓声，震得王近山的耳鼓嗡嗡发响。

需要镇静！需要镇静！王近山的脑子急速地转动着。

"做好战斗准备。按原计划行动。没有我的命令，不准开枪。"

子弹上膛声响成了一片。

突然，阵地侧后闪出一个人影。机枪手定睛一看，是个老百姓。

"什么人？"他闷声喝道。

"不要开枪！我是司令部武参谋。"武英大叫。

剑拔弩张的气氛缓和下来了。武英熟练地跳进战壕，三步两步跑到前沿指挥所。这地方他太熟悉了，不用指路。

"报告司令员，110师顺利到达！"

"为什么不发信号？"王近山怒喝。

"发了，发了两次。是雾，雾……"武英嗫嚅着。

"险些接上火，打乱仗！"王近山丢了一句。

"告诉廖师长，命令后续部队急速跟进。命令各部队，准备把口子合上！"

"是！"武英应声而去。

"是！"另一位参谋应声而去。

王近山长长吁出了一口气，伸手一摸，脑门子上都出汗了，他狠狠地甩甩手，将手中的汗水甩落在地上。

还好，第110师没有一个掉队的。几乎是在最后一个人走过的同时，6纵两个团就将口子严丝合缝地合上了。

紧接着，身后传来爆豆般的枪炮声。

好玄！18军的速度不慢那！廖运周真有点后怕了。

报话机中传出了黄维异样的呼叫声："长江，长江，你们到了哪里？你们到了哪里？"

廖运周赶紧回答："武昌，武昌，我们到了赵庄，沿途畅行无阻。"

黄维又大声说:"跟你师走的第18军那个师,遭到了密集火力的袭击,伤亡很大。"黄维真急了,他甚至顾不得军事用语的常规,用明语呼喊了。

好你个廖运周,你倒是可以畅通无阻,可18军却阻碍大得很,黄维能不气急败坏吗?

部队仍然没有完全脱离险境,行进速度依然很快。

突然,天空出现了4架飞机,围着110师的头顶盘旋。看来,黄维已经生疑。继续迷惑!廖运周下令:"按预定的联络信号,摆好布板!"飞机犹疑着,俯冲着,当他们看到信号后,又悠然飞走了,没有留下一颗炸弹。

天已经大亮了,浓浓的雾气已经散尽,初冬的淮河平原的早晨,凄冷无比,只能靠激战的枪炮来热身。

就在廖运周的部队沿着解放军指定的路线继续前进时,在他们刚刚走过的道路上,另一场战斗在激烈地进行着。

3架敌机腾空而起,地上,坦克隆隆开进,敌人后续部队的3个师,正以多路纵队的队形,大摇大摆地陆续开进。在他们前面,廖运周师消失的无影无踪,他们还以为,共军在睡觉呢。

突然,枪炮声大作。

敌人猝不及防,不知道解放军是从哪里冒出来的。队伍猛然间乱作一团,慌忙后撤。敌人心有不甘,不久又向6纵12旅坚守的小李庄、杨庄阵地展开猛烈进攻。

坚守在小李庄阵地上的1营营长李更生,面对敌人的左冲右突,杀红了眼。

"奶奶的,看我怎么收拾你,叫你有来无回。"

"报告营长,敌人的坦克从我侧后绕上来了。"

"不管它!一两个乌龟壳顶不了什么大用,敌我搅到一块,它也展不开。听我的命令,互相掩护,专打步兵,把敌人的坦克晾在一边。"

一拨上来了,被打下去了,又一拨上来了,又被打下去了,整整7次。

"上刺刀!和敌人拼了!"

小李庄的每一个角落,都在一对一的搏杀。粗重的喘息声、尖叫声、呻吟声混成一片。

阵地保住了,全营200多名指战员,有160多人倒下了,敌人则丢弃了1,000多人的尸体。李更生咬咬牙说:"我一个换他8个,值了!"

3营坚守的杨庄也不轻松。阵地几次丢掉,又几次夺了回来。下午5点,2旅旅长薛克忠指挥34团、18旅52团、17旅51团两个营向进攻杨庄的敌人展开反攻,恢复了阵地,敌人丢下无数尸体,向小王庄、李士楼退去。

与此同时，第16旅47团2营也打退敌人多次猛烈进攻，击毁敌人坦克一辆，毙敌百余，坚守住了阵地。

黄维的梦到下午1点半还没有全醒。

当廖运周到达指定的地点大吴庄时，报话员向他报告："吴副司令长官请你讲话。"

报话机里，是第12兵团副司令兼第85军军长吴绍周在喊叫："廖先生，廖先生，你们在哪里？在哪里？那里情况如何？"

该正式捉弄一下自己昔日的上级了，廖运周故意喘着气，断断续续地报告道："报告吴副司令，我师，我师，突围，突围，是很顺利，谁知，谁知，中了共军的奸计，钻进了口袋里，全师被围，被围……"

说完，他回头命令："把报话机统统关掉，一律上缴，师部的电台停止使用。"

当廖运周走到6纵指挥部时，王近山、杜义德早早就迎在了门口。

"欢迎你归队，你们辛苦了！"

两双大手紧紧握在了一起。廖运周这个刚毅的军人，不由地哽咽了。

杜义德对廖运周说："廖师长，不，该叫你运周同志。我们准备请新华社尽快发表你们起义的消息，想征求一下你的意见。不过，你不要担心家人的安全，他们已经于昨天晚上送到河南安顿好了，请你放心好了。"

王近山接着说："你们110师炮兵营马上就可以派上用场了。现在就进入阵地。"

"好，一切听司令员政委的调遣！"廖运周响亮地说道。

就在当日下午5时，刘伯承、陈毅、邓小平在给中央军委的报告中，特意提出"三天内不公布"第110师起义的消息，他们想得更细，更深。

黄维的突围计划惨败了，晚上，他们又灰溜溜地折回了双堆集。

> 廖运周，1955年被授予少将军衔。

黄维像被打了七寸的蛇，身子软软的提不起精神来。军心由此开始动摇，士气由此开始一蹶不振。以致多年以后，刘峙还心有余悸地说："第110师师长廖运周叛变，是加速黄维兵团失败之关键。"

毛泽东和朱德则于12月12日联名致电廖运周并第110师起义官兵：

你们在双堆集前线义举，脱离国民党，加入人民解放军方面，我们极为欣慰。希望你们团结一致，力求进步，在部队中实行革命的政治工作，改善官兵关系与军民关系，和人民解放军一道，为完成全国革命任务而奋斗。

淮海战役胜利后，第110师编为中国人民解放军第4兵团第14军第42师，廖运周任师长。该师以后参加了渡江战役，进军江西、广东、云南和西藏等地。廖运周本人1955年被授予少将军衔。他是我军中为数不多的被先后授予过国民党军少将军衔和中国人民解放军少将军衔的人之一。

战争宽银幕

❶ 我军部队夜间渡河。

❷ 整装待发的我军炮兵部队。
❸ 我军某部突击队向敌人发起攻击。
❹ 我军部队通过黄泛区，行进在大平原上。
❺ 我军部队通过水灾地区。

103

[亲历者的回忆]

廖运周
（时任国民党军第12兵团第85军110师师长）

26日那个晚上，同志们的心情都很激动，急切地盼望着杨振海同志回来。

27日凌晨3点，他终于回来了。他一进屋就高兴地对我们说："这次任务完成得非常顺利，真凑巧，值班参谋是我的熟人武英同志，一见面他就喊：'老伙计，原来是你呀！'说着带我去见了解放军南线总指挥王近山司令员、杜义德政委和作战处贺光华处长。他们听说我们决定在这个时候起义，都非常高兴。表示要给我们大力协助。"还说，他们对我们把黄维兵团突围计划及时送到，表示非常感谢，认为这是一件大事，并马上向刘、邓首长作了汇报。刘、邓首长指示王司令员要亲自安排组织好这次起义的接应工作，保证把第110师的同志和其他官兵拉过来。

王司令员与我研究了起义的有关事项，并让武英同志画了一张行军草图，要我们沿着解放军插上高粱秆路标的道路前进，并让起义官兵左臂一律扎白布条或毛巾，规定两军接触时打3发枪榴弹作为联络信号，并要我们经过解放军第17旅和第12旅的阵地到罗集附近的大吴庄、西张庄会合。时间要提前，最好在天明前全部通过。

我们争相看着上级给我们制定的行军路线图，更是我们回到革命队伍的通行证，是胜利的保证书啊！我们将沿着这条路线走向光明！

——摘自：廖运周《第110师战场起义始末》

杜义德
（时任中原野战军第6纵队政治委员）

11月25日晚，敌第85军110师师长、中共党员廖运周派人出来同我联系，报告了黄维决定于27日拂晓以4个精锐师为前锋，再次向固镇方向实施突围，该师担任左翼突击的任务，要求我们放开一个口子，他将乘突击机会率部进行战场起义。

这将有利于粉碎敌人大规模突围，对敌人是一个致命打击，但也要防范敌乘机突破我之阵地。

我们一面将情况及时上报中野首长，经批准，同意廖运周率部战场起义，一面根据中野首长的指示，加紧防范措施，保证廖部起义的安全和粉碎敌人的突围。

——摘自：杜义德《回忆中野6纵参加围歼黄维兵团之战》

第五章

粟裕最紧张的时刻

∧ 解放战争时期的粟裕。

淮海大地形成三个战场：围攻黄维的战斗，正在激烈地进行；钳制、阻击徐州之敌南犯和蚌埠之敌北进的任务压在了粟裕的肩头。三个战场，一副棋局，战局瞬息万变，摆阵布兵，不容丝毫闪失。粟裕7天7夜不能入睡。南犯之敌，杀气腾腾，北进之敌，跃跃欲试，战场犬牙交错，成拉锯之势。拼得一身血，不让敌寸步！大地颤抖，河山失色！

1. 粟裕7昼夜不能入睡

担任主攻黄维兵团的中野打得正激烈的时候，担任钳制、阻击方向的华野的任务一点也没有减轻，作为前线指挥员的粟裕，感到肩上的压力前所未有的沉重。

晚年的粟裕，回忆起当年的情景，曾这样说过：

"华野第二阶段作战任务的变换，并不意味着任务的减轻。我在解放战争的战役指挥中有三个最紧张的战役：宿北、豫东和淮海。而淮海战役中最紧张的是第二阶段。我曾经连续七昼夜没有睡觉，后来发作了美尼尔氏综合症，带病指挥。战役结束后，这个病大发作起来了，连七届二中全会也没有参加。

我在第二阶段特别紧张主要有以下原因：

首先，第二阶段是承前启后的阶段，全战役的关键，我必须把注意力的重心放在这一阶段，以争取全战役的转折早日实现。淮海战役的转折是在杜聿明被围死，李延年、刘汝明兵团被阻住，我军已能集中足够的兵力全歼黄维的时候。因为，在此以前，战场形势还有很大的不确定性，在此以后，我们已有把握夺取全战役的胜利了。

其次，在大兵团作战中，钳制、阻击方向集中相当大的兵力；有时大于主攻战场，

中共七届二中全会 ▲

1949年3月5日至13日，中国共产党第七届二中全会在河北省西柏坡召开。毛泽东主持了这次会议，并作了重要报告。朱德、刘少奇、周恩来、任弼时等在会议上作了重要发言。毛泽东在报告中提出了我国由新民主主义革命转变为社会主义革命的路线、方针和政策，为我国社会主义革命和建设指明了道路。七届二中全会所作出的各项政策规定，不仅对迎接中国革命的胜利，而且对新中国的建设事业，都起着巨大的指导作用。

毛泽东在中共七届二中全会上作报告。

淮海战役第二阶段就是这样。钳制、阻击战场不仅直接保障主攻战场而且关系到战役下一阶段的发展，稍有失误，便会给全局带来难以预料到的结果。淮海战役第二阶段，我钳制、阻击敌一个"剿总"指挥部、5个兵团，兵力约40余万人，距主攻战场最近只有五六十公里，其对全局的影响是可以想见的。

第三，我们要在几个方向作战，加之情况复杂多变，特别是徐州的敌人全力突围，作战方式立即由钳制、阻击转换为追击、合围，这些都大大加重了指挥员临机处置的难度。

在第二阶段，华野部队因部署多次调整及转移使用兵力，作战行动很紧张。华野共16个纵队，先后归中野直接指挥参加歼击黄维兵团的有第7、第13、第3、鲁中南纵队及特纵主力共5个纵队；另以5个纵队担负阻击李延年、刘汝明，保障中野侧背安全，并作为战役预备队；而追击合围杜聿明时最大使用兵力为11个纵队。这不仅可以看出转换使用兵力之频繁，也可以看出当时使用兵力已达到极限了。"

战场态势每时每刻都在变化之中。此时，如果不算被围在碾庄圩的黄百韬兵团，淮海战场国民党军队的总兵力还有6个兵团18个军，共50余万人，分布在徐州、蒙城、蚌埠三个战场。徐州地区有邱清泉的第2兵团、李弥的第13兵团、孙元良的第16兵团共8个军30万人；安徽蒙城地区有黄维的第12兵团4个军12万人；安徽蚌埠地区有李延年的第6兵团和刘汝明的第8兵团共6个军10万余人。三个战场，一副棋局，形势如何发展，尚有多种可能，如何根据随时变化的形势，摆阵布兵，对处在一线的战役指挥员，确实是巨大的考验，既要能随机应变，又要能当机立断，才能争取主动，粟裕能睡得着吗？

11月20日，华东野战军围歼黄百韬兵团已经接近尾声，邱清泉、李弥兵团在我华东野战军正面严重阻击、打击和侧击下，开始调整部署，收缩兵力。粟裕、陈士榘、张震向中央军委并刘伯承、陈毅、邓小平提出："黄百韬被歼后，估计邱、李兵团有收缩徐州附近之外围守备，和待机配合黄维、李延年南北、西南以宿县为中心对进，以图打通津浦线联系之极大可能。"建议"抽出4至5个纵队，必要时还可增加3个纵队，协同中野歼击黄维、李延年"，以原来负责歼灭邱清泉、李弥兵团的8个纵队部署成"大弧形包围徐州,继续监视钳制徐州之敌,阻其南援"。由韦国清、吉洛统一指挥6个纵队南下大店集地区阻击李延年兵团直接配合中野作战。

此时,华野部队已经全部参加了战斗,因为连续行动、追击、攻击,已经相当疲劳。伤亡也不小,据不太精确的统计,8纵、9纵在5,000人以上,4纵、13纵在4,000人以上,10纵、6纵、1纵在3,000人以上,3纵、鲁中南纵队、11纵在2,000人以上,2纵、7纵、11纵(王张)在1,000人以上。粟裕多么希望能争取有较短的休整补充时间啊,那样继续战斗当然更好。但是,战场形势不允许他有更多的奢望,他和他的战士们一样,能否休息,"惟须视情况允许而定"啊。

11月21日15时,中央军委和总前委复示粟裕、陈士榘、张震,"完全同意20日亥时部署。"

华野部队一刻也没有休息,开始了紧张的战斗准备。

从11月21日拂晓开始,位于徐州南面铁路两侧西起姚娄、东到潘塘一线的华野各纵队,开始构筑工事,布置阵地,准备阻击邱清泉、李弥兵团南撤。

22日黄百韬兵团被歼后,23日晚,第4、第8、第9纵队奉命撤出战场,加入徐南阻击。

24日,第9纵队进至双沟驴马山地区,位于第1纵队右侧;第8纵队移至游集、张山集、石相集地区,并在张山集以北以西及栏杆集以东地区布置了第二线阻击阵地。

26日,第4纵队移至大王集西南地区。山东兵团兵团部移至丁家楼附近,统一指挥上述各纵队。

黄百韬兵团被歼灭后,邱清泉、李弥两兵团已经失去了东援的意义,于是,他们于23日、24两日以攻势手段掩护本部向徐州退却。邱清泉于25日以主力一部配合潘塘地区的部队向徐州攻击并企图加强南侧力量,以利主力向南撤退。

24日,黄维兵团已进至南坪集附近地区。粟裕、陈士榘、张震接到刘伯承、陈毅、邓小平的电报:

我主力按原计划今敬夜出击,但我在宿县、蕲县集之线,及蕲县集以南,仅秦(基伟)李(成芳)九纵及王(秉璋)张(霖之)11纵,东面兵力较弱,因此请粟陈张至少先以3个纵队今敬(二十四日)夜赶至西寺坡车站、胡沟集、蕲县集地区,并以一个纵队进至蕲县集以南,断黄维至李(延年)、刘(汝明)联系,并准备以强大部队由浍河以南地区向西出击,向西歼敌。

同日,军委发出"完全同意先打黄维"的电报。

11月25日,粟裕、陈士榘、张震将兵力部署情况电报刘伯承、陈毅、邓小平并军委以及韦国清、吉洛、谭震林、王建安:

∨ 在围歼黄维兵团同时,华野部队担负起了阻敌李延年、刘汝明兵团的任务。这是某部47团8连在阵地阻击敌人。

6纵本日除以个师控制宿县，接替2纵3师任务外，主力进至胡沟集、观音堂之线，尽量向东推进，构筑阻击阵地，以坚决阻击李（延年）、刘（汝明）兵团可能由固镇河以南向西增援，西与王（秉璋）张（霖之）11纵联系，2纵仍控制蔡家桥、王家大庄子、古家店、西寺坡、张家桥、高口集线以西以北及铁道一线，阻击李、刘兵团沿铁路向西北进犯，并尽量将阻击阵地向东南推进，使李、刘兵团远离黄维与宿县地区。该纵应与6纵衔接。13纵及江淮部队于攻歼灵璧敌人后，13纵移至三铺、大店以南地区，加入阻击李、刘兵团，江淮两个旅则进至沱河集侧击李、刘兵团。以上各部统归韦（国清）吉（洛）指挥，并由韦吉具体部署。

除王张纵已由中野指挥参加向黄维突击外，只再调7纵、苏11纵加入对黄维之作战。该两纵于明（宥）晚始可赶到宿县以南及西南地区，10纵亦可于明晚赶到宿县以东地区作预备队，稍事休整后，准备加入歼灭黄维作战。上述各纵应如何使用，盼示。

第1、3、4、8、9、12、鲁纵、广纵等留北线负全责，阻击可能南援及沿徐（州）萧（县）路向西南增援之邱、李、孙兵团，并统归谭（震林）王（建安）指挥。

2. 徐南三路阻击

11月25日。碾庄圩西北茸山，山东兵团指挥部。华东野战军副政治委员兼山东兵团政治委员谭震林、副司令员王建安、参谋长李迎西、政治部主任谢有法等领导齐聚指挥部，脸上神色严峻。

兵团部刚刚接到华野的紧急电令，要山东兵团立即进入徐州以南地区指挥8个纵队共19个师63个团，阻击徐州之敌南犯。电令同时发给了华野第1、3、4、8、9、12、鲁中南、两广纵队和冀鲁豫军区的两个旅，限定上述各部队26日拂晓前全部进入徐州以南津浦路两侧地区。

距进入指定位置不到一天了，时间紧迫。

王建安根据8个纵队现在的态势，首先提出了兵力部署的方案：

以津浦路西的第9纵队、两广纵队、冀鲁豫军区第1、第3独立旅，组成西路阻击集团，归9纵司令员聂凤智、政治委员刘浩天统一指挥。

以津浦路东的第1、4、12纵队，组成东路阻击集团，归4纵司令员陶勇、政治委员郭化若统一指挥。

以沿津浦路及其两侧的第3、8、鲁中南纵队，组成中路阻击集团，归兵团部直接指挥。

> 聂凤智，1955年被授予中将军衔。

聂凤智 ──────────◀──

湖北省礼山（今大悟）县人。土地革命战争时期，历任红9军第27师81团副团长，红31军团长、团政治委员。参加了长征。抗日战争时期，任抗大一分校胶东支校校长，胶东军区第5旅13团团长、旅长，中海军分区司令员。解放战争时期，任山东军区第6师师长，第5师师长，华东野战军第25师师长，第9纵队参谋长、副司令员兼参谋长、司令员，第三野战军27军军长。

> 刘浩天，1955年被授予中将军衔。

刘浩天 ──────────◀──

江西宁都人。土地革命战争时期，任红一军团补充师政治部民运科科长，红一军团教导营连长等职。抗日战争时期，任八路军总部随营学校股长，115师教导2旅政治部副主任，胶东军区第2团政治委员，北海军分区政治委员等职。解放战争时期，任山东军区第5师政治委员，华东野战军第9纵队政治部主任、政治委员，第三野战军27军政治委员等职。

王建安指着地图说:"我们兵团防御前沿从徐州东南的二陈集到徐州南的三堡、徐州西南的孤山,正面100多公里。3个阻击集团要形成纵深的、梯次的防御体系,各集团展开两个纵队,全兵团共展开6个纵队,每个纵队展开两个师为第一梯队,担任一线阻击任务,以一个师为第二梯队。各纵队进入阵地后,要加强侦察、警戒,抓紧时间筑好工事,部署好兵力,组织好火力,才能大量杀伤敌人,挡住敌人,以保证阻击任务的胜利完成。"

讲话一向干净利落的谭震林见大家没有什么意见,强调指出:"我们即将抗击的是邱清泉、李弥两个兵团7个军在飞机、坦克、重型火炮配合下的连续猛烈进攻,战斗势必激烈残酷,要做好打恶仗的准备。这次阻击战能否胜利完成任务,关系到能否粉碎蒋介石3路会师,打通津浦路的计划;关系着淮海战役能否取得全胜。这是直接保障中野全歼黄维兵团的重要一仗,我们一定要打好这一仗。我们要准备阻击20天到1个月的时间,坚决完成阻击南援之敌,并寻机歼敌一部,保证南线歼击黄维兵团的艰巨任务。"

各阻击集团根据兵团的命令,立即进行了部署。

中路阻击集团,以第3、鲁中南纵队为第一梯队,第8纵队为第二梯队。第3纵队的任务是:控制秤砣山、天门山、资河之间铁路两侧阵地,坚决阻击沿铁路南前进之敌。鲁中南纵队的任务是:控制资河与宝光寺之间阵地,坚决阻击沿铁路东侧南前进之敌。第8纵队的任务是:控制奎河两岸阚町、纪家湖一带阵地,有重点地构筑防御工事,并随时准备配合右翼、左翼部队出击歼敌。

东路阻击集团,以第1、第4、第12纵队在徐州东南地带,分别控制二陈集、褚兰、关帝庙、青冢湖以东地带,一面担任坚决阻击可能沿铁路以东由西北向东南前进之敌,一面随时准备配合中路阻击部队由东南向西北出击,求得歼敌一部。

西路阻击集团,以第9、两广纵队及冀鲁豫军区两个独立旅

∨ 担任阻击任务的我军某部抓紧时间在堑壕里做饭。

在徐州以南、津浦路西侧、萧县以东，分别控制秤砣山、天门山、皇藏峪、龙爪峪以西地带，担任坚决阻击沿铁路以西由东北向西南前进之敌，并随时准备策应中路阻击部队由西南向东北出击，求得歼敌一部。

渤海纵队以一部控制茅村镇、荆山铺、运河车站，主力控制宿羊山地带，其侦察部队向徐州方向逼近。

部署已毕，9纵司令员聂凤智组织营以上干部前往战区勘察，现地明确任务。聂凤智按照在该地区阻击作战20天至一个月的计划，部署广纵和独立旅在一线，9纵在二线。当他走上阵地，看到兄弟部队连日抗击敌人的进攻，伤亡较大，也相当疲劳，随即决定，以27师派出部队接替一线防御，让兄弟部队稍加休息。纵队成前三角部署，27师在一线，25、26师在二线。

3. 要想吃肉就得啃骨头

11月26日拂晓，飞机腾空，坦克隆隆，无数发重型火炮炮弹向我阵地袭来，邱清泉、孙元良两兵团，开始了杀气腾腾的全线攻击。孙元良兵团倾巢出动，其第41、第47军，向津浦路西孤山集一线攻击；邱清泉兵团第一梯队展开第74、第12军，沿津浦路及其以东向三堡一线攻击。

此时，从南京到徐州，到处都被所谓的"潘塘镇大捷"的假像所迷惑。11月25日，南京国防部所组织的所谓"慰劳团"一行30多人，到邱清泉的第2兵团进行现场"慰劳"，"慰劳团"可谓阵容强大，有参政员、立法委员、新闻记者、上海工商界的名人、美国设在南京的新闻处的军官、国防部新闻局处长，还有徐州"剿总"前进指挥部政工处人员，等等。慰劳品主要是现洋，不论官兵，每人2元。慰劳团到达后，邱清泉自然是绘影绘声地大吹大擂了一通。为了使"大捷"的真实性做到"天衣无缝"，第32师师长龚时英按照邱清泉的授意，向第69师借来过去缴获的各种枪支200多件，作为自己在这次战斗中所缴获的"战利品"当众展览照相。

还不止于此，慰劳团还要来观战。这当然是激发士气的好时

> 孙继先，1955年被授予中将军衔。

孙继先 ━━━━━━━━━━━▼━

　　山东曹县人。土地革命战争时期，任红一军团第1师1团参谋长，红31军93师参谋长等职。抗日战争时期，任八路军第129师386旅772团参谋长，津浦支队支队长，山东纵队第2支队支队长，第2旅旅长，鲁中军区第3分区司令等职。解放战争时期，任山东军区第4师师长，华东野战军第8纵队副司令员，第3纵队代司令员，第三野战军第22军军长等职。

机，刘峙、杜聿明亲自给各兵团打电话，要求他们迅速转告官兵慰劳团来慰劳的消息，"必须打出个样子给他们看看。"

　　原来，这仗有一个重要作用，就是表演给人看的。

　　既然是看，那当然要有点声色、声势。在我第3纵队守卫的孤山集东南纱帽山高地，成了敌人做文章的下笔之处。

　　进攻纱帽山高地的是孙元良的第13兵团第41军第122师。孙元良还将配合第41军攻击重点的兵团所属重炮兵及总预备队第127师的山炮，第47军的野炮、山炮、化学炮全部集中向纱帽山轰击。当慰问团和中外记者登上第41军设在白虎山的指挥所时，五六十门大炮一齐轰鸣，飞机也凌空投掷燃烧弹，发射化学炮，顿时，燃烧弹的火光和炮火硝烟笼罩了整个纱帽山山头。

　　慰劳团成员在"国军"的"神威"面前瞪大了眼睛，傻傻地看着。记者手中的照相机响起了一片"喀嚓""喀嚓"的拍照声。有的嘴里不停地说："打得好！打得好！"孙元良显得既开心，又神气，仿佛这些慰劳团成员和记者就是战争胜负的裁判，只要他们说胜利了，那就一定会胜利的。

　　殊不知，他面对的我华野第3纵队指战员早已憋着一口气。

　　多次担任攻坚任务的第3纵队，很少打过阻击战。司令员孙继先是红军长征时著名的大渡河17勇士的英雄营长，向来敢打能拼。淮海战役一打响，上下个个摩拳擦掌，看着别人打胜仗，眼红得很，纷纷说："不能光听人家的了，咱也要打个大胜仗给人家听听。一进战场，却主要是打牵制，半个多月来，东迎西挡，马不停蹄，打得很疲劳，消耗大，补充少。牢骚自然就来了，有人说了："我们从北打到南，从西打到东，一直打牵制，光啃骨头吃不上肉。""攻坚有名有利，阻击挨打受气。"

孙继先和政委丁秋生一听，不对头嘛。于是，成立了"战时政治工作办公室"，专事形势任务教育。

在干部会议上，孙继先说：

"我们必须明白，在一场战役中，主攻与牵制是互为作用的，都是全局的需要，丢了哪头，都将对整个战役发生不利的影响。肉当然要吃，骨头也必须有人啃。在一定条件下，啃骨头要比吃肉还要困难。大家想想，在围歼黄百韬的战斗中，如果没有西线的顽强阻击，让邱清泉、李弥兵团进至碾庄圩和黄百韬兵团会合，我们能轻而易举地吃掉黄百韬兵团吗？"

"大家都知道我纵9师25团有个'张德胜连'，在与敌人争夺徐州外围机场附近阵地过程中，该连发扬敢于近战、敢打恶仗的战斗作风，用刺刀、手榴弹、石块打退敌人多次反扑。副连长、爆破英雄陈细俊在敌人突入阵地时，带领1排同敌人展开了肉搏，光荣牺牲。我们用我们的鲜血和生命守住了阵地，迫使敌人停止反扑，原地固守。这不是牵制吗？我们这次担任的阻击任务是极其光荣的，也是非常艰巨的，是硬仗、恶仗，如果不能堵住徐州之敌，让敌人透过我防线南下，使敌人的'南北对进'的计划得逞，就会使我军陷入极大的被动，不仅不能保证歼灭黄维兵团，反而会使我南线各部队侧背受到巨大威胁。听说，粟司令员都为此睡不着觉。粟司令员什么仗没有打过呀？同志们想想，他为什么睡不着觉？说明我们担任牵制任务重要，也危险，牵动着全局哪！我们只要在这里多顶一小时，就会增加一分歼灭黄维兵团的把握。"

响鼓不用重锤敲。经过五天五夜的抢修工事，他们就完成了阵地的构筑任务，严阵以待。

战斗在激烈地进行着。在3纵正面，面对孙元良兵团的第47军部队和邱清泉兵团的第74军部队的全线攻击，3纵8师和特务团顽强坚守着阵地，给敌人以迎头痛击。

4. 誓与阵地共存亡

孙元良兵团在铁路以西,主要突击方向在华野两广纵队防御正面。战斗极其惨烈。

下午5时,孙元良兵团41军122师倾巢出动,由二十五里桥、双沟向我第3团两半山东部阵地发起进攻,来势凶猛。在该地防守的2营英勇地将敌人打了回去。到了黄昏,敌人一路从正面偷袭我两半山前沿阵地,另一路绕经下班井袭占我两半山主阵地。第3团组织了两次反击,由于敌众我寡,敌人又占据了有利地形,我军伤亡了数十人都没有奏效,到第二天拂晓前,两半山阵地全部被敌人占领。

敌人的偷袭来得突然而猛烈,当司令员曾生把情况全部弄清时,敌人第122师已经占领了两半山所有的制高点,同时,敌人的第124师乘势袭占了我1团白虎山阵地。

要把失去的阵地夺回来,必须动用大量的兵力和作出重大牺牲。怎么办?我们手中仅有不足5个营的兵力,而进占两半山的敌人则达到两个师。不能作无谓的牺牲,纵队决定放弃第一道防线,集中兵力固守第二道防线。

津浦铁路东侧,我鲁中南纵队阵地上,我军同邱清泉兵团所属的70军和74军部队的争夺战也打得难解难分。天上是飞机掩护,地下有坦克当道,坦克后面是步兵跟进,

> 曾生,1955年被授予少将军衔。

曾 生 ────────▲

广东惠阳人。土地革命战争时期,任中山大学抗日救国会主席团主席,广州抗日联合会主席团主席。抗日战争时期,任中共海员工会组织部部长、书记,中共惠(阳)宝(安)工委书记,惠宝抗日游击总队总队长,广东人民抗日游击队东江纵队司令员。解放战争时期,任华东军区军政大学副校长,渤海军区副司令员,两广纵队司令员。

炮弹划过天空，发出怪叫声，巨大的爆炸声震耳欲聋。逐点逐村的反复争夺，冲击与反冲击的反复拉锯，战场犬牙交错，敌人要攻占一个村落、一个阵地，都要付出极大的代价，有的阵地白天被敌人占领了，晚上又回到了我军手中。

136团第2营坚守的都庄阵地上，敌人74军两个团在飞机、大炮、坦克掩护下，连续进行了8次进攻，但都被顽强顶住，阵地牢牢守住。

战斗打了整整一天，邱清泉、孙元良两个兵团，也仅仅占领了我刘塘及白头山、光山、关砦、两半山、银山等阻击阵地。

27日，杜聿明为加强攻击力量，令邱清泉投入3个军分3路向官庄、刘庄、赵庄、前后谷堆、观音堂、半山等10多个村庄的我军防御阵地猛烈攻击。华东野战军阻击集团各纵队继续顽强抗击。激战竟日，邱兵团相继占领上述各村庄。

是日拂晓，袭占我两广纵队两半山阵地的孙元良兵团41军，集中两个团的兵力，并由47军一部配合，在猛烈炮火支援下，三面夹击我第1团防守的纱帽山、马路山阵地。敌人连续发射了1,000多发炮弹，我军阵地几乎被炸成平地。1团顽强抗击，杀伤敌人200多名，后被迫撤出阵地。

部队撤离纱帽山时，由3连曾发班长率本班掩护全营转移。曾发腿上负了重伤。敌人正往上冲，情况危急。两名战士上来要背他。曾发毅然命令："你们快走，我自有办法。"只见他趴在战壕里，用冲锋枪向冲上来的敌人猛扫，子弹打光了。敌人冲进了战壕，曾发毅然拉响仅剩的两颗手榴弹，与敌人同归于尽。

同日晨，敌孙元良兵团第47军第125师第374团向我第3纵队第8师第22团坚守的梁庄阵地攻击，被我击退。当晚，敌第375团再次偷袭梁庄，22团2营待敌接近至我前沿数十米时，突然以猛烈短促火力射击，当即毙伤敌人200多名，迫使敌人仓皇溃退。

是日，敌人相继占领了我搬井、两半山、孤山、纱帽山、马路山等阻击阵地。

经过苦战，我军虽然迟滞了敌人的行动，挫败了敌人的锐气，使敌人就像陷入泥潭的老牛，抬不起脚，迈不开步，但是，由于我军在津浦铁路两侧及中心阵地的阻击力量相对薄弱，不少前沿阵地还是被敌人占领了。

增加防御力量。粟裕、陈士榘、张震将阻击集团作了调整：

第9纵队于26日西进，28日到达永涸砦以南的南庄地区，并指挥两广纵队和冀鲁豫军区两个旅，以加强西路阻击集团的力量。

第8纵队于28日移至高台子以北地区，接替鲁中南纵队防御阵地，以加强中路阻击集团力量。鲁中南纵队因连日激战，部队消耗较大，于29日撤至夹沟以南、符离集地区以东休整。

第4纵队于27日移至陆家庄、马娄、大湖里、鲍家庄地区，并指挥第1、第12纵队，以加强东路阻击集团力量。

第3、第8、鲁中南纵队，由山东兵团部直接指挥。

11月28日，孙元良兵团再次向我西路阻击集团阵地发起攻击。

上午7时，敌人集中了两个野炮营和两个山炮营，在飞机的支援下，向我两广纵队的第二道防线发起了猛烈进攻。敌第41军首先集中兵力向我1团瓦房阵地攻击。敌人的第一次冲锋被我击退，紧接着，敌人开始了第二次冲锋。我防守部队伤亡过大，弹药打光了，于8时20分被迫撤出阵地。8时30分，1团乘敌人立足未稳，以第2营为主实施反击，夺回瓦房阵地，歼敌一部。瓦房村子小，位置又十分突出，不利于防守，9时，命令部队撤回，集中兵力防守卢村砦。

9时30分，敌人对卢村砦和大方山阵地进行全面的炮击，接着，第41军对卢村砦、第47军对大方山同时发起进攻。在大方山方向，敌人首先攻击我2团位于左侧山脚的前沿阵地，被我击退。接着，敌人以异常猛烈的炮火向我阵地倾泻，我军阵地全部被毁，防守该地的4连伤亡很重，连长、副政治指导员负伤，撤出阵地。2营旋即组织反击，但没有成功。疯狂的敌人接着以更猛烈的炮火，实施梯层延伸射击，掩护其步兵夺占了大方山。

大方山失守，情况严重。曾生司令员、雷经天政委和姜茂生参谋长心里同时一惊。大方山是卢村砦的屏障，而卢村砦是孙元良兵团南进的主要通道，敌人夺占了大方山，就可以居高临下从侧翼夹击卢村砦，如卢村砦失守，两广纵队的防御就有崩溃的危险，孙元良兵团就可以长驱直入，并可配合东面的邱清泉兵团夹击我第3纵队，打开杜聿明集团南进的大缺口，从而影响战役的全局，后果不堪设想。

曾生当即命令2团：不惜一切代价夺回大方山阵地，并千方百计守住它！

10时30分，团属迫击炮首先开火，敌人的机枪火力被压制下去了。紧接着，营属火炮、1团、3团各一个连的火力一齐向敌人开了火，2团4个连的兵力，在各连干部的带领下，向大方山阵地冲去。冲在最前面的是5连连长曾福。突然，他的身子趔趄了一下，负伤了，他没有停留，继续向前冲去。5连副连长陈玉麟、4连副政治

指导员刘观胜相继牺牲，还有4个连级干部负伤。干部身先士卒，战士们叫喊着冲向敌阵。经过30分钟的激烈战斗，我军夺回了大方山，歼敌一个连，敌人一个副营长乖乖的当了俘虏。危局挽回了，防线稳定了。

然而，敌人并不甘心他们的失败，整个下午，敌人的炮火不断向大方山轰击，步兵也一次又一次地发起冲击。2团接受了上午丢失阵地的教训，在敌人炮火袭击时，部队隐蔽在棱线后的死角里，待敌炮火向我纵深延伸时，迅速抢占棱线，居高临下，以轻机枪、冲锋枪和手榴弹猛击

> 淮海战场上，我军卫生员正在为伤员包扎伤口。

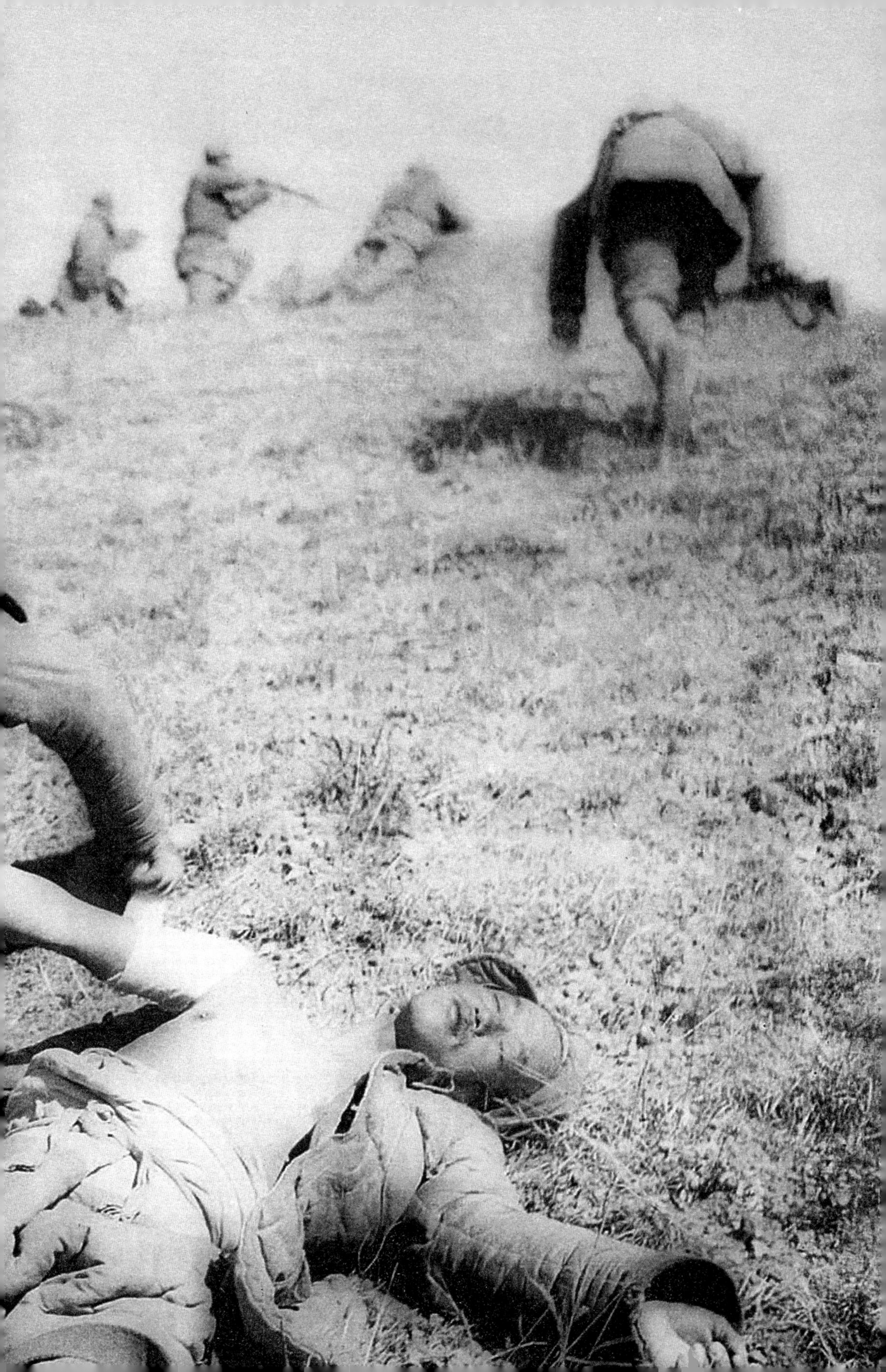

∧ 为支援淮海战役我军作战，华东民众用马车将弹药运往前线。

敌人，一次又一次打退了敌人的进攻，敌人的尸体布满了大方山的北山坡，我2团的大方山阵地岿然不动。

在卢村砦方向，11时前，敌人连续对我1团阵地发起两次冲锋，均被我军打退。13时30分，敌人的增援部队到达，随即在猛烈炮火的掩护下，向我发起了第三次冲锋，我正面部队的轻重机枪、步枪一齐射击，手榴弹在敌人群中炸开了花，敌人防不胜防，又遭我反击部队的侧击，狼狈退回瓦房。

敌人仍不甘心，连续出动了"野马"式战斗机对我阵地实施轮番轰炸，仅半小时，我卢村砦前沿所有工事全部被毁，全村房屋起火燃烧，村子几乎被炸平，到处是断墙

> 美军装备的P-51"野马"式战斗机。

P-51"野马"式战斗机

第二次世界大战中的著名战斗机,由美国北美航空公司于1941年8月制造完成。具有速度快、机动性好、航程远、火力强等优点。其性能参数为:机长9.83米,机高3.71米,翼展11.3米,总重3,990千克,空重2,970千克、装1台845.25千瓦的活塞螺旋桨发动机,最大速度623千米/小时,实用升限9,560米,爬升率7,620米/分,最大航程1,890千米。机翼装6挺12.7毫米机枪,共带1,880发子弹,有的机型还外可挂10枚127毫米火箭弹或2枚炸弹。

和瓦砾，烟雾滚滚，几步远就看不见人了。位于卢村砦村南沿约100米的两广纵队指挥所，也遭到敌人炮火猛烈的轰击，一度中断了指挥，后转移至位于距离此地约1,500米处的第3纵队指挥部所在地张村继续指挥。

战斗在艰难吃力地进行着。正在这时，纵队接到山东兵团发来的电报：

着令所有阻击部队，在现有阵地上不许后退一步。告两广纵队，第9纵队正向卢村砦开进中。

18时，战斗再起，敌人在疯狂轰炸后，出动两个团的兵力，向两广纵队扑来，妄图踏平卢村砦。

1团团长彭沃报告："司令员，情况不好啊，非常严重。"

曾生对着电话大声说："卢村砦决不能丢失，必须坚持到9纵来接防，明白吗？"

彭沃坚定地回答："请首长放心，人在阵地在，我们就是剩下一个人，也保证坚持在阵地上。"

援军在后，指战员们坚守的信心更强了。

5连2排排长林权，率领本排坚守在最前沿，他根据敌人进攻的特点，等到敌人步兵接近到20多米的距离时，全排同时猛烈开火。林权手中的轻机枪嗒嗒嗒地叫着，敌人瞬间倒下一片，还不等敌人喘过气来，他又一口气打出几个手榴弹，敌人的尸体在手榴弹的爆炸声中腾空而起。惊弓之鸟的敌人企图找寻空隙夺路而逃。他一声令下，率领全排跃出战壕冲向敌人。敌人的一发子弹击中了他，他仍然没有倒下，继续高举手榴弹追击敌人，一直冲到阵地前20多米的坟堆处才倒了下去。

恶战还在继续，1团粉碎了敌人一次又一次的冲击，也付出了巨大的伤亡，仅营连干部就伤亡了13人，全团除一个连还保存了一个建制排外，其他各连只剩1到2个班的兵力，而且不成建制了。

纵队党委发出了"誓与阵地共存亡，战斗到最后一个人也要守住阵地"的战斗号召，还决定把纵队直属警卫连、侦察连、文工团以及所有不直接担负战勤工作的机关后勤人员拨归1团指挥，以加强卢村砦的防御力量。纵队派姜茂生参谋长到2团，邬强参谋处长到1团加强指挥。

20时30分，我警卫连和侦察连到达1团3营阵地，正值敌人又一轮冲锋开始，他们即协同3营将敌人打了回去，并实施反冲击，敌人弃尸百余具，两个连也付出了伤亡28人的代价。

从28日晚到29日晨，敌人以更加炽烈的炮火通宵达旦地继续对我卢村砦阵地轰击，并4次出动小分队，利用夜间向我偷袭。1团指战员严阵以待，敌人的每一次偷袭行动,都被该团阵地前的潜伏分队以短促的火力击溃,并歼其一部。

杜聿明不死心,命令已经焦头烂额的孙元良兵团攻占卢村砦和大方山阵地,炮火的轰鸣声,敌机的轰炸声又一次响起。

在大方山方向,敌人的一个排曾一度攻上山顶,被我2团全部消灭。在2团强有力的抗击下,敌人不仅再也无法接近山顶,连前沿阵地也无法接近了,只好待在几百米外"望山兴叹"了。

在卢村砦方向,敌人数次向我设在砦西北角的两块有柏树林小坟堆的前沿阵地攻击,与我反复争夺,战斗激烈,敌我伤亡都很大。敌人从正面攻不下,就派出5辆坦克组成迂回队,企图从卢村砦至朱圩子之间突破。此时,在这个约两公里的地段上,两广纵队没有部署一兵一卒,手上又无机动兵力,1团剩下的兵力,对付正面进攻的敌人已经很吃力了,再没有力量对付敌人的迂回。就在这万分危急的关键时刻,9纵先头营及时赶到,协助1团击溃了从正面进攻的敌人;冀鲁豫军区独立1、3旅以猛烈的侧射火力,猛击敌人的迂回队,敌人只好掉头退向孤山集。

29日,邱清泉兵团投入4个军进行攻击。经过激烈的争夺,第12军占领四堡、魏家娄等5处;第72军占领郝庄、王庄;第70军占领鲁山、北庄等6处;第5军占领水口等4处。

是日拂晓,华野第9纵队接替两广纵队在卢村砦防守后,又连续打退孙元良兵团的进攻;当日夜,第9、第3、第8、第12纵队分别组织反击,相继收复了瓦房、夏村、官桥、严庄、花庄、小店等村庄的阵地。

30日,邱清泉、孙元良两兵团发动了更大规模的进攻,企图一举突破我军阻击阵地,向南推进。孙元良第41、第47军向我西路阻击集团阵地全力攻击。邱清泉第12、第72军向我中路阻击集团全力攻击;第70军、第5军向我东路阻击集团攻击。

敌人还是使用自己惯常的进攻手法,飞机在天上扔炸弹,火炮在阵地上齐射,坦克在前面开道,步兵在后面跟进,每一次进攻,都是集中使用火力,一个进攻波次还没有完结,又一个进攻波次已经开始,敌人企图以优势火力和优势进攻,不给我军以喘息的机会。逐村争夺、逐点争夺的战斗在重演,短刀肉搏的苦战在继续。

我军以正面阻击与侧翼出击相结合的战法,奋勇抗击。

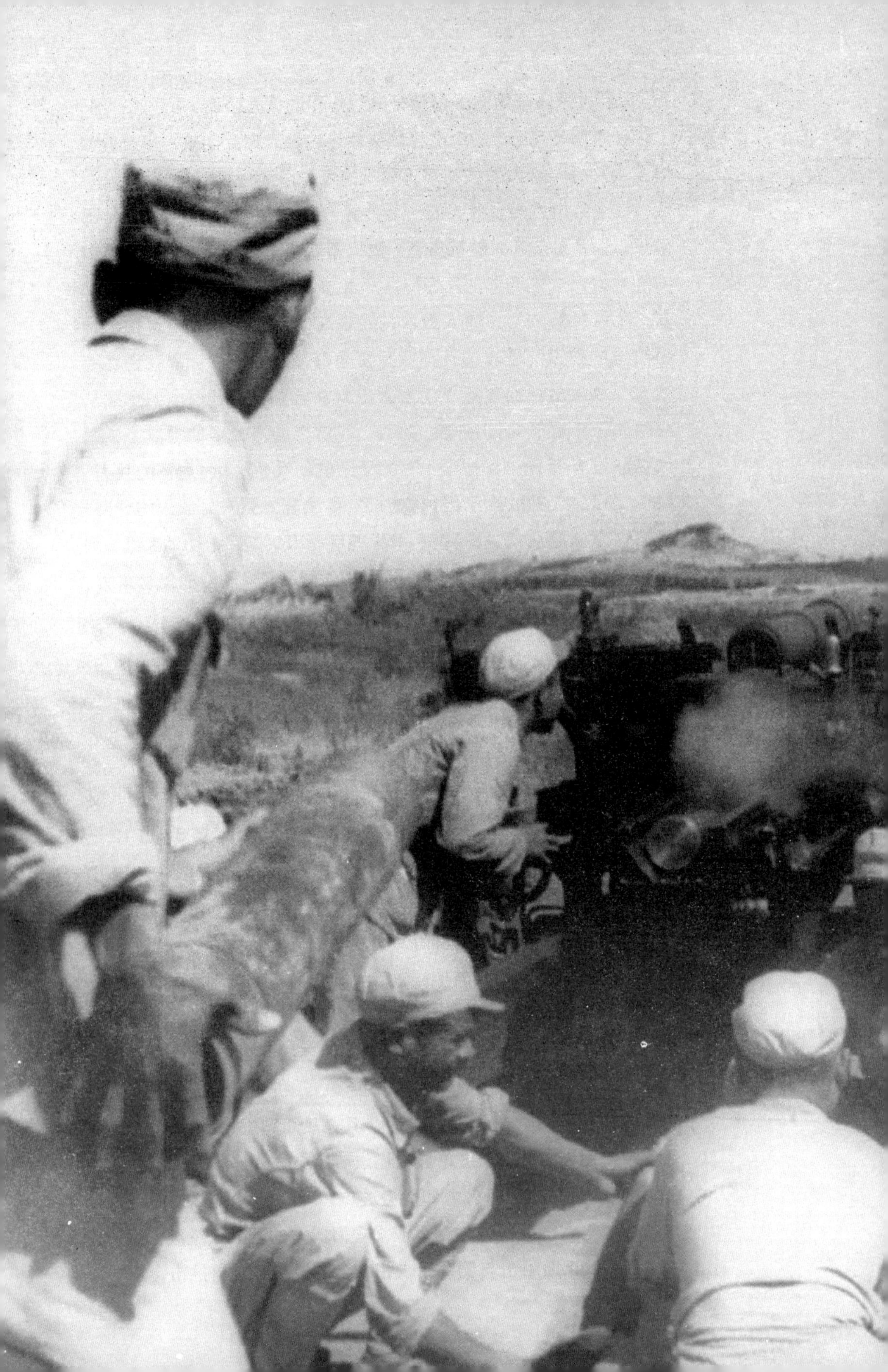

◁ 我军炮兵正向敌阵地轰击。

"人在阵地在,誓与阵地共存亡!"响亮的战斗口号在激励着战士们。

坚守小店的我第12纵队打退了第5军4个团多次集团冲击,击毁坦克3辆,毙伤敌人近千人。

时日黄昏至午夜1时,第12、第3、第9纵队再次组织反击,重新夺回洪老坝、后官桥以及孤山集、大小张集、沙庄、北庄、孙小庄、褚兰一线阵地。

自11月24日至30日,邱清泉、孙元良两兵团每日仅推进0.5到1.5公里,却付出了死伤4,000余人的沉重代价,最终被阻在孤山集、四堡、褚兰一线以北地区。

5. 不让李、刘靠近黄维

军委批准总前委关于先打黄维的方案后,华野除令7纵、特纵主力和中野11纵改归中野指挥,参加歼灭黄维兵团外,以8个纵队部署于徐州以南,阻击北线邱清泉、李弥、孙元良3兵团南进,其余各纵队南下会同苏北兵团求歼李延年、刘汝明之一部。在主力到达之前,先以苏北兵团指挥2纵、6纵阻击李延年、刘汝明两兵团,以保障中野围歼黄维兵团。命令下达后,苏北兵团司令员韦国清立即命令6纵控制宿县,主力进到胡沟集、观音堂之线,阻击李、刘兵团可能自固镇浍河以南由东向西增援。2纵阻击李、刘两兵团沿铁路向西北进犯,并尽量将阻击阵地向东北推进,使李、刘两兵团远离黄维兵团。

兵团部刚刚由高沟移至宿县东南的李家,韦国清就接到中野4纵司令员陈赓从南坪集打来的电话。当时,刘伯承、陈毅、邓小平随中野4纵行动,陈赓实际上担当的是参谋长的角色。

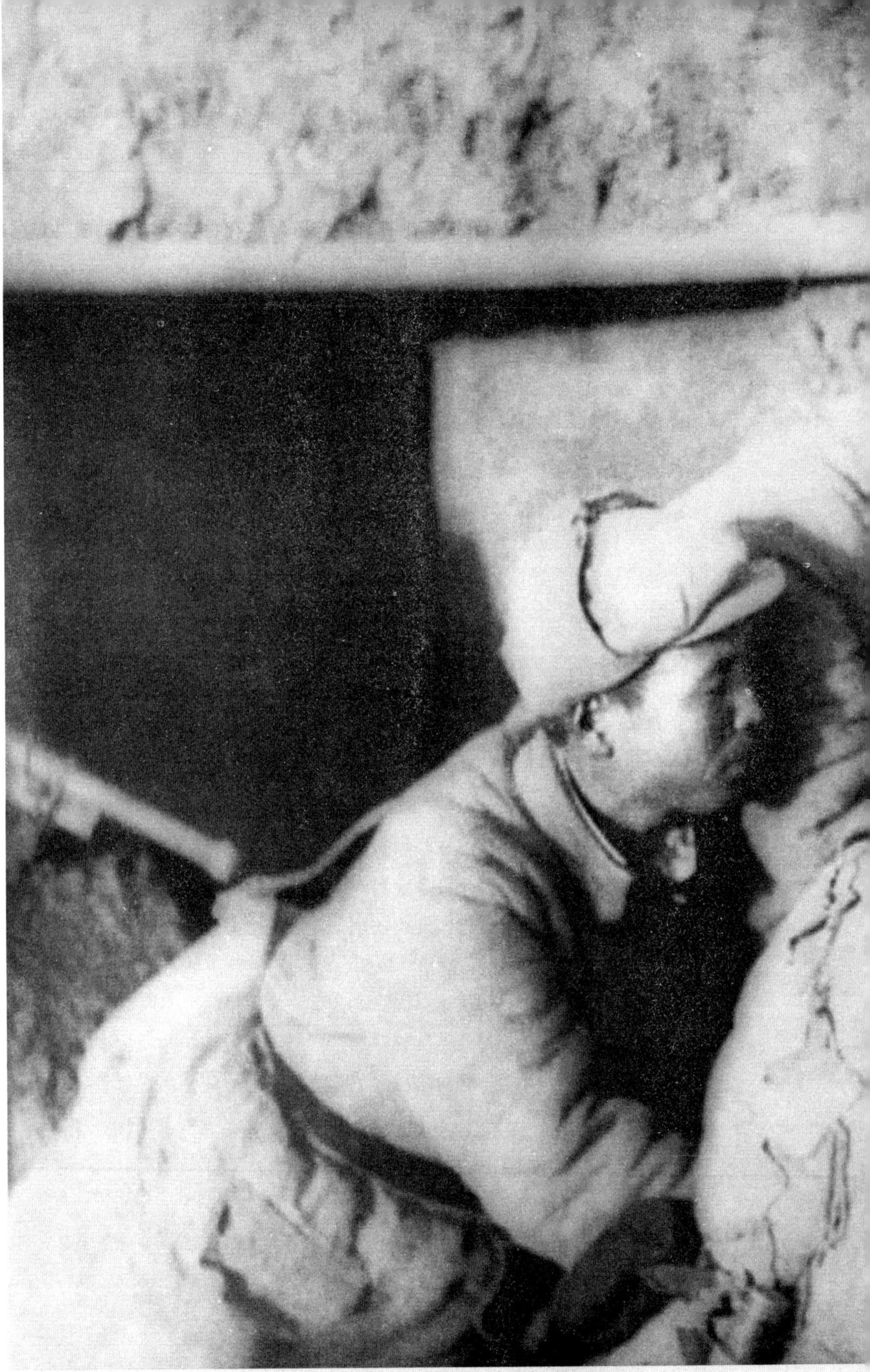

∧ 淮海战役期间，我军某部将英雄模范登上"红榜"，战士们在战壕里争相传阅。

陈赓说："刘陈邓首长指示，要你们坚决堵住李延年、刘汝明两兵团，不让其靠近黄维。"

韦国清说："请转告总前委首长，就是把两个纵队都打光了，我们也决不后退一步。"

陈赓问："还有什么困难吗？"

韦国清说："部队日夜兼程行军，虽然疲劳，但士气旺盛。当前的问题是给养跟不上，请给我们一点粮食吧。"

黄维兵团11月25日陷入重围时，李延年兵团的第99、第39军已经向北进至蚌埠以北的花王集、龙王庙、任桥集一线地区。在刘峙多次催促下，刘汝明兵团的第68、第55军仍集结于固镇以及淮南矿区未动。

国民党第39军 ▲

在国民党军历史上，39军的番号出现过两次。前者由原孙传芳五省联军之闽军余部改编而成，到1945年6月，该军被裁撤；后者由中央军嫡系第8军发展演变而来。1948年7月后，第8军被改编为整编第8师。不久，整编第8师改编为第39军。由于战局的演变，该军曾被先后编入援锦（州）兵团、第6兵团战斗序列。参加了辽沈和淮海两大战役。1949年10月，该军在广州战役中被歼灭。

粟裕、陈士榘、张震分析认为：如果黄维兵团数日内被歼，李延年、刘汝明两兵团可能很快向蚌埠退缩，那样的话，就非常容易失掉歼灭这两个兵团的有利时机。于是，他们于26日向中央军委及淮海前线总前委建议：集中华野南线现有的第2、第10、第11、第13、第6（只1个师）等纵队，加上江淮军区2个旅，对李延年采取攻势牵制，"使刘、李联系更远，造成对围歼黄维兵团更有利形势，否则在黄维兵团大部被歼，李延年增援无望情况下，刘、李两匪向固（镇）、蚌（埠）收缩则易丧失时机。"

总前委于第二天早晨复电："同意歼击李、刘之部署。"

11月27日14时，粟裕、陈士榘、张震作出了围歼李延年兵团的部署：

集中6纵、2纵、苏北11纵、10纵、13纵、江淮两个旅,即开始围歼任桥集地区之99军、39军(有向固镇南撤息),并于今晚首先完成包围切断敌向南撤路。

今晚6纵主力由固镇以南包围固镇之敌,并以一部夺取控制新桥(固镇南15公里)断敌退路与阻击可能北援之54军。2纵由任桥集西北、西南,10纵由正北,13纵由任桥集东南包围任桥集地区之敌,并准备由四方会攻聚歼该敌。苏北11纵为预备队,控制花庄集、龙王庙地区。

我军兼程南下,徐州"剿总"发生错觉,以为我军的首要目标是李延年兵团。26日下令进至花庄集的李延年兵团两个军星夜南撤。

我军立即改变计划,发起追击。

12月4日,蒋介石令李延年和刘汝明再次北进,以救黄维。

中央军委于4日、5日两次致电总前委,"务必不使该敌北进过远,妨碍我解决黄维。"

12月7日,陈毅亲自写信给第6纵队司令员王必成和政委江渭清,要求他们咬紧牙关,以牺牲大部的决心去与敌人拼斗,坚决顶住李延年、刘汝明两兵团北进,保障中原野战军主力围歼黄维兵团。

后有蒋介石、刘峙督促,李延年对我军阵地展开全线攻击。

第6纵队英勇顽强,沉着抗击。援兵即时赶到,阻击力量加强。

在我军的顽强抗击下,李延年兵团每天只能推进1~3公里。到12月15日黄维兵团被全部歼灭时,该兵团死伤5,000多人,距离双堆集还有30公里。

华东野战军在徐南、蚌北抗阻、歼击邱清泉、李延年、刘汝明等4个兵团的作战行动,有力地保障了中原野战军从容围歼黄维兵团,彻底打破了蒋介石南北对进,打通津浦路,救援黄维兵团的计划。

战争宽银幕

❶我军某部突击队正用云梯登城作战。

❷ 我军缴获的敌军野战炮。
❸ 我军战士登上刚刚占领的城墙。
❹ 我军攻占敌人的主阵地。
❺ 我军攻占敌高地。

[亲历者的回忆]

孙继先
（时任华东野战军第3纵队司令员）

……从（11月26日）拂晓开始，敌人集中兵力、火力，在飞机、坦克的配合下向我阵地发起全线攻击，战斗异常激烈。

向我纵正面攻击的是孙元良兵团的47军和邱清泉兵团的74军。

我8师22团及特务团（归9师指挥）顽强坚守阵地，给南犯之敌以迎头痛击。

——摘自：孙继先《纵横驰骋 鏖战淮海》

王必成
(时任华东野战军第6纵队司令员)

……为了保障中野集中兵力围歼黄维兵团,华野根据总前委的意图,作了集中5个纵队兵力歼击李延年兵团的部署。

我纵队的任务是,沿涡河以南向津浦线固镇、新桥段攻击前进,并首先夺占新桥,断敌退路,阻击援敌,然后协同兄弟纵队包围和歼灭固镇、任桥之敌。

11月27日晨,我纵队由蕲县集、奶奶庙地区出发,至28日,先头部队第18师由何集南渡河,进达李园一线,沿途歼敌一部。

这时,李延年见我大军迅猛南下,慑于被歼,狼狈南逃,缩踞于蚌埠、泗河之间东西地区。

——摘自:王必成《淮海决战中的华野第6纵队》

第六章

压缩、再压缩

∧ 解放战争时期，陈毅与粟裕在一起。

被困的黄维决不甘于坐以待毙,蒋介石频频打气,令其死守待援。在绝望中挣扎的黄维困兽犹斗,采用所谓的"硬核桃战术",扬言要使我军"啃掉牙撑破肚子"。我军打得颇为吃力,冲锋频频受挫,伤亡增大。总前委审时度势:解决黄维已经不能速战速决,硬仗巧仗相得益彰。于是,纵横交错、四通八达的交通壕像一条条捆猪的绳子,向敌人阵地延伸。

1."死守"和"守死"

廖运周师起义后,围歼黄维兵团的各部队,遵照淮海前线总前委关于"各纵逐步紧缩,达成全歼此敌"的命令,继续收紧包围圈,将黄维兵团4个军压缩在一个更狭小的地区内。

黄维认为:处于中原解放军的包围压迫之下,如就地防守,势将困毙,不如乘解放军包围阵地尚未巩固之时,继续向东南突围。于是,在被包围的头几天中,黄维兵团每天抽调1到3个团,在坦克、大炮、飞机火力掩护下,发动持续猛烈的攻击,企图打开突围缺口。

双堆集位于宿县西南、蒙城东北、固镇西北,正处于宿县、蒙城、固镇这个三角地带的中心。这里无山可守,无险可据,只是在广阔的平原上,突兀地冒出两个海拔不过30来米的土包,尖顶的叫尖谷堆,平顶的叫平谷堆,双堆集这个不过百来户人家的集镇就处于两个土包之间。

此时,黄维兵团10万兵马就拥塞在双堆集周围的赵桥、西马围子、沈庄、杨围子、小张庄、小马庄、杨文学、王大庄、大王庄、小王庄、李土楼、前周庄等二十几个小村庄里。站起来能相互看到,说话时能相互听到,进攻没有依托,固守,也没有依托。黄维难那!

算算自己手中的兵力,黄维虽说心情沉重,但也还觉得手中有牌可用:第18军第49师,在被我包围时企图向蚌埠方向逃窜,被我第6纵队第18旅和豫皖苏军区独立旅在固镇以西大营集附近歼灭,该军已有相当伤亡,建制还算完整;第10军伤亡很大,部队已经相当残破;第14军因伤亡、被俘和溃散过多已不成军;第85军除廖运周师起义外,其余部队伤亡不大,建制尚完整。黄维将第18军部署在双堆集附近地区,将第10军部署在双堆集西北大小王庄附近地区,将第14军、第85军部署在南及东南地区,兵团部设在双堆集北面的马庄。

黄维的困境还不仅仅在于被解放军围困。今后怎么行动?国防部、最高统帅部一直

∧ 时任国民党军参谋总长的顾祝同。

都没有指示。兵团部的无线电通讯始终没有和刘峙、杜聿明取得联络,他成了真正的聋子,只不过推测徐州在大战而已。

愁眉不展的黄维走出指挥所,放眼望去,是秋收后毫无隐蔽物的广阔平原,村落里,用土墙和茅草盖的低矮的小房子挨挨挤挤,一片败落景象。除了西南面那条南北向的小河外,就只有没有多少水的沟渠了。村里村外,树木很少,无处落脚的乌鸦怪叫着飞来飞去。老百姓早就跑光了,这里成了兵的世界,成了枪炮子弹的世界,人马穿行,比街市还热闹。大军猬集一隅,纵有粗胳膊硬腿,也施展不开啊,这可是兵家的大忌。黄维不仅熟读兵书,而且是讲过兵法的。对他目前的处境,他比任何人都清楚。可是,突围的电报发出去很久了,南京就是迟迟没有回音。

双堆集的上空响起了飞机的轰鸣声,不一会儿,一架飞机已经临空。黄维的愁眉随之一展。就像一个即将溺水而亡的人,手中随便抓住点什么东西就是救命的稻草,何况是货真价实的飞机,只有"国军"才有的飞机。

这是11月28日。

黄维举头一望,只见飞机像是来游山逛水的,一副悠闲的样子,漫不经心地在双堆集上空转着圈。黄维真不知道,这葫芦中卖的是什么药。

"报告司令官,顾总长要和您通话。"

一声报告,将黄维拉回了现实中来。

"总长,总长,我是黄维!"

"培我兄。"报话机里传出的声音显然比黄维的声音有底气得多。"总裁对兄和你们第12兵团慰勉有加啊,特地让我来转达。刚才我看了一下兄的阵地,不错,不错。总裁说了,你们劳师远来,给我徐蚌战场增添了生力军,正好趁此机会打几个胜仗,以振军威。我堂堂国军精锐之师,还怕刘伯承邓小平的队伍吗?只要你们发扬愈战愈勇的精神,你们就一定能够打败共军。"

完全是在灌黄米汤。

黄维着急了,大声问:"总长,您也许看到了,我们已经被共军包围了,请示突围的计划批准了没有?"

顾祝同没有正面回答黄维的问题,而是说:"你们要就地固守待援,并把所占领的地区加以扩大。"

黄维说:"固守可以,但是此地几乎毫无可以利用的物资,不仅无法征集到粮食,就连燃料、饮水和骡马饲料,都极为困难。"

顾祝同说"这个你放心,总裁已经下令,将空投粮食弹药给你们。"

飞机在黄维失望的心情下飞走了,看着飞机渐渐成了一个黑点,黄维才回过神来。他心里在念叨:固守待援,固守待援,黄百韬不也是固守待援吗?一想到这,他不禁出了一身冷汗。

黄维有所不知,顾祝同也有顾祝同的难处,他这个参谋总长说话的分量是有限的。

原来的方案是，黄维兵团向东突围到固镇与李延年兵团会师，再行北上。顾祝同认为，这个方案可取。

但是，徐州"剿总"的阻力却很大，刘峙不愿意黄维退走。他认为，黄维只有北上，才能和徐州、蚌埠方向的各兵团配合，形成会攻夹击之势。退走了，势就不在了，是明显的釜底抽薪。

杜聿明更坚决，他认为，让黄维走固镇，与李延年、刘汝明兵团会师北上的计划根本不可行。杜聿明说："黄维一走，宿县的共军或阻南或打北都方便了，我们的会战计划就成了一纸空文。"

"万一黄维突不破共军的包围呢？"

"那也不应退走。即便寸步难行，只要能固守在那里，就对宿县的共军形成威胁，对我徐蚌地区各兵团就是有力的策应。"

蒋介石拿出一副和稀泥的架势，出来说："既然已经牵住了刘伯承、邓小平，就不要退缩了。打仗嘛，不可能什么都保得住。"

蒋介石的弦外之音，让顾祝同不寒而栗：黄维是不是第二个黄百韬？

黄维有什么办法呢？黄维的办法就是忠实地执行他过去的校长、现在的委座的命令，依样画葫芦地将命令传达了下去。

各军军长齐聚兵团指挥部后，不等黄维开口，第18军军长杨伯涛就急急地问："委座什么意思？"

"还不是'死守待援'四个字。"黄维悻悻地说。

黄维的话音刚落，第10军军长覃道善、第14军军长熊绶春、第85军军长吴绍周和杨伯涛莫不大惊失色，相顾无言。

不知是谁冒了一句："黄百韬兵团完了，难道也要我们完吗？'死守'，还不是'守死'。"

黄维脸色变得更加难看，他狠狠瞪了说话人一眼，甩门走了。

韦镇福嘴里嘟囔了一句："司令官心情不好，各位还是回去准备吧。"

杨伯涛狠狠地说："请你转告司令官，当断不断，必有后患。你就说是我杨伯涛说的，现在只能靠我们自己救12兵团了，不能做断送12兵团的千古罪人啊！"

黄维心里其实很明白，即便老头子下了突围的命令，自己的部队能突围出去吗？一连几天了，对解放军的阵地的攻击不能算弱，但是，在解放军的坚强阻击下，每突一次，都要损兵折将，还是没有办法突破包围圈。4个师集中突围，不仅没有撕开一个能够突围的口子，反而让廖运周乘机给跑了。现在，最重要的是怎么样才能守得住。

11月29日，黄维再次调整了部署：第14军余部守张围子、杨四麻子地区，向东防御；第10军余部守马围子至杨庄、李庄间，向北、向南防御；第18军主力守平谷堆、尖谷堆，为纵深防御，兵团部位于双堆集北端的小马庄。为空投粮食、弹药的方便，还在双堆集与金庄之间构筑了临时飞机场。

双堆集地区太小了，纵横也不过5～7公里，黄维已经不想再在地图上算计援军可能到来的距离和时间了，他走出指挥所，向尖谷堆走去。从那里望去，战场几乎一览无余。这里地形开阔，多沟渠，村庄多为互不连接的独立房屋。必须利用这样的特点，组成环形防御阵势，才能抵御对手的进攻。

于是，他命令并督促部队大量构筑地堡群、掩蔽部、交通壕和鹿砦，互相贯通联系。由两三道鹿砦和三道地堡群构成外围阵地。以村庄房屋为支撑点，用装满泥土的汽车和打坏的坦克当工事，构成纵深核心阵地。同时，每天抽调三四个团，或一两个团，或两三个营的兵力，在坦克、炮兵火力掩护下，向解放军阵地实施连续攻击，企图扩大所占地区和抢掠一些可以吃的东西。

国民党第10军军长覃道善

湖南石门人。国民党陆军少将。黄埔军校第四期毕业。早年参加东征、北伐之役。抗日战争期间，任国民党中央军嫡系第18军18师师长，率部参加湘西会战。抗日战争胜利后，任整编第11师师长，第12兵团10军军长等职。1948年底，在淮海战役第二阶段中被人民解放军俘虏。

国民党第14军军长熊绶春

江西南昌人。国民党陆军少将。黄埔军校第三期毕业。早年参加东征、北伐之役。后被保送到日本步兵学校进修。抗日战争时期，任国民党第8军103师师长。抗战胜利以后，任整编第10师副师长、师长，第12兵团14军军长等职。1948年，在淮海战役中被击毙。

国民党第10军

国民党中央军嫡系部队。最早由北伐战争时期收编的原直鲁军残部发展而来。1945年9月后，根据国民党军的整编计划，该军被改编为整编第3师。1946年9月，该师在定陶战役中被歼灭。不久，整编第3师被重建。淮海战役前夕，整编第3师被改编为第10军，隶属于第12兵团。1948年底，该军在淮海战役第二阶段中被歼灭在双堆集地区。

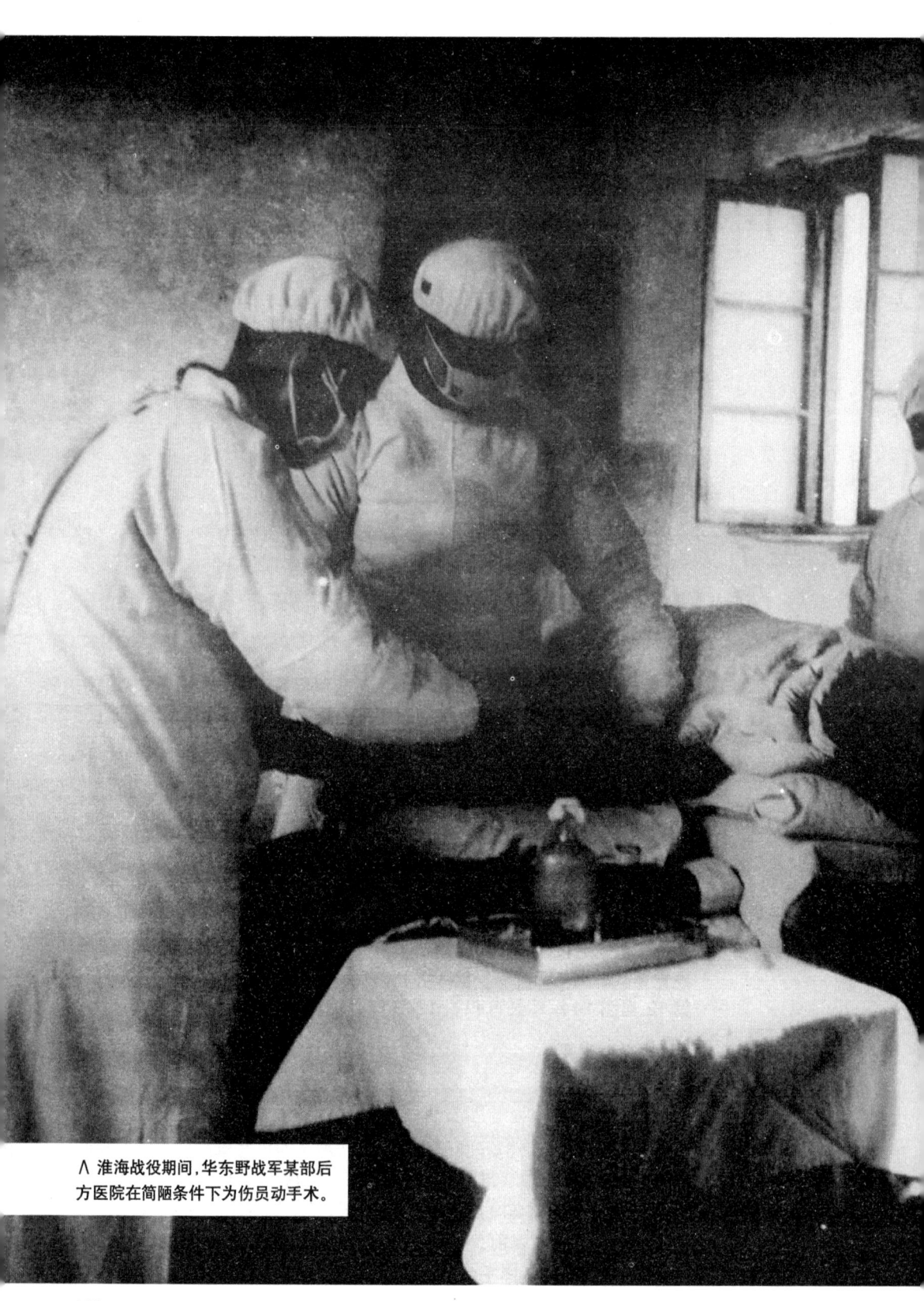

∧ 淮海战役期间，华东野战军某部后方医院在简陋条件下为伤员动手术。

2. 面对"硬核桃"

在黄维兵团被包围的同一天20时,毛泽东就电示淮海战役总前委:

黄维被围,有歼灭希望,极好极慰。但请你们用极大的注意力对付黄维的最后挣扎。你们除使用华野的2纵、王(秉璋)张(霖之)纵外,10纵亦应迅速进入战场,准备参加最后战斗,保证歼黄维的足够兵力。粟陈张对李延年如有歼击机会,以抓歼其一个军左右的兵力为好。总之,使手里保有余力,足以应付意外变化为适宜。

毛泽东和中央军委的判断是十分准确的。黄维兵团毕竟是国民党军的主力部队之一,啃下这块骨头还是需要下大气力的。

黄维也许感觉到了,这几天,尽管自己被包围,突出去的希望一时渺茫,但是,解放军打得也很吃力。

黄维兵团确实不是那么好打的。尽管我军打得非常英勇,黄维兵团的反击力度也相当大。他们的各种火炮、轻重机枪、火焰喷射器,控制了几乎每一寸土地。敌人把这叫"硬核桃战术",声言"要让共军啃掉牙撑破肚子","败北于阵地"。兵团副司令胡琏,竟在报话机里向南京吹嘘:"刘邓一下吞不了我们!"邓小平后来在总结围歼黄维兵团作战时写道:"对付敌人每一次的出击,我们都要付出相当的代价;对付敌人步、炮、空、坦克的联合进攻,实属艰苦。"

在电影《大决战》中,虚构了这样的情节:在某一个村庄,人民群众正为壮烈牺牲的烈士们包裹尸体,一个一个裹着白布的尸体排列着,望不到头,一位妇女一边撕裹尸布一面饮泣,那撕裂裹尸布的声音尖锐刺耳,令人心在颤抖;一位满脸皱纹的老太太,用她那苍老的手洗着烈士们的血衣,任泪水顺着她如同沟壑的皱纹流了下来。刘伯承、陈毅、邓小平默默地走来,一个一个地查看着烈士们的遗容,表情凝重。他们都是身经百战,面对过无数流血牺牲的人。但是,他们还是被震撼了。据战后统计,在围歼黄维兵团的战斗中,仅中野就伤亡3万多人。我们知道,中野当时的兵力是12万人左右,如果不把随时补充的新兵算进来的话,就是说,每4个人就有一个人伤亡。

我们无法将当时每个部队的伤亡情况一一列举出来,那将是一部又一部沉甸甸的书。

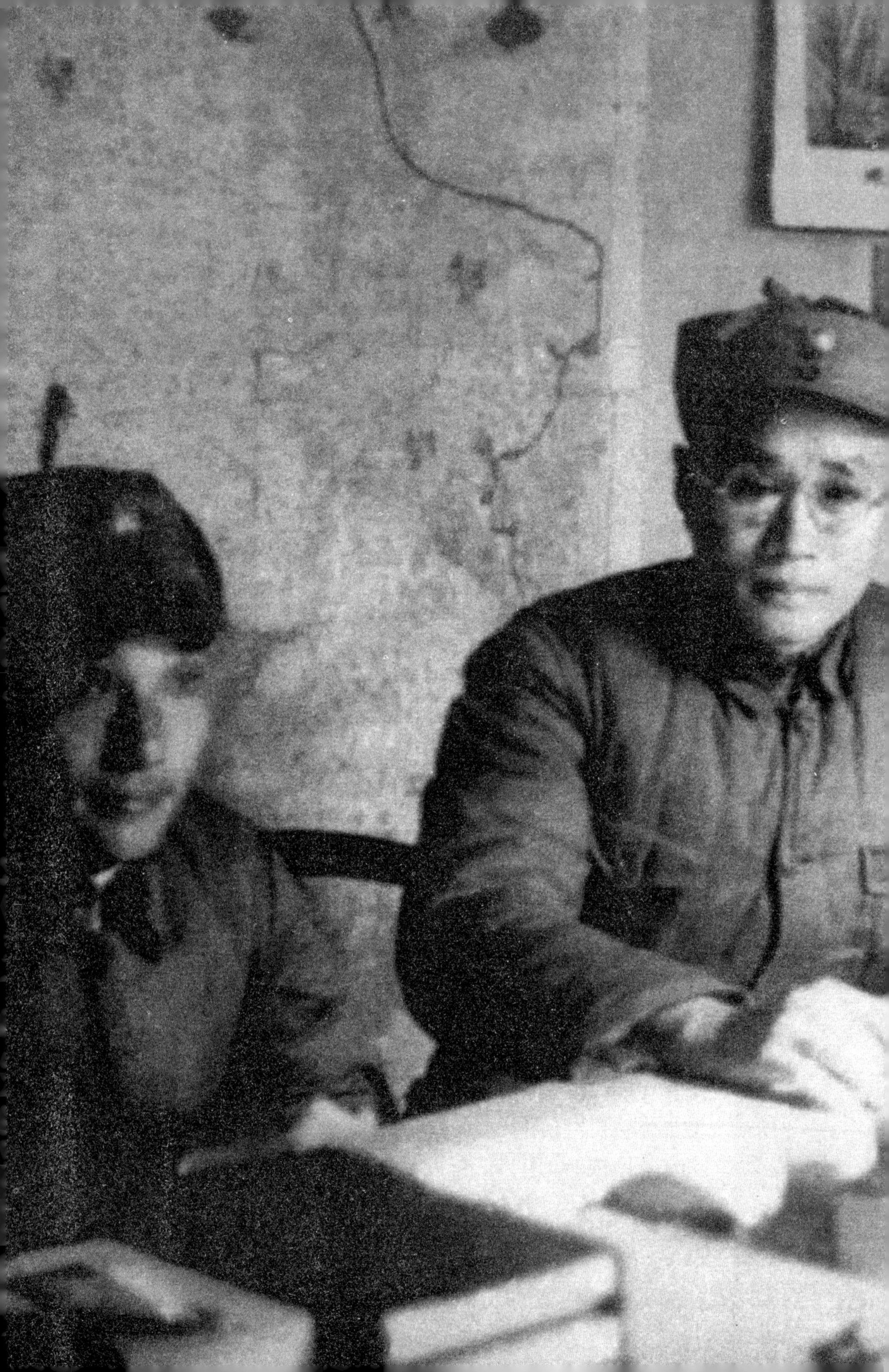

< 刘伯承与邓小平一起研究作战方案。

在黄维兵团向东南突围时，扼守小李庄的陕南军区第12旅第35团第1营，在一天内打退敌人的10多次攻击，毙敌千余人，守住了阵地，全营只剩下40余人。

11月28日，敌人第18军3个团在8架飞机、12辆坦克的掩护下，向我第6纵队第17旅49团3营据守的马小庄进攻。敌人的坦克闯到我阵地前摧毁我暗堡工事，甚至围着马小庄转圈，碾压我侧后工事，阻止我增援。3营9连班长、反坦克英雄杨勇，率领一个班坚守村北前沿阵地，同敌人拼刺刀手榴弹，打退了几倍于自己的敌人多次冲击，最后全班只剩下两个人，他一人独当一面，用集束手榴弹炸毁敌坦克，连续打退了敌人5次冲击，守住了阵地。

11月28日17时，刘伯承、陈毅、邓小平致电中央军委，报告了近日作战情况及下一步行动计划：

（一）经昨感日夜作战，已将敌压至东西7.5公里、南北两三公里的长窄狭小地区。敌曾以大量飞机、坦克，多次猛攻我6纵阵地，企图打开通路，向东南方逃走，均被一一打退，且俘300余人。我由西东北向南压缩，部队亦甚勇猛，但因天气昏暗，部队混乱，敌亦因突围未成，依托原有阵地顽抗，故我目的今俭日拂晓停止攻击，共已俘虏约2,000人。另最先逃出至大营集之49师一个多团，已被我全歼。

（二）敌之基本意图，似仍为向东南突围，但突围不成，则只有死守待援。刻遇到之最大困难是十万大军拥挤于狭小地区，天冷露营，没有饭吃，空投数量极少，士气甚低，遭我阻击和炮击伤亡不小，队形亦已混乱。

（三）现我们从敌人固守着眼，正等待弹药到达，即于艳（29日）夜开始攻歼敌人，采取集中火力，先打一点，各个歼灭的战法。

（四）我们6个纵队，从19（皓）日涡阳阻击起，到今28俭晨止，共伤亡不过6,000人，士气很高。加上华野7纵和炮兵配合，全歼该敌确有把握，但须十天左右的时间才能完成。原来根据敌人总突围及廖（运周）起义的情况，估计可以迅速解决战斗，此种情况业已改变。

（五）华野7纵因敌改成固守，故仍留为总预备队。

29日6时，中央军委致电刘伯承、陈毅、邓小平并告粟裕、陈士榘、张震，指出：

歼击黄维兵团时间还可以打宽裕些，攻歼时必须掌握强大的预备队。从黄维固守待援着眼，集中火力各个分割歼灭，准备以十天或更多时间解决此敌，"此种计划是稳妥和可靠的"。"解决黄维兵团是解决徐蚌敌66个师的关键，必须估计敌人的最后挣扎，必须使自己手里保有余力，足以应付意外情况"。为此，"粟陈张在解决固镇、曹老集之敌以后，华野2、6、10、11、13等5个纵队应立即集结休息，作为歼灭黄维的总预备队"；"谭王李坚强阻击邱李孙诸敌，务使该敌不能侵入宿县"，保障中野全歼黄维兵团作战。

30日17时，中央军委又指示淮海前线总前委：华东野战军第2、第6、第10、第11等4个纵队应以2个纵队位于固镇以北休息，准备随时供刘陈邓使用，"作为解决黄维兵团的总预备队，以策万全"。其余2个纵队及渤海纵队可开至双沟、大王庄一线，以配合第1纵队阻止邱清泉、李弥两兵团主力向两淮逃跑。除华野第7纵队炮兵已加入打黄维外，"惟炮纵应全部开去打黄维，以厚火力"。

小李庄前线指挥所，气氛紧张。刘伯承、陈毅、邓小平由于休息很少，眼里都布满了血丝。黄维摆出一副死守待援的架势。解决黄维已经不能速战速决了，啃这颗硬核桃，还需要下更大的力气。他们心里能不着急吗？

陈毅快人快语，说："我看还是要从根本上找原因。一些指挥员对黄维兵团战斗力消耗、部队混乱状况和防御能力估计不足，总以为黄维已经是瓮中之鳖，速战速决的心情过于急迫，以致实行了过于猛烈的突击。有的干部甚至说，'打仗还能不死人？命是公家的，拼完就算！'这是什么话？因此，伤亡较大，收效甚微。"

刘伯承说："中央军委时刻关心淮海战场的进展，指示我们，'不是依靠急袭，而是依靠充分的侦察和技术手段（紧迫作业、步炮协同等），去取得成功。'我们必须在战术上有个大的转变，那就是，要以地堡对地堡，以战壕对战壕。阵地的编成必须是无数的交通壕和地堡网，或单人的散兵坑，面对敌人的炮火和坦克，单人散兵坑比地堡还要适用。必须平行和纵横交织地从四面八方向阵地前进，我们的工事迫近敌人愈近，就愈易奏效和减少伤亡。攻击的火力必须集中和严密分工。"

见陈毅、邓小平静静地听着，他接着说："后勤在现代规模的战争中，非常重要，不能忽视。这次战役，我们本来打算乘黄维立足未稳之机开始攻击，但因我弹药未能大量前送，故只好延迟，此点或可认为是此战拖延时间的重大原因之一。"

邓小平沉稳地说："我们的方针应该是'坚决持久围歼敌人'。要明确告诫部队，敌人坚守待援，我不易一鼓攻歼；应首先攻其外围，削弱敌人，采取稳步的攻坚战，构筑纵深坚固的攻防阵地，攻占一村，坚守一村，紧缩包围，一口一口把敌人吃掉。"

"不能把'拼老命'的政治口号当成战术思想，各级干部必须爱惜阶级兄弟的生命，充分发动群众，认真研究战术，'摸着石头过河'，以勇敢加智慧，砸碎敌人的'硬核桃'。"

"我看，有必要组织部队进行一次火线总结，进一步进行思想动员，克服急躁、轻敌情绪和侥幸取胜心理；除了刚才二位说过的果断之外，还要进行打坦克、防毒气的战术技术教育训练，消除紧张、畏惧心理，树立敢打能防的信心；要加紧教育解放战士，调配战斗骨干，实行火线整编；要建成围绕双堆集四周的环形电话网，始终保持顺畅通话；要进一步组织好后方勤务，保障粮食、油、盐、担架等做到源源供应，没有困难；要不间断地进行战时政治工作和管理教育，特别是改善部队生活。通过这些措施，以保障歼灭黄维兵团的成功。"

邓小平说完后，默默地看着刘伯承和陈毅，征求他们的意见。

陈毅说："要的，要的。很全面了，没有什么补充。"

刘伯承说："要的。我是司令员，我来下命令吧。"

邓小平说："这一阵把你拖垮了，你先好好休息。命令我来下。我是总前委书记嘛。"

3. 束紧捆猪的绳子

27日黄昏，中野4纵指挥所里，不时传来部队冲锋受挫的消息，司令员陈赓的心抽紧了。近日以来，他一直在担忧，部队远距离出击，不仅攻击力度大打折扣，而且必然会增大伤亡。如今，他的担忧已经成了现实。必须调整战术！他暗暗下了决心。

他给第10旅旅长周希汉挂通了电话："冲锋前火力准备怎么

淮海战役期间，陈赓任中原野战军第4纵队司令员。

样？为什么受挫？"

"火力准备没有问题啊，地形开阔，我们的冲锋出发地界离敌人前沿阵地太远，进攻的距离加大，还没有接近，就遭到敌人火力猛烈的杀伤。"

"停止攻击！"陈赓命令道。"不能再盲干了。打仗不仅要勇敢，还要讲求战术。集合部队，向敌人阵地挖交通壕，抵近敌人！"

让陈赓预料不到的是，起初，近迫作业的进展却很缓慢。

让习惯于怒吼着冲锋陷阵的指战员来说，让他们在夜色掩护下，进行土工作业，还真是新课题呢。为了防止敌人火力的袭击，必须以匍匐前进的姿势，迅速冲进作业地，以最快的速度，挖成卧姿单人掩体，然后是跪姿掩体，并以此为依托和掩护向前后延伸，逐步挖出交通壕，壕内两侧再挖"猫耳洞"，那个憋屈啊，既窝囊，又憋气，当然没有冲杀来得痛快淋漓。这还不说，天寒地冻，累了一身臭汗，进展却不快。

陈赓坐不住了，他拖着伤腿，一个一个掩体、交通壕察看着，看着看着，眉头就拧成了疙瘩。看来，既有思想问题，也有技术问题。

陈赓召集大家坐下来，耐心地说："大家都知道磨刀不误砍柴功的道理，当兵前，很多人都种过地，收割庄稼的时候，农民们都要先把镰刀磨快，劳作起来，既省力，又加快了速度。我们同黄维打仗也一样，**交通壕**就是手中的镰刀。现在多流汗，发起攻击后就能收既少流血，又能及早打败敌人的功效。至于技术问题，不会可以学啊。大家想想，当兵前我们谁会打仗，还不是在战争中学会的嘛。我讲个办法，大家看看成不成。我们不妨来个单兵同时跃进，同时分段作业的办法，拉成一条散兵线，每人先挖个人掩体，然后向两头发展，最后连成**交通壕**，再将几条交通壕连通，在前沿突出地段给投弹手做好工事，做好各种火力阵地。猫耳洞不要太密集，防止敌人炮火杀伤。"

最后，陈赓说："我们纵队是以善于啃骨头著称的，多少硬骨头都被我们啃碎了，我们还啃不动这根骨头吗？同志们，有信心吗？"

"有！"大家齐声回答。

"还有什么问题吗？"

"司令员，我们的交通壕逼近到什么位置才能发挥最大作用呢？"一个声音有点怯怯地问。

"问得好！我们要挖到距离敌人前沿阵地40米处。我们冲锋时，从那里跃起，还没有等敌人反应过来，我们已经抵近他们的面前，打他个措手不及。"

刘伯承、陈毅、邓小平审时度势，推迟了攻击时间。

30日，遵照命令发起攻击的部队打得还是不很顺手。虽然11纵和4纵13旅攻占了小张庄和小杨庄并取得了歼敌近千人的胜利，但是部队伤亡很大。攻击李围子、沈庄、张围子的战斗受挫。陈赓当即命令部队停止攻击。

他将情况向野司做了报告："敌人的工事非常牢固，不是冲一下子就能解决问题的，我们的迫近作业还没有最后完成，因此，我建议，延长攻占李围子、沈庄和张围子的时间。"

攻击需要最好的时机，急不得，也拖不得。如果攻击时间太晚，敌人的防守会更加牢固，增加了攻击的难度。野司需要研究。

夜已经很深了，一直等候在电话机旁的陈赓接到了电话，是陈毅打来的："陈赓同志吗？粟裕同志歼灭黄百韬兵团用的也是你们那种办法，说得不雅点，就是老鼠打洞。一号要和你讲话。"

听筒里传来刘伯承浑厚的嗓音："战术问题是根据具体情况决定的，你的意见是对的。各部队都要抓紧近迫作业，把战壕挖到敌人眼皮子底下，要推广你们的经验，你们准备准备。总攻时间是12月5日，准备的时间够不够？"

"有3天就足够了。"陈赓轻松地说。

和陈赓一样，9纵司令员秦基伟也为进攻受挫焦虑着。

有不好的消息，也有好消息。

27旅旅长崔建功和参谋长张蕴钰报告：27日下午，27旅8团曾一度突破小张庄外围阵地，但因敌人火力太密集，难以发展进攻。该团1机动连3个战士冲到鹿砦前，遭到敌人火网压制，既攻不上去，又撤不下来。为了隐蔽自己，3位战士被迫进行土工作业，先将卧射掩体挖成跪射掩体，再挖成立射掩体，尔后把工事挖通连成堑壕，竟在敌人火力下坚持了1天。他们认为，3名战士的做法很有启发意义。对平原野战筑垒之敌进攻，制胜的关键在于缩短敌火力下运动的距离;开展大规模的近迫作业，用交通壕抵近敌人，正是提高我生存能力，使敌人火力优势发挥不了作用的重要手段。

小张庄位于敌第12兵团防御圈东北角，是个仅有8户人家的小村子。守敌为第10军114师341团（欠两个连）。敌人在这里构筑了3层工事，外层是鹿砦、铁丝网和前伸地堡，纵深150米；中层环村150米内，地堡密集，堑壕交错；里层由住房和大地堡构成集团工事，集团工事之间每隔30米筑有一个小地堡和射击掩体。在这样的环境下，竟能坚持一天，真是奇迹。

秦基伟一听，眼前一亮。他责成27旅继续试验。

11月29日，9纵定下了进攻小张庄的决心。秦基伟亲自到27旅79团、81团研究作战方案，检查攻击部署。他具体交代了3个问题：第

> 崔建功，1955年被授予少将军衔。

崔建功

河北魏县人。土地革命战争时期，任红十五军团第73师政治部敌工干事。抗日战争时期，任八路军第115师344旅687团营政治教导员、团政治处组织股股长，129师新编第1旅1团政治处主任，第3团政治委员等职。解放战争时期，任太行军区第7军分区司令员，第12旅副旅长，独立第1旅旅长，晋冀鲁豫野战军第9纵队27旅旅长，第二野战军15军45师师长等职。

一，交通壕要最大限度地抵近敌人，使突击队能迅速跃入敌人外壕。第二，发挥炮火和炸药的威力，集中全旅炮火突击，纵队保障弹药。第三，军事攻坚与政治攻心双管齐下。

当夜，大规模的近迫作业悄悄展开了。

只见各连连长身背装满石灰的米袋，向敌人阵地匍匐前进，战士们顺着若隐若现的白线跟在后面前进。在距离敌人阵地数十米处，连长发出暗号，战士们就地开始挥锹作业。敌人也许太疲惫了，只是偶尔零星

打几下冷枪。小锹铲土的声音和战士们沉重的喘息声，汇入了夜的合唱。不到天亮，一条初具规模的交通壕就出现在了敌人的眼皮子底下。成功的喜悦压倒了艰苦挖掘的疲惫，他们一鼓作气，用了不到3天的时间，就挖成了3条交通壕，每条长250米，距离敌人阵地前沿70至100米，壕沟宽能走担架，深可没头顶。

12月1日下午5时，27旅79团和81团，在11纵和豫皖苏独立旅的配合下，向小张庄守敌发起了进攻。

5门山炮、3门重迫击炮、18门迫击炮、14门六〇炮、12挺重机枪组成的火力队，加上用废汽油桶制成的炸药抛射装置，一齐向敌人阵地开火。由党员和班长以上干部组成的突击队，迅速穿过壕沟，跃出前沿，扑向敌阵。敌人拼命反抗，我军顽强突击。79团的14名突击队员，冲击中伤亡12人，最后只剩下班长曹年春和战士陈忠文，他们两个毫不犹豫地跳入敌人的外壕，完成突破。81团2连突破后全连仅存12人，后又收容其他连两名战士，在敌人火力下编成3个战斗小组，由连长指挥向纵深发展，一气打下5个地堡，终于与友邻贯通。经过12小时的激战，全歼守敌1,200余人，缴获迫击炮5门、战防炮1门、轻重机枪30余挺。

几天来的僵持局面终于打开了。

邓小平闻讯后，亲自打电话给秦基伟："小张庄战斗的胜利的意义在于，我们获得了对平原野战筑垒之敌攻坚的基本战术经验。你们率先拿出办法的创造精神，应该表扬啊，你们要再接再厉，进一步活跃战局，坚决歼灭黄维兵团。"

能听到邓小平亲口的表扬，对秦基伟来说，可是破天荒的事了。跟随邓小平转战多年的秦基伟，对邓小平治军的严厉，对他奖罚分明、一丝不苟的作风，比旁人有更切身的体会。

他清楚地记着自己因为看戏闯祸的事。

那是在打下郑州后的事情，当时，秦基伟担任郑州守备司令。秦基伟是个戏迷，尤其喜欢豫剧，他总觉得豫剧的唱腔，七拐八拐，很有韵味。一年四季都在作战，难得有个进城消闲的时候。郑州解放了，心情也就放松了。一天晚上，秦基伟安排好值班，换上便衣，掖好手枪，悄悄地寻到一家剧院门口，自己掏钱买了一张票就进去了。

令秦基伟没有想到的是，正在他悠哉悠哉地欣赏豫剧时，偏巧邓小平打电话找他，一听说秦基伟不在，邓小平马上火了，问："知道干什么去了？"值班员只好照实说："秦司令看戏去了。"

这还了得吗？郑州刚刚解放，工作千头万绪，敌情仍很严重，作为警备司令，竟然随意离开工作岗位去看戏。邓小平二话不说，通报全中原野战军批评。

这次，邓政委表扬是表扬了，可还有一句话，要再接再厉啊。是鼓励也是鞭策。战斗刚刚结束12小时，秦基伟就召集参战部队的主要干部、突击队长和兄弟部队来参观见习的人员总结经验。

按照邓小平的指示，纵队党委发出号召，要求部队认真研究敌情，做好工事，分割歼灭敌人；强调对敌人坚固阵地的防御，必须采取新的战术对策，依沟夺沟，依堡夺堡，小群孤胆，依托堑壕前进，沿着交通壕发展；发挥炮兵威力，周密组织火力，掩护链环爆破，以破坏敌人的鹿砦、铁丝网和地堡；先剥皮后挖心，先巩固后发展，稳步前进；要有高度的坚忍性，变猛打猛冲为顽强的连续战斗。

一时间，"边打边学，边打边练"在9纵蔚然成风。"用工事和敌人作战"，"多流汗，少流血，工事做得好，歼灭敌人伤亡少"，"挖工事好比挖敌人的命根子，挖得越快，敌人垮得越快"，"谁在前面挖，谁的功劳大"等口号深入人心。

从"敢拼"，到"会拼"，认识有飞跃，付出的代价是值得的。秦基伟的眉头也舒展了许多。

3纵司令员陈锡联也被同一问题困扰着。

3纵攻击的主要目标是马围子。马围子由3组家屋组成，分东、中、西马围子，东、中马围子相距150米，中西马围子相距约20米。敌人的防御，依托村落，在村内以至村外50米地域内，以梅花形或三角形子母堡为骨干，辅之以散兵壕、交通壕、隐蔽部、鹿砦等，构成纵深面的防御阵地。主阵地在村沿以外20米处，地堡密布，各地堡群既能互相支援，又能独自为战。由敌人前沿至其纵深核心阵地，都是几层地堡、几层鹿砦，村中全部木料被拆去构筑阵地。

据守马围子的52团是第18军的老团之一，后拨归第10军，部队初级军官素质较高，自解放战争以来没有吃过大亏，因此傲气十足。据守在这里的除了该团3个营外，还有53团1个营、3师9团两个营，共6个营的兵力。

27日，3纵曾以21、22、25等3个团从东、西、北三面攻击马围

∧ 淮海战役中，我军战士们在战壕内观看图片展览。

子，各突击队一齐突入敌人的鹿砦，占领房屋数座，给敌人以大量杀伤。但因敌人顽强固守，并以密集的火力和火焰喷射器压制，我攻击部队伤亡较大。

必须改变战术。陈锡联决定：暂时停止攻击。

陈锡联和陈赓、秦基伟他们不约而同地认识到，为了紧缩包围，同时有效地对付敌人的突围，必须进行大规模的近迫作业，以战壕对战壕，以暗堡对暗堡，逐步向敌人延伸交通壕和地堡，从地平线下一直挖到敌人的鼻子底下，抵近敌人，占领冲击出发阵地，缩短冲击距离，以利于隐蔽行动，减少伤亡。进攻的准备越充分，效果越大，反之，就容易受挫。

陈锡联非常欣赏19团政委的一席话：打黄维好比杀猪，首先要用绳子把它捆好，然后直插喉管。交通壕就是我们捆猪的绳子，愈挖得多，捆得愈紧，愈挖得深，捆得愈牢。

∧ 中原野战军3纵队担任阻击任务的某部在前沿阵地上。

然而，敌人不会看着你把交通壕挖到他们的鼻子底下的。他们预感到末日将至，千方百计地破坏和攻击。白天，敌人以飞机、大炮向我军阵地实施轰击，并以小部队在炮火和坦克掩护下，袭击我军前沿，破坏我军工事，企图扩大其防御阵地。晚上，敌人不断打照明弹、燃烧柴草照明，以火力或派出部队袭击我军作业队。

必须以眼还眼、以牙还牙，各部队派出警戒分队，密切监视敌人的动向，以机枪封锁敌人的火力点，掩护部队作业。

交通壕在一步步地迅速延伸，地平线下的战斗在继续进行。纵横贯通、四通八达，里三层外三层的交通壕在敌人眼皮子底下触须般伸向敌人阵地，沿交通壕，还筑有隐蔽部、火力点、厕所、伙房，甚至救护所、文艺演出场地。战地小报沿交通壕迅速传到战士们手中，诸葛亮会在掩蔽部热烈地进行着，从交通壕内，不时传出宣传队员嘹亮的歌声和抑扬顿挫的快板声。

东北讲武堂

1906年创建于奉天，初名为奉天讲武堂，后改为东三省讲武堂。1919年后，张作霖改称东北陆军讲武堂。1928年，张学良将其改为东北讲武堂。张作霖和张学良分别兼任讲武堂堂长和监督。1919年后的讲武堂除调训军队初、中级军官外，还从社会上招考一定数量的高小和中学毕业生。从1919年至1931年，东北讲武堂共办了11期，学员计8,900余名。

4. 特大威力"飞雷炮"

在各部队广泛进行近迫作业的同时，被官兵称为"飞雷炮"、"土飞机"，被黄维的官兵称为"特大威力炮"的炸药抛掷筒也在紧张的制作之中。

说起飞雷炮，时任第4纵队11旅工兵连连长聂佩彰功不可没。

聂佩彰年轻时在张学良的东北讲武堂工兵科学习过。抗日战争爆发后，他参加了山西新军抗日决死队，后到太岳军区1分区工兵小组工作。1942年，他和工兵小组同志与当地民兵一起，研制成石头地雷，并用石雷在山西沁源县交口镇附近一次炸翻日军汽车3辆。

11旅工兵连成立时，聂佩彰已经30多岁了。分区司令李聚奎等领导对这个"工兵专家"关爱有加，专门指示给他配了马匹，在伙食标准上给以特殊照顾，成了太岳军区一位"特殊"连长。

在我军武器比较落后的情况下，工兵是在攻坚战斗中在敌人枪口下摧毁敌人各种障碍物的主要力量，工兵是个宝啊。

无数次参加攻坚战斗的聂佩彰，虽然在完成爆破敌人的碉堡、爆破城墙等任务中有出色的表现，但是，他每看到我工兵战士在敌人枪口下实施爆破时屡屡伤亡的情况，心里就像刀子扎一样疼痛。每次面对敌人的地堡，眼看我直射火力打不着，爆破小组又很难接近时，他心里更是着急。身为工兵连长，他有责任攻克这个难题。过去，我们

> 李聚奎，1958年晋升为上将军衔。

李聚奎

湖南安化人。土地革命战争时期，任红一军团第1师师长，红四方面军第31军参谋长。抗日战争时期，任八路军第129师386旅参谋长，抗日先遣队司令员兼政治委员，决死第1纵队副司令员，太岳军区第1军分区司令员。解放战争时期，任冀察热辽军区参谋长，北平军调处执行部执行处副处长，西满军区参谋长，东北军区后勤部参谋长，第四野战军后勤部第二部长等职。

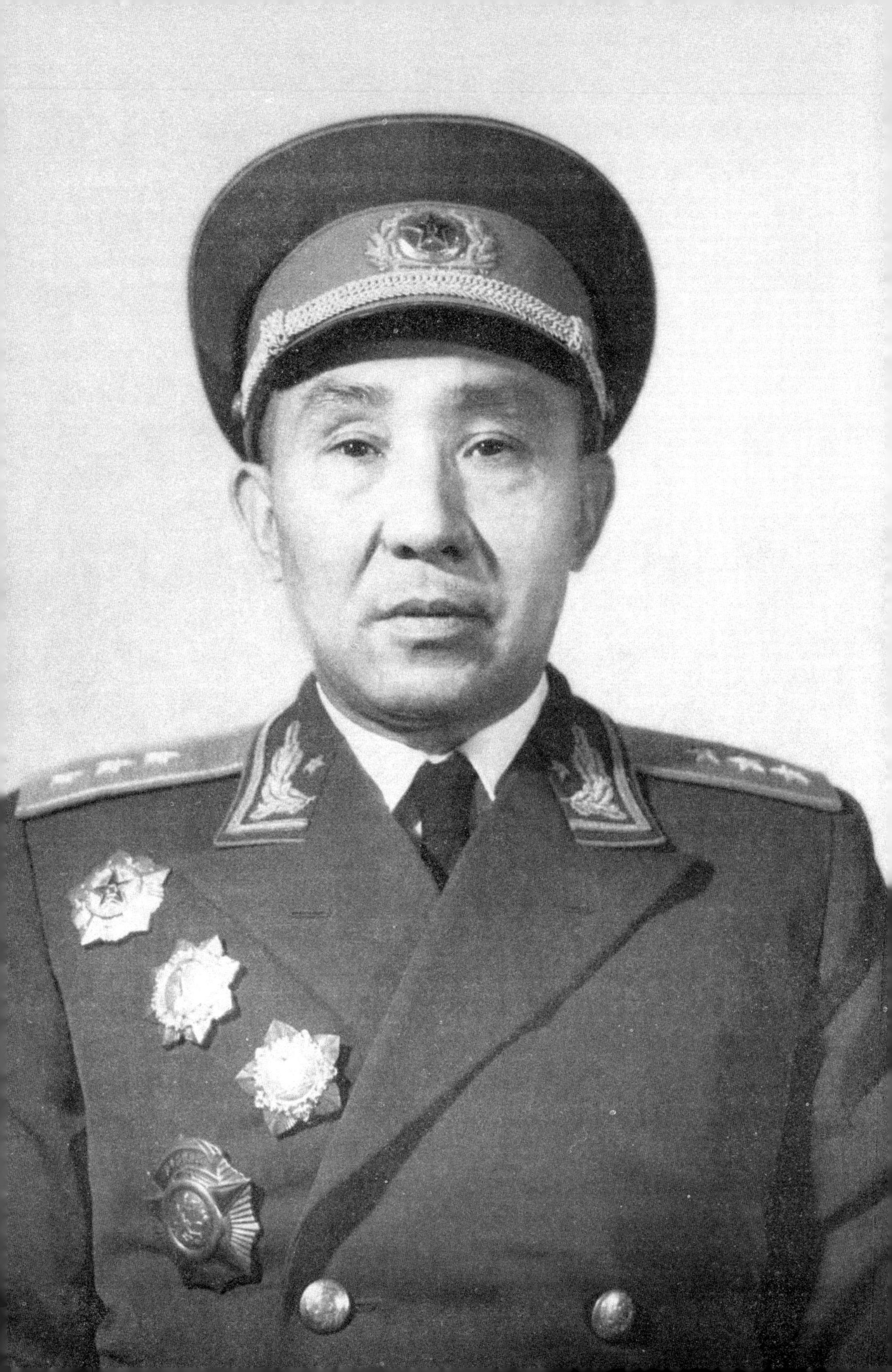

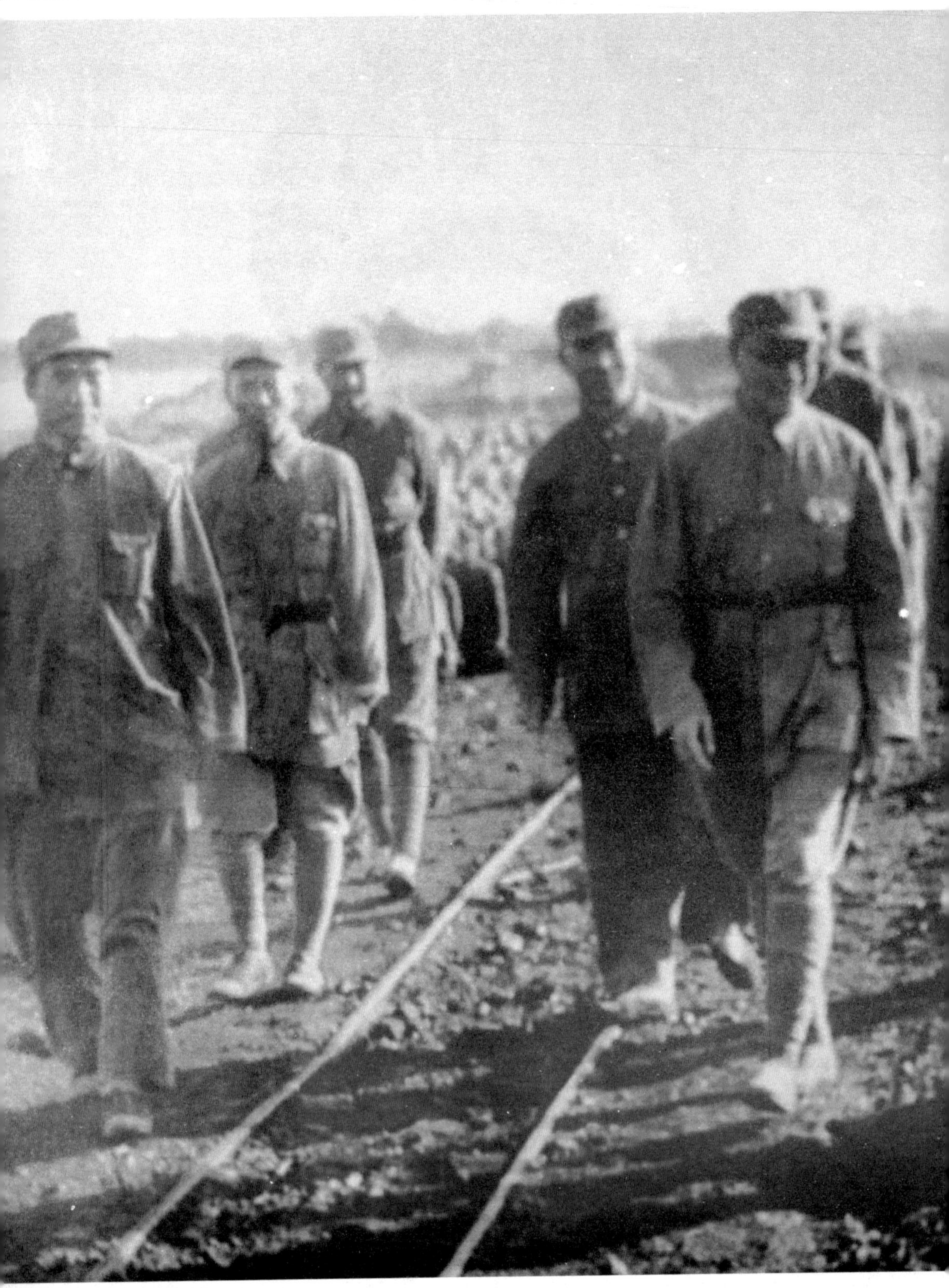

∨ 解放战争期间，刘伯承、邓小平、薄一波、李达等检阅参战部队。

曾经用迫击炮发射宣传弹，用掷石坑抛射石头杀伤敌人，难道就不能用这个原理，把炸药抛射出去？聂佩彰心里一亮：如果能制造出一种代替人工送炸药的武器，那该多好。

说干就干。这是1947年，也就是说，他的试验从1947年就开始了。

他们首先在适合战斗背景的地形上挖出一个梯形的土坑，底坡长1.2米，口宽1米，底宽0.8米，坑后壁深1米左右，然后在后壁下部挖一个药室，装进抛射药，安上雷管和导火索，药室上盖一个方形木板，上面堆放土包代替炸药包，然后点燃导火索引爆抛射药，利用抛射药爆炸产生的能量将土包抛射出去。

第一次试验取得了满意的效果。

于是，如法炮制，试验抛射地雷和炸药包。结果不太理想。地雷虽然能抛射出去，但是，飞行姿势不能控制，地雷触地后不能自行爆炸。只好作罢。

抛射炸药包的试验在继续进行。最大的问题是抛射坑土工作业量大、炸药包飞行中阻力大、方向不容易掌握。

于是进一步改进。先在野外挖一个圆形土坑，底部挖药室装抛射药并安上点火装置，再用布把炸药包扎成炮弹形状装进土坑。炸药包底座钉一个小圆木板，板中心钻一个小孔，雷管接上导火索由小孔插入炸药包内，导火索另一端接连抛射药。

结果，炸药包被抛出300米。

聂佩彰并没有沉浸在成功的喜悦中，他针对抛射坑受地形限制、一个坑只能抛射一次炸药，且不易掌握好方向和高度等问题，提出了试制抛射筒的设想。

图纸很快画出来了，口径0.3米、筒身长1米的抛射筒管做好了，筒身加铁箍加固，底部再安上枣木，挖出药室。试验非常成功，炸药包飞出300多米，全部命中预定目标。反复试验显示，"飞雷炮"的最佳药量为6～8公斤，抛射药为0.5～0.6公斤，最远射程300多米，最佳射程100～150米。炸药包爆炸后，半径10米内的各种障碍物都可以摧毁或破坏，能使半径20米内的敌人完全丧失战斗力。以后，聂佩彰又给"飞雷炮"装配了瞄准仪、炮座、脚架和机械击发装置。1947年，陈（赓）谢（富治）兵团为配合刘邓大军千里跃进大别山，在豫西突破国民党军黄河防线，进至陇海路洛阳至潼关段实施宽大正面机动作战。9月，11旅工兵连在配属攻打陕州东门和铁门寨时，开始使用"飞雷炮"，取得了成功。

到淮海战役发起前，中原野战军的各旅工兵营，大多都自制或装备了"飞雷炮"。

听说11旅工兵连试制"飞雷炮"成功的消息后，22旅工兵连政治指导员酒昭和专门派人前去取经，结果因部队调动频繁，没有找到，只能自己动手了。到1948年夏天，他们终于研制成功了用铁筒、圆木、发火装置等土造的炸药抛射筒和10公斤左右的形似大西瓜的抛射炸药包。抛射筒上设有脚架、标尺，能移动位置，可调整方向和射角，能连续将炸药包抛射到300米左右的距离爆炸，可把半径10米内的地堡、鹿砦、战壕、铁丝网炸毁，并将爆心周围的敌人震死或震伤。

这就应了无独有偶和八仙过海各显神通这两句老话。

1948年8月，中原野战军在河南方城南门外进行军事训练汇报演习。刘伯承、陈毅、李达等兴致勃勃地前来观看。

演习开始，工兵连向预先设置的3个300米左右的目标连续发射了3发"飞雷"，震天动地的爆炸声过后，目标全部被摧毁。

首长们高兴极了。

陈毅笑呵呵地说："我留过洋，还没有见过这样的武器。你们的'飞雷炮'能打这么远，威力这么大，我看，对作战会起到预想不到的效果。"

刘伯承说："'飞雷炮'不仅可以在敌人前沿的障碍物中开辟通路，而且可以摧毁敌人浅纵深的坚固工事，它弥补了我军在炮火方面的不足，将会提高我军的攻坚能力。飞雷的创造经过了一个漫长而曲折的过程，它的诞生，表明了人民战士的智慧是无穷无尽的。领导热心地扶持着这种智慧的发展，就会变成无坚不摧的力量。"

一个个用废汽油筒制作的发射筒朝着敌人的方向架了起来，等待总攻那一刻的开始。

战争宽银幕

❶ 我突击队冲向济南城东南角的突破口。

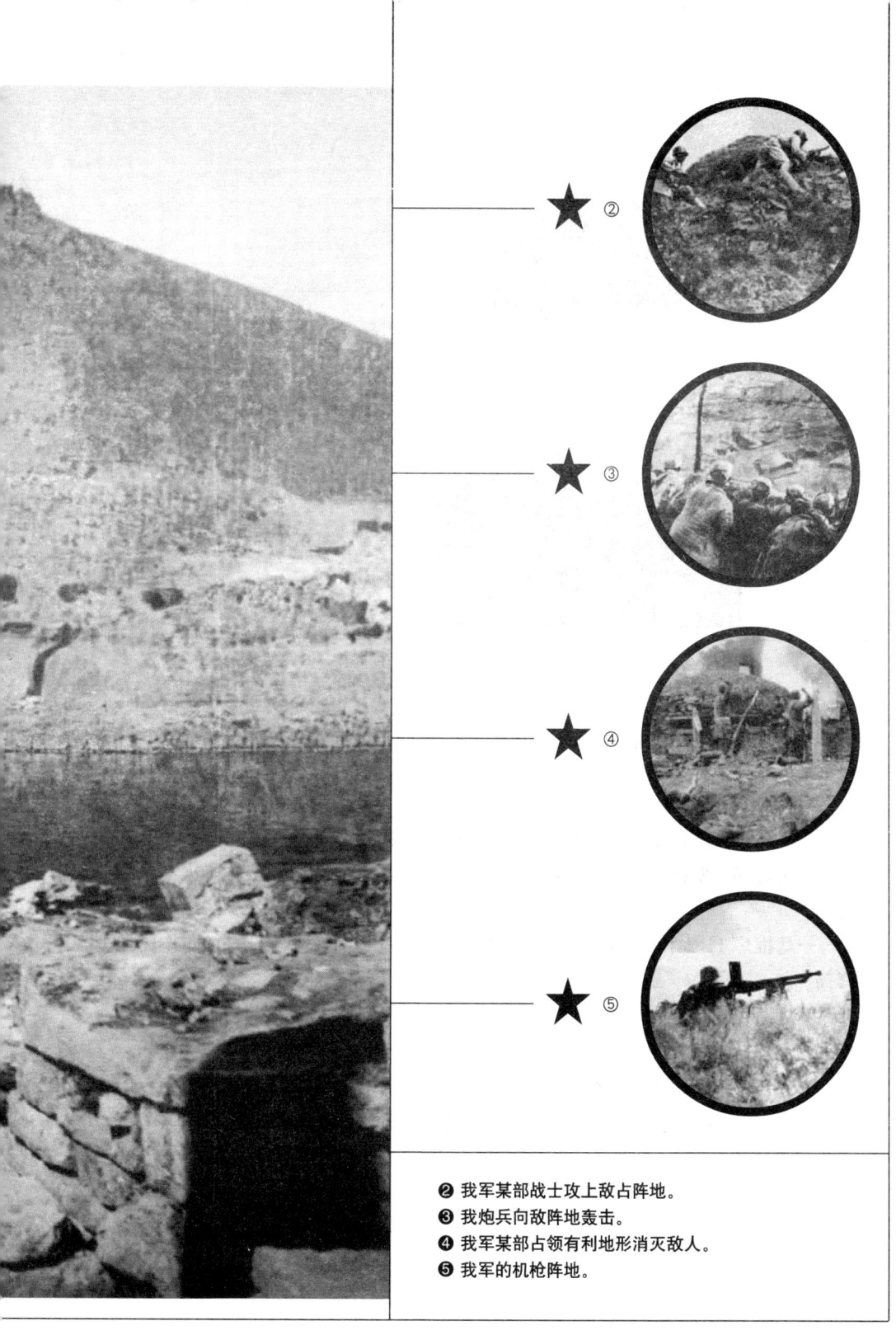

❷ 我军某部战士攻上敌占阵地。
❸ 我炮兵向敌阵地轰击。
❹ 我军某部占领有利地形消灭敌人。
❺ 我军的机枪阵地。

[亲历者的回忆]

李 达
（时任中原野战军参谋长）

我军在总攻准备中，普遍推广了两项卓有成效的战术和技术。

这是各部队发扬军事民主，集中群众智慧的结晶，它弥补了我军炮火不足的弱点。

一是推广11旅和22旅在战前试制的"飞雷"（也叫"土飞机"），即炸药抛掷筒。

就是把20公斤左右的炸药制成状如西瓜的"飞雷"，以抛掷筒射击，射程可打150米左右，威力相当大。

敌人称之为"特大威力炮"。

一是"以地堡对地堡"，"以战壕对战壕"，进行工程浩大的近迫土工作业，逐步向敌阵地延伸工事。

这是减少我军在开阔地带冲锋时被敌杀伤的一个有效办法。

——摘自：李达《回顾淮海战役中的中原野战军》

黄 维

(时任国民党军第12兵团司令)

……在(被围)开始的几天中,每天都抽调1至3个有力团配以战车和炮兵的火力,向解放军的阵地据点突击。

如第18军的部队屡次向双堆集以南解放军所占的村庄突击,第85的部队也一再向双堆集以东解放军所占的村庄突击,有的被攻占了,有的并未攻下。

当时的企图是以攻为守,想扩大所占地区和阵地据点,借以振作士气和俘虏解放军人员以取得情报,并掠夺一些可以吃的东西,并妄图用这种不断对有限目标的小规模突击的蹂躏办法,给解放军造成损害。

——摘自:黄维《第12兵团被歼纪要》

第七章

蒋介石的棋局和棋子

∧ 1947 年 5 月，蒋介石在南京观看国民党军演习。

黄维告急！蒋介石已经到了无兵可调、无将可遣的地步，加上白崇禧从中作梗，所谓"调兵"，几成儿戏。杯水车薪的空投行动也快到了山穷水尽的地步。胡琏出马，往来于双堆集和南京之间，换回的也就是委员长一顿"最后的晚餐"。双堆集成了死亡之地，笼罩在悲观绝望之中。蒋介石黔驴技穷，连出臭棋，黄维难救，杜聿明又被围。

1."小诸葛"的算盘珠

眼看着黄维兵团被越围越紧，打通徐蚌的计划也因杜聿明集团的被包围成为泡影，蒋介石真成了热锅上的蚂蚁，急得乱蹦乱跳，也无济于事。此时的蒋介石，真是捉襟见肘，狼狈不堪啊。黄维连连求救，可是，蒋介石手中也无兵可调了。华北前线，由于东北野战军挥师入关，傅作义的55万人马已经处于被包围或半被包围状态。西北胡宗南集团，也已经自顾不暇了。蒋介石曾计划空运胡宗南所被属的第1军到徐州，一来空军司令部认为没有这样大的空运能力，二来胡宗南也不愿意把自己惟一的骨干部队调走，只好作罢。看来，老蒋也只有从华中地区的张淦的兵团和宋希濂的第14兵团中想办法了。

11月下旬，根据蒋介石的旨意，国防部连续给华中"剿总"副总司令兼第14兵团司令官宋希濂发出几个"限半小时到"的电报，调第14兵团所属的第20、第28两个军立即开武汉集结，待船东下。

11月28日，宋希濂接到蒋介石发来的"限半小时到"的电报，要他和第13"绥靖"区司令官王凌云立即到南京去。30日下午，宋希濂和王凌云到了武汉，见到了白崇禧。

说好启程的日子，也安排好了飞机，宋希濂刚要走，白崇禧神秘兮兮地要他留下来，说还有事要谈。王凌云一走，白崇禧就领着宋希濂到了自己的办公室，亲自把门闩上，和宋希濂坐在同一条长沙发上。

白崇禧问："你看，目前的形势怎么样？"

宋希濂说："我看很紧张，也很危险。"

白崇禧说："是啊。东北几十万大军被消灭了。共产党得到了大批美械装备，很快就会组成很多的部队。东北工业发达，物产丰富，更能做他们的后盾。林彪大军一入关，局势就更不好办了。"

弯子绕了一圈，白崇禧转入正题："徐州方面，黄百韬被歼，黄维被围。现在总

∧ 蒋介石对徐蚌会战的胜利寄予了厚望。

统召你们到南京去，一定是要调你这个兵团东下增援。这样一来，武汉地区就只剩下张淦兵团和几个军了，而且很多部队没有多大战斗力。你的部队再调走，武汉地区就显得更加空虚。共军两个野战军合起来有百万之众。即便把你的队伍调去，恐怕也不能解徐州之围，时间也来不及了。"

宋希濂听出了话外之音，故意问："依总司令之意，应该怎么办？"

白崇禧站了起来，走到一幅大地图前，一边比划着，一边自信地说："我们如果能保住武汉，必要时可以同共军和谈。即使武汉保不住，也可以退据湖南、广西、云贵及四川一带，保有西南半壁河山，和共军抗衡。只要能拖延一个时期，国际局势一定会起变化，我们将来可以获得大量的援助，主要是美国的援助，那么，事情还大有可为嘛。"

图穷匕首现。白崇禧的意图已经再明白不过了。宋希濂心想，你白崇禧的目的还不是希望蒋介石仅存的那点实力在徐蚌地区被消灭，到那时，蒋介石没有了本钱，非下台不可，势必由李宗仁取而代之。4月份在副总统竞选时，你们桂系使用了种种手段和大量金钱要李宗仁当选，目的不就是想取代蒋介石吗？到那时，都成了你桂系的天下了，还有我宋希濂地位吗？

看来，白崇禧真有点迫不及待了。宋希濂是什么人？宋希濂也是黄埔第一期的，是蒋介石的"学生"，跟随蒋介石已经驰骋疆场20多年了，为蒋介石立下了汗马功劳，这点，白崇禧应该是知道的，他怎么会听你的？

果然，还没有等白崇禧说完，宋希濂就呼地站了起来，板着面孔说："'忠臣谋国，百折不回，勇士赴难，万死不辞'。今时局艰危，到了极其严重的关头，如果大家同心协力，同舟共济，或尚可撑持一个时期，以待国际形势的变化。这样，在长江以南编陈的第二线部队也可陆续使用。记得民国三十五年3月在重庆开国民党二中全会时，总司令在会上曾说，如不迅速遏止共军在华北和东北地区的发展，就会形成南北朝的局面。现东北已经全部被共军占领，平津亦岌岌可危。如目前在徐蚌一带的主力再被消灭，恐怕欲求成为南北朝的局面亦不可得了。还是请总司令从全局着眼考虑问题。至于我个人的情绪来说，我希望不要离开鄂西，尤其不愿意把我的部队分割使用，但目前总以救大局为重。"

话说得义正词严，白崇禧似乎也没有什么话可说了，他只是狠狠地看着宋希濂，心里说，年轻人，还是嫩了点。是的，在55岁的白崇禧眼中，41岁的宋希濂还是个年轻人。

沉默了一会儿，白崇禧说："这样吧，明天你先到南京去，多了解一些徐州和黄维兵团的情况。如形势已无法挽救，去亦无补于大局，最好向总统及顾总长请求免调。"

宋希濂和王凌云一下飞机，总统府军务局长俞济时就笑呵呵地迎了上来。这让他们非常惊奇，因为，以往去见蒋介石，可从来没有受到过官方的接待啊。

刚进入蒋介石的会客室，蒋介石就从楼上走下来了，满脸堆笑，破天荒的和他们认真握手。这又令他们感到诧异，因为，蒋介石是从来不和部属与学生握手的。

蒋介石说："这次叫你们来，主要就是要把你们兵团的全部力量东调来增援徐蚌地区的作战，来挽救目前所处的不利形势。自黄埔建军20多年以来，我们革命事业的危机，从未有过如今天这样的严重。现在徐蚌地区所进行的决战，关系党国的存亡。希望你们的部队尽速东开，加入战场后，先以全力解黄维兵团之围，然后再会同徐州的部队，击破共军，稳定战局，巩固首都和长江以南地区，这是非常重要的。望你们淬励奋发，鼓舞士气，务要取得这一决战的胜利。"

宋希濂忙问："校长，部队的调运方法和补给……"

没有等宋希濂说完，蒋介石就接了过去："等一会儿我告诉顾总长，今天下午开个会，叫有关的单位负责人都来参加，商讨办法，最要紧的就是愈快愈好。"

蒋介石的焦躁不安，宋希濂明显感觉到了，他更加感到了事态的严重。这一路，他老在琢磨白崇禧的话，越琢磨越觉得应该向蒋介石及早汇报。一下飞机，他就对俞济时说有重要事情同校长单独谈。当他单独面对蒋介石后，就迫不及待地将白崇禧见他

国民党联勤总司令郭忏

浙江诸暨人。国民党二级陆军上将。曾任国民党军第26军参谋长，陆军第6师步兵第6旅、第17旅旅长、第5军、第18军参谋长，武汉行营陆军整理处办公厅主任，第46军副军长，武汉警备司令等职。抗日战争爆发后，任第94军军长，第33集团军副总司令、第六战区长官部参谋长，第六战区副司令长官。抗战结束后，任国防部参谋次长，联勤总司令。1950年病死于台湾。

的情形和谈话内容原原本本地向蒋介石作了汇报。蒋介石听得认真，问得仔细，连白崇禧的表情、神态都问到了。最后，蒋介石若无其事地说："好，好，我知道了。你答复他的话，很得体，很得体。"

国防部讨论如何调运部队的会议从12月1日下午3时一直开到7时才结束。参加会议的有参谋总长顾祝同，参谋次长林蔚、萧毅肃，联勤总司令郭忏，空军副总司令王叔铭等。

顾祝同首先提出，总统指示，第十三"绥靖"区所属的第2军和第15军由老河口空运到南京后再车运蚌埠集结。

空军总部主管运输的署长立马算了一笔账：能调用的运输机数量、每架运输机的载重量和能装运的人数、往返一次所需要的油料数、每天最大限度能往返的次数，等等。糟糕的是，老河口机场没有一点存油，飞机还要携带往返的油料，那么，装运能力就

大大减少了。算来算去，计划不能实现。

那就船运。部队从老河口步行到沙市集中，由沙市乘船到汉口，再由汉口轮运到浦口，汉口到宜昌冬天只能航行小船，还得换船转运蚌埠。

联勤部运输署署长说，现在集中最大限度的运输力量，将第28军和第20军运到浦口，也要到12月12日才能完成；如果再运第2军、第15军和准备运输的第79军，那要到年底或明年初才能完成。

一计不成，又生一计。有人主张：部队以急行军的速度向蒙城前进。一计算行程，需要20天时间，如果遇上解放军阻击，就更慢了。还是不行。

又有人主张，部队以步行和船运两种办法，尽速向武汉集中，一部分先由火车运输，经粤汉线、浙赣线、沪杭路、沪宁路运到南京，再由津浦路转运蚌埠。麻烦是麻烦，也算办法，等到部队集中到汉口后看情况决定吧。

讨论来讨论去，还是两个字：船运。

定是定下来了，要走可不是那么容易的了。阻力主要来自白崇禧。

第28军首先从鄂西开到汉口，白崇禧就表示，不让调走！顾祝同亲自打电话给白崇禧。考虑到第28军和顾祝同有很深的历史渊源，白崇禧心里不高兴，还是勉强同意了。

紧接着，第20军也开到了汉口。这回，白崇禧就不那么好说话了。第20军多是四川人，白崇禧利用这点，鼓动军长杨干才向国防部请求免调。白崇禧亲自打电话质问国防部："你们把部队都调走了，武汉还要不要？"他下了死命令：没有他的命令，不许装运！国防部的电报一天几次催促，白崇禧硬是顶着。无奈之下，顾祝同只好派第三厅厅长许朗轩飞赴汉口见白崇禧，许朗轩托自己的老师、当时任华中"剿总"参谋长的徐祖贻出面说情，白崇禧才松了口。

以后就再也调不动了。

12月10日，第2军的先头部队正要从汉口装船之际，白崇禧却派警卫团将轮船看守起来，不许装运。这次，不论是国防部的电报，还是顾祝同的电话，白崇禧一概顶了回去，好话说尽了，也无济于事。

蒋介石真的急了。徐蚌战场，黄维被吃着，突围无望；杜聿明被夹着，动弹不得；李延年、刘汝明被看着，北上无望。救兵如救火，就指望着武汉的兵力了。

拿起电话，蒋介石耐着性子说："健生啊，东线吃紧，你也是知道的，如果没有援兵，怕是支撑不下去的。那个，那个，还是希望让第2军即日东下，以救徐州之急。"

白崇禧也心平气和地说："委座，不是我不想调，实在是华中地区兵力太少了，再调，武汉就很难守备了。武汉乃华中重镇，保住武汉，还可以同共军一战啊。"

一个要调，一个说不能调。说来说去，就这两个意思。话就越说越不投机，火就越说越大。

蒋介石气急了，骂道："你，你，你不服从命令，要受到制裁的！"

白崇禧可不吃这一套，他反唇相讥："合理的命令我当然服从，不合理的命令我不能接受！"

吵了半个小时，毫无结果。蒋介石气的满脸通红，胡子都翘了起来，他将电话机使劲往桌子上一摔，狠狠地骂了一句："娘希匹！"

调兵遣将，调兵遣将，这就是他蒋介石的能调的兵和想遣的将！

2. 胡琏出马

11月28日，国防部通知黄维，第12兵团副司令官胡琏即将乘飞机到双堆集兵团部，要求开辟一个小型的飞机场，以便降落。

工兵部队迅速开始施工，飞机场很快就建成了，还设置了标记，单等胡琏到来了。

胡琏何许人也？是年41岁的胡琏可是蒋介石的红人，他18岁时考入黄埔军校第四期，参加过北伐战争，以后随陈诚参加过对红军的第三、四、五次"围剿"，曾在第18军副军长任上带职任蒋介石侍从室参谋。胡琏是蒋介石主力部队第18军的老人，一级一级地干，直到军长。从1947年冬天开始，胡琏以第18军军长之职，经常指挥几个整编师作战，俨然是一个独立兵团，被人称为"胡琏兵团"。蒋介石对胡琏寄予了厚望，先后写过近10封亲笔信给他，希望胡琏在战场上制造奇迹。第12兵团组建时，胡琏出任司令官本来是顺理成章的事情，可由于种种原因，他只做了个副总司令，胡琏大为不满，又奈何不得。也是瞌睡遇到了枕头，正在胡琏满腹牢骚无处发泄时，他的父亲病危，以后是病故，他就以探视父亲和治疗

∧ 1924年6月16日，孙中山、宋庆龄在黄埔军校开学典礼上。

自己的牙病为由，请假到了武汉。到黄维兵团被围，胡琏已经脱离部队一个多月了。

蒋介石和胡琏几乎是同时想到了对方，正当胡琏准备返回部队时，蒋介石的电报也到了。于是，胡琏急急飞往南京。

一见胡琏，蒋介石就问："伯玉啊，你看有什么办法才能使第12兵团扭转现在不利的态势呢？"

胡琏拍着胸脯，慷慨激昂地说："校长，这次作战，共军倾其全力，规模空前，是国共两党最后的大决战。如果这一仗胜了，可以凭江淮之阻拱卫南京，与共产党平分

黄埔军校

中国第一次国共合作时期，孙中山创办的陆军军官学校，位于广州黄埔长洲岛上。1924年6月16日正式开学。孙中山兼任军校总理，任命蒋介石为校长，廖仲恺为党代表，组成校本部，隶属国民党中央执行委员会。学科分步兵、炮兵、工兵、辎重兵、政治等。学制为6个月。1926年3月，与国民革命军各军办的学校合并，改名为中央军事政治学校，归属中央军事委员会领导。1927年四一二政变后开始"清党"，从此，成为蒋介石培养其所需嫡系军官的军事学校。黄埔军校造就了许多军事政治人才，在中国军事教育史上具有重要的地位和影响。

国民党空军总司令周至柔

浙江临海人。国民党一级陆军上将,国民党空军创始人之一。保定军官学校毕业。曾任国民党军第14师师长,第18军副军长,中央航空学校校长,航空委员会主任等职。抗日战争爆发后,任空军作战前敌总指挥部总指挥,航空委员会主任参事,空军总指挥部总指挥,军事委员会委员长侍从室第一处主任。1946年任空军第一任总司令,后去台湾。

> 淮海战役期间，胡琏出任国民党军第12兵团副司令官。
< 解放战争时期，时任国民党空军总司令的周至柔。

天下，再图反攻。我建议，放弃北方，固守南方，集中全力打胜这一仗！我坚信，第12兵团有力量坚守一个时期，直到援军的到达。请校长赶快抽调援军。我胡琏受校长栽培多年，自当为党国效命，我当立即到双堆集，协助培我重振士气，调整态势。请校长放心，有胡琏在，第12兵团就垮不了。"

"好，很好，你的态度，和许多以党国命运于不顾的人的态度正好相反。有你这样的将领在，则党国之幸。你们要固守下去，死斗必生。我已经让联勤总部尽量空投补给，并正在抽调部队给你们，你们要好好打下去！"

胡琏出马，架势不小，既有蒋介石的耳提面命，又有空军司令周至柔和副司令王叔铭亲自安排飞机，胡琏一副挽救危局舍我其谁的气概。下机伊始，他就召集各军师长们到兵团部见面，大讲什么总统调集大军增援作战的决心，要求大家固守待援。又是听情况汇报，又是视察部队，又是调整部署，不一而足。胡琏及其带来的消息，犹如一剂强心针，着实让军师长们高兴了那么几个小时。

解放军改变战术，像蚕食桑叶一样步步紧逼，第12兵团的阵地在缩小，差不多要陷入瘫痪的状态了，凡是能勉强作战的部队如工兵炮兵等都摆上了阵地，连一个连一个排的机动兵力都调不动了。军师长们都在各自所在的村庄直接指挥战斗，阵地一旦失守，连逃的地方也没有哇。

国民党国防部第一次长林蔚 ────────────────▶

浙江黄岩人，国民党二级陆军上将。1927年任浙军第27军参谋长，1929年5月任陆海空军总司令部参谋厅厅长，1930年2月任参谋第二厅厅长，1935年任铨叙厅第一任厅长。抗日战争爆发后，任侍从室第一处主任，军令部次长，侍从室第一处主任兼军事委员会桂林办公室副主任，军政部政务次长。1946年6月任国防部第一次长，后去台湾。

情况在一天天恶化，黄维不无担心地对胡琏说："如果你不回前方，而是留在南京联络和催促空投补给，可能作用还要大些。"

胡琏却满不在乎地说："被共军四面包围，对我们来说，已经是家常便饭了。我们现在只要打下去，共军还是一下吞不了我们的。"

局势不会以胡琏的满不在乎就好起来。

黄维忧心忡忡地对胡琏说："现在空投补给有减无增，要撑持下去，就必须催运补给。另外，杜聿明也被包围了，委座不能不有新的决策。你还是回南京一趟，把我兵团的实际情况向委座汇报。"

胡琏痛快地答应了。

临行前，黄维对胡琏说："你去南京后，我看就不要回来了。你留在南京的作用要比在这里大得多。"

嘴里的话黄维没有说出口。他深深地感觉到，第12兵团的气数已到，灭亡是迟早的事了。千军易得，一将难求。胡琏毕竟是个人才，没有必要作无谓的牺牲了，保全下来，也好为第12兵团的将领们料理料理善后的工作。

12月7日，胡琏飞抵南京，向蒋介石报告了双堆集的情况。

蒋介石对他说："我调的援兵已到达浦口，即开赴蚌埠参加李延年兵团，后续部队可以源源到达，希望你们继续坚持一个时期。"

胡琏说："校长，第12兵团第10、第18军，都是党国中坚，许多军官战斗经验丰富，对党国忠心耿耿，实属有用之材，如果一旦被共军围困聚歼，虽使共军付出数倍之代价，但党国将损失一大批干部，与其如此坐以待毙，不如令其突围。现在我们的给养困难，请求校长加派空军轰炸和空投足够的弹药和粮食。"

蒋介石满口答应："可以，可以，我来亲自督促执行。你回去，协助培我毅然突围。"

实际上，所谓援军，只有前面说过的第20军和第28军，还在途中。所谓空投，从空军司令、副司令，联勤部长到具体办事人员，昼夜不息，忙得不可开交，凡是可供作战和运输的飞机都调到了南京，甚至储存在重庆、昆明的一部分美械弹药，都全部动用了，可以说，蒋介石已经快到了山穷水尽的地步了。

8日晚上，蒋介石请胡琏吃饭，顾祝同、林蔚、王叔铭、蒋经国、宋希濂作陪。席间，谁也没有多说话，大有"最后的晚餐"的味道。草草吃饭后，在会客室放映了影片《文天祥》。蒋介石陪着看完了电影，看完后，嘟哝了一句："影片很好，很好。"大家也应承着："好。"随后，蒋介石向在座的点点头，低头沉思着，缓步走上了楼。用宋希濂的感觉就是，很有李后主"无言独上西楼，……别是一番滋味在心头"的味道。

冷风里，一股凄凉意，一帮人默默走出总统官邸。坐在车上的宋希濂不停地想："老头子多可怜那。"

胡琏还算有种，不怕死，他没有按照黄维的意思留在南京，9日就匆匆返回了双堆集，随机带着蒋介石犒劳各军师长们的大批烟酒水果。还带着蒋介石的一句话："你们可以突围，不要管杜聿明，也不要指望李延年。"

黄维心里说：这话等于废话，莫名其妙。看来，老头子已经是方寸大乱，没有什么部署可言了，只能零打碎敲了。

摆在黄维面前的只有两条路，一条是自行突围，问题是，没有空军掩护，局面将不可收拾。第二条，只好硬撑下去，打一天算一天了。

3. 双堆集困境

在我中原野战军的不断围攻和压缩下，黄维兵团所属的4个军余部被越绑越紧，仅仅保有狭小的地区和核心阵地，再也无法挣扎下去了。

抱着打一天算一天的态度的黄维还没有死心，他发报给蒋介石："学生自当率全体官兵与阵地共存亡，以索取更大代价。"

蒋介石也还是走了几步棋，不过，着着都是臭棋。

如前所叙，除了勉强调出的第20、第28军外，武汉方面是调不动一兵一卒了。

在徐州完全孤立，南北打通津浦路的计划根本无法实现的情况下，蒋介石决定放弃徐州，令杜聿明指挥邱清泉、李弥、孙元良3个兵团经永城、涡阳、蒙城南下，企图先救出黄维，尔后一同南下，令刘峙带领徐州"剿总"机关飞抵蚌埠，指挥李延年、刘汝明两兵团再度北上，全力增援黄维。结果呢？结果是，杜聿明集团在放弃徐州向徐州西南方向的突围途中，遭到了我华东野战军的全力追击，于12月4日被合围在永城县东北陈官庄、青龙集地区。

又是一步臭棋。

> 抗战时期，蒋介石、蒋纬国父子在一起。

蒋介石还在上海集中了数十艘船舰，准备北上接运北平、天津地区蒋系中央军，转运徐蚌地区作战。问题是，我东北野战军已经入关，他的兵还能调吗？准备也就是个准备而已。

倒是蒋介石的二公子蒋纬国最能体谅乃父的处境，他受命率领装甲部队加入了营救黄维的战斗。

杯水车薪嘛。

被围困在双堆集的黄维兵团是个什么样子呢？还是看看当年亲自在第一线指挥的将军们的回忆吧。

黄维本人在回忆当时的情景时这样写道：

第12兵团被围于双堆集狭小地区，粮弹俱缺，大量伤员只能收容于地下壕坑；兼之日夜战斗，伤亡枕藉，每当空投补给时，一部分补给品落于解放军阵地，其降落于国民党军空投场附近地区者，各军自行抢收，甚至因抢收而互相开枪威吓。其幸由兵站分监部收集到的补给品，分配时则又争多争少，吵闹不休，陷于一片紊乱，维持正常秩序已感万分困难。至于使用这样的部队去战斗，则其狼狈之状不问可知。陷于悲观绝望气氛。

第10军军长覃道善回忆说：

第10军在被围后虽然士气低落，但对解放军的攻击仍然拼死反抗。我曾下令所属各部在所占领的村庄内死守，不得后退一步。第114师第341团营长苏某，因所据村庄被解放军攻占而逃回军部。我曾报请兵团部将其枪决，以警戒全军。第75师团长刘次杰接替第114师小杨庄的守备，经过几天激烈战斗，官兵伤亡殆尽，刘率团部人员及残余部队据一房屋顽抗，最后仅剩数十人，始突围逃回。我报告黄维、胡琏，也将其判

蒋纬国

浙江奉化人，生于上海。蒋介石次子。东吴大学毕业。1936年赴德学习军事，后赴美国学习。1940年回国，服役于国民党军第1师第3团。1944年秋出任青年远征军206师营长，后提升任副团长。1945年任装甲兵教导总队处长、战车团团长，装甲兵司令部参谋长、副司令，曾参加淮海战役，遭到痛击。1949年上海解放前夕撤至台湾。

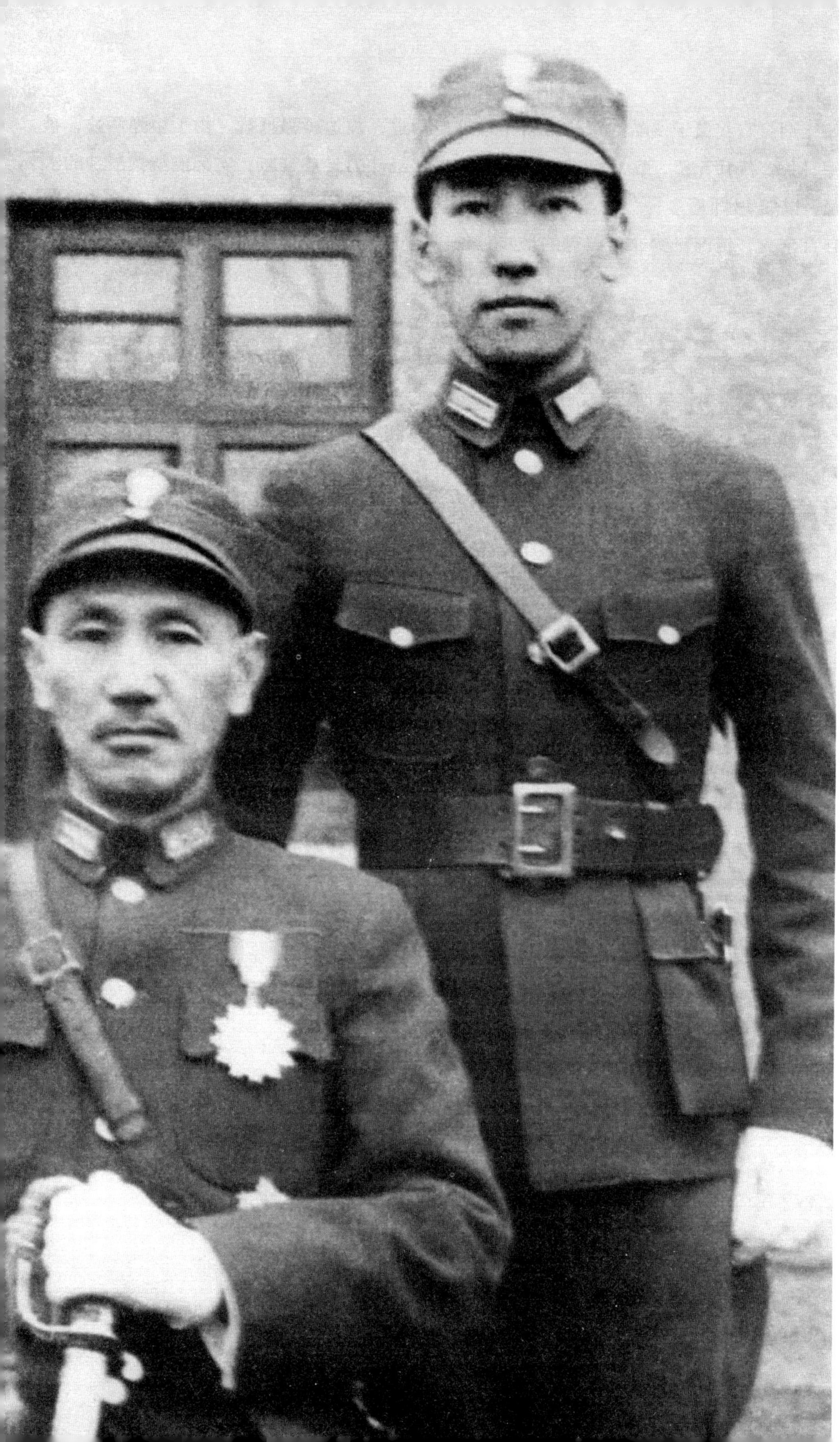

处死刑。官兵慑于残酷的军法，多不敢擅自后退，被迫顽强抵抗。由于粮弹两缺，被围日久，援兵无望，官兵精神体力俱感不支，战斗力日益衰减。实际能继续战斗的人员，以第18师最多一个团，也不过三四百人，其他各团有的已全部被消灭，有的只残存百余人，情况已到非常严重的地步。

第18军军长杨伯涛回忆说：

解放军采取掘壕前进、近迫作业的沟壕战术，一道道交通壕如长龙似的直伸向国民党军阵地前沿，形成无数绳索，紧紧捆缚。解放军利用夜暗调集兵力，进入冲锋准备位置，和强大的炮兵火力配合，发起猛烈的冲锋，当者很难幸免。首先感到危急的是遭受解放军沉重打击、部队已残破的熊绶春第14军和第10军的第114师。他们守备的村庄一个接着一个丢掉了，守备的部队一营一团地被消灭，成一面倒之势。特别是熊绶春不断向黄维告急，黄维几次命令第18军抽出兵力，去帮助把突入村庄内隔着一道墙一条沟威胁最大的解放军打出去，以恢复原来的阵地，稍微缓和一下。可是解放军的攻势勇猛坚强，这里刚稳定下来那里又危急万分了。因此从11月23日兵团被围起到12月5日，第18军策应各军的任务，配合战车和炮兵，不断向解放军反扑，二十几辆战车轮番出动，隆隆之声不绝。蒋纬国曾飞双堆集上空，和战车营营长谈话，给战车官兵打气，要他们勇敢战斗为党国立功，并造谣说各路增援大军即将到达，必须坚持下去。空军飞机也是川流不息，成天在双堆集上空盘旋。国民党反扑行动，都由拂晓开始，到黄昏停止。入夜以后则完全是解放军的世界，战场由解放军主宰。黄维还实行了两次规模较大的出击战斗。他看到阵地前的村庄被解放军利用作为攻击据点，企图破坏解放军的攻击准备，曾抽调了几个团，令我指挥，向双堆集以西几个村庄猛扑，所有的战车和炮兵都用上了，并通知空军协助，付出很大伤亡，夺了几个村庄，加以彻底破坏，使解放军不能利用。各军师的后方勤杂人员成群结队进入村庄，凡是可吃可用的东西，甚至屋顶上的茅草也搬得精光。为寻觅人民埋藏在地下的粮食器物，到处乱挖，连地皮都翻转起来了。但一次在向双堆集西南马庄的攻击中，解放军凭围墙沟壕坚守，逐屋争夺，国民党军伤亡颇大，迄无进展。黄维在解放军四面环攻、包围圈日益缩小的情况下，不能不作困兽之斗，组织一点力量，频频向解放军反扑，实质是垂死挣扎。可是蒋介石国防部却据此大吹大擂，誉为第12兵团在双堆集周边实行了所谓"躁蹰战术"，并夸大战果，诡称解放军遭受毁灭性打击。

第12兵团副司令官兼第85军军长吴绍周回忆说：

第12兵团围困在一个方圆不到十里的狭窄地区内，十九万人马辎重拥挤一团。在

∧ 1948年宝丰会议期间，刘伯承、陈毅、邓子恢、李达（右起）在一起交谈。

激烈战斗中，粮弹日少，伤亡日多，士兵斗志消沉，战斗力逐渐削弱；各级指挥官也都一筹莫展，只是挨打而已。……解放军除了夜间进行猛攻渗入、占领周围村庄、紧缩包围圈外，白天则在阵地前展开宣传攻势，这就削弱了国民党部队死守待援的决心。最使指挥部头痛的是，解放军陆续放回的俘虏，纷纷宣传解放军的宽大政策，则更进一步瓦解了官兵的战斗意志。兵团部及各军、师、团长以上指挥官虽然采取了一些措施，如禁止收听解放军电台广播，隔离被俘士兵，但并未起到什么作用。

工兵营的一个军官在11月28日的日记中写道：

我们已被困3日了，"住"、"吃"、"拉屎"都成了问题。遍地挤满了人，插足都没地方，哪还能拉屎？早饭吃了红薯后，经大段巡视，才找到一处略有隆起的地方蹲下了。另一战友告诉我：那里埋的死人，昨天炮弹炸死的。我赶忙变换阵地。

狼狈之状，见于一斑。

4. 吃一个，夹一个，看一个

黄维兵团损耗巨大，弹药缺乏，粮食断绝。对于中原野战军来说，吃掉黄维兵团，是指日可待的事情了。

12月1日，刘伯承、陈毅、邓小平以轻松的口吻向中央军委报告：

敌人已无饭吃，且已发生柴火困难，即使大量空投，亦不能解决问题……我们拟先攻其（双堆集）北端之三官庙、马围子诸村（18师），尔后将敌压缩于双堆集两里见方的地区，而以大量炮火猛攻之。

黄维仍然把希望寄托在杜聿明集团的南下和李延年、刘汝明的北上救援上，也正加紧准备，企图突围。

形势急转直下，杜聿明被围。

三块敌人摆在那里，怎么个打法？此时，毛泽东、刘伯承、陈毅、邓小平、粟裕等思考着同一个问题。

小李家村距离杜聿明集团被围的陈官庄，也就30多公里的距离，有的纵队领导对刘伯承、陈毅、邓小平的安全很担心，他们却说："请你们不要为此事操心，我们安全得很。倒是需要认真研究一下打黄维与打杜聿明的作战问题。这是最重要的。"

刘伯承说："要取得战役的胜利，首先要把主动权牢牢地掌握在我们手中。从目前的态势看，要保持战役的主动，就只能迅速歼灭黄维、杜聿明两股敌人中的一股。如若同时围歼黄维、杜聿明两个集团，我们还没有这么大的胃口，作战时间势必会拖长，而作战时间一拖长，就会给敌人的援军以驰援的时间，援敌一旦赶到，我们中原、华东两个野战军就会陷入被动局面。黄维和杜聿明比较起来，黄维显然好打些。"

陈毅说："粟裕、陈士榘、张震来电，也是这个意思，他们认为，中原、华东两大

> 1948年，周恩来协助毛泽东在西柏坡指挥了三大战略决战。这是周恩来在签署作战命令。

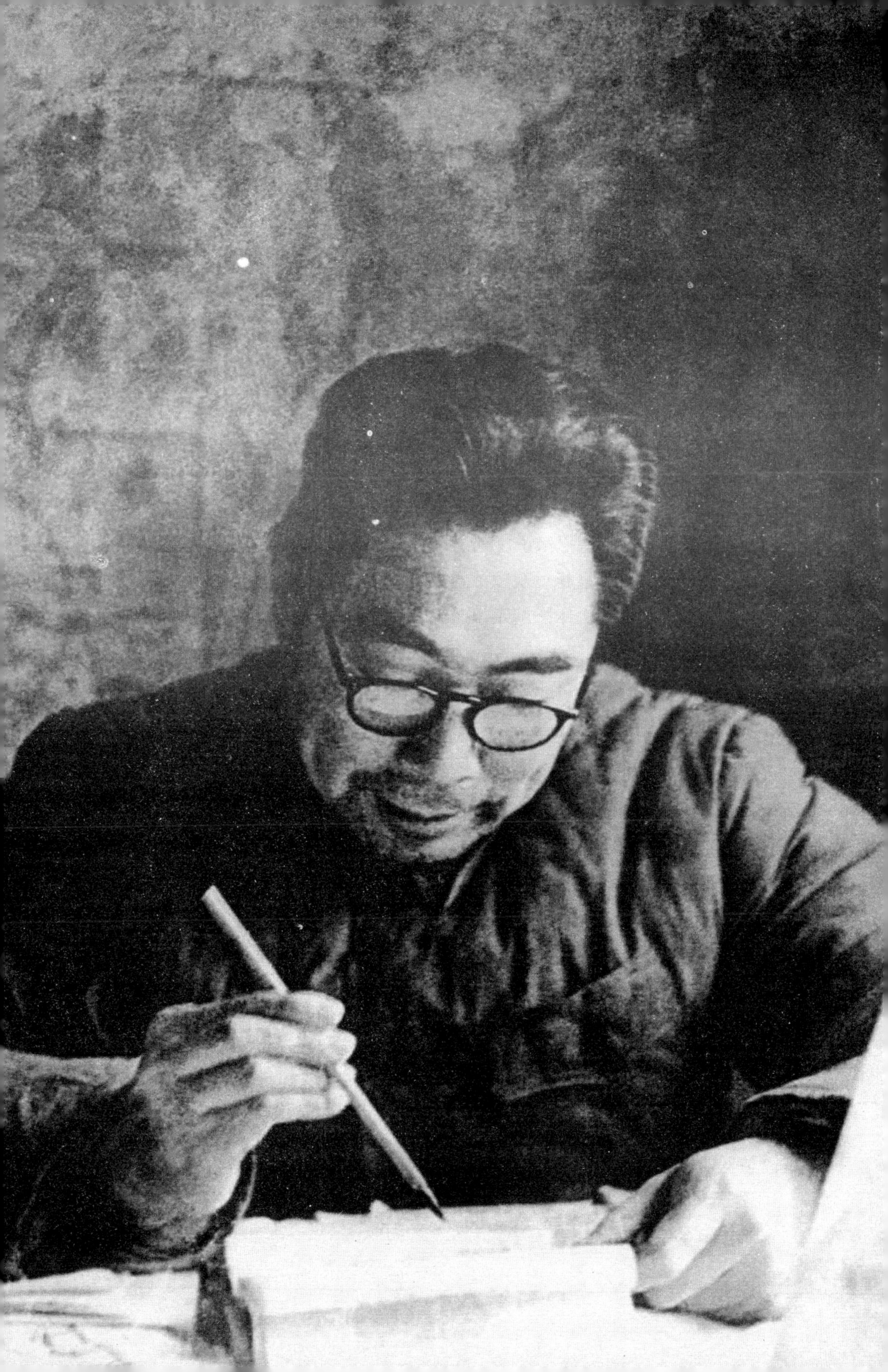

野战军已经形成了三个战场作战，现在，三个战场兵力均感到不足，尤其是南面阻击李延年兵团北进的兵力很少，万一伤亡大又阻不住，势必影响对黄维兵团的作战。他们提出的建议是：再从包围杜聿明集团的华东野战军主力中抽调一部分兵力，以求先歼灭黄维兵团，而对杜聿明集团暂时取守势。待黄维兵团解决后，中原野战军负责阻击李延年、刘汝明两兵团以及稍后赶来的宋希濂兵团，华东野战军则全力解决杜聿明集团。这真是英雄所见略同啊！"

邓小平说："我看可以按两位司令员和粟裕他们的意见向军委报告，首先集中中原野战军和华东野战军一部的兵力，尽快歼灭黄维兵团；对杜聿明集团，则采取'大部守势，局部攻势'的策略，阻止其南逃；同时增加蚌埠北阻击李延年兵团的兵力。"

西柏坡。毛泽东一边抽烟，一边在屋子里来回踱着步。他沉吟道："一个黄维，一个杜聿明，一个李延年。这又是一锅夹生饭啊。"

在一旁默默思索的周恩来说："吃不下去，不能硬吃。蒋介石还是舍不得他的半壁河山，华北傅作义正在犹豫、观望。索性给他个枕头，让他再犹豫、观望一段时间也好嘛。刘伯承他们的压力本来就不小了。"

"你的意思是？"毛泽东顿了顿，问。

"刘伯承、陈毅、邓小平和粟裕的意见是根据战场的具体情况，经过审慎考虑提出的。主席，可以下决心了。"

毛泽东笑笑，说："那可不可以用六个字来概括我们的方针呢？每一块两个字，公平。对黄维的两个字是'攻坚'，对杜聿明的两个字是'围困'，对李延年的两个字是'阻击'。你看怎么样？"

"好！"

中原野战军指挥部作战室里，刘伯承、陈毅、邓小平等待着中央军委的指示。电报在他们手中传看过后，刘伯承随手将桌子上的口杯、砚台、电文纸摆成三堆，对在座的人说："这就像我们面临的三股敌人。军委电令我们吃掉已围的黄维兵团，围住南下的杜聿明集团，阻住北上的李延年兵团。这就像一个胃口好的人上了饭桌，嘴里吃着一个，筷子里夹着一个，眼里还看着一个。要保证夹着的掉不了，看着的跑不了，就必须吃掉黄维兵团，腾出手来，再歼杜聿明、李延年。"

陈毅听罢，哈哈大笑起来："吃一个，夹一个，看一个，精彩，真精彩。"

黄维真的是蹦达不了几天了。

战争宽银幕

❶ 被我军击落的准备空投的国民党运输机。
❷ 我军炮兵部队夜渡黄河。
❸ 我军某部正在举行动员大会。
❹ 我军跨过陇海铁路，向大别山地区挺进。

[亲历者的回忆]

宋希濂
（时任国民党军华中"剿总"副司令兼第14兵团司令）

……李宗仁、白崇禧等早就存有使蒋介石集团与共产党打起来，打得双方精疲力竭，两败俱伤，他们就可以从中取利的企图。

例如抗日战争胜利后，我同白崇禧有过几次谈话和听过他几次公开的演说，他都是痛骂共产党，反对和谈，认为对中共的问题，除了武力外，别无解决的办法。

经过两年多的战争，削弱蒋介石力量的目的是达到了，但蒋介石的主力尚未完全消灭，白崇禧是绝不肯放弃这个机会的。

他知道蒋介石的本钱，只剩下以第1军为基干的胡宗南集团，以第5军为基干的邱清泉兵团，以第18军为基干的黄维兵团，加上其他一些没有多大战斗力的部队。

他希望看到这些部队的溃灭，更不愿意将他已经掌握在手的部队调去解围，因为这是同他的企图相违背的。

——摘自：宋希濂《淮海战役中蒋介石和白崇禧的倾轧》

苗冰舒

（时为中原军区编辑）

在小李家这座小小茅屋里，灯火通宵达旦地亮着。从北面可以听到我军遏止杜聿明军沉重的炮声，南面清楚地听到围歼黄维兵团猛烈的爆炸声，东面可以听到阻击李延年兵团的炮声。在徐淮广大战场上，集中着敌我一百数十个师，进行着中国战史上空前规模的战略大决战。而这小小的李家村，是巨大战场的中心；破旧的黄泥巴草房里，正决定着这场战略决战的命运。战场上"吃一个，夹一个，看一个"的总前委称之为"举一观三"的局面形成了。

——摘自：苗冰舒《淮海战场上的总前委》

第八章

剥光"硬核桃"的外壳

∧ 抗战时期,陈赓(左)与王震在延安。

12月6日，对黄维兵团总攻的炮声怒吼了。中原野战军的精兵强将组成东、西、南三个攻击集团，从三个方向向敌人展开了猛攻。在我军凌厉的攻势面前，李围子、沈庄、杨围子、张围子、马围子、李土楼、小周庄……敌人盘踞的一个个据点纷纷被攻克，死硬顽抗的敌军死伤枕藉。双堆集这颗"硬核桃"的外壳全部被剥光，敌人内防线全部暴露在我军面前。

1. 是该摊牌的时候了

在我军的打击下，黄维兵团防御体系的外围阵地一个一个地丢失掉了，兵团能够控制的地域东西不足1.5公里，南北不足2.5公里，处在这样一个狭长的地域内，黄维处境的危急程度可想而知。

人员更是伤亡惨重，吴绍周的第85军，只剩下了黄子华的第23师；熊绶春的第14军，大部被歼，只剩下几千人，覃道善的第10军，也是残破不堪，能够勉强维持建制的，只有杨伯涛的第18军了。

该是摊牌的时候了。

12月5日，刘伯承、陈毅、邓小平下达了对黄维作战总攻击的命令：

（一）敌黄维兵团经我半月作战，已损失总兵力至少1/3，战斗部队至少损失2/5，其主力18军（包括18师）亦已残败，这是我各部队英勇作战的结果。

（二）根据总的作战要求及当面实际情况，颁发命令五条如下：

从明日午后4时半起开始全线对敌总攻击，不得以任何理由再事拖延。

陈赓、谢富治集团务歼沈庄、张围子、张庄地区之敌，陈锡联集团务歼三官庙、马围子、许庄地区之敌，王近山、杜义德集团务歼双堆集以南玉王庙、赵庄及以西前周庄、周庄、宋庄之敌，并各控制上述地区，然后总攻双堆集，全歼敌人。

总攻战斗发起后应进行连续攻击，直到达成上述任务为止，不得停止或请求推迟。

各部应不惜最大牺牲保证完成任务，并须及时自动地协助友邻争取胜利。

对于临阵动摇贻误战机的分子，各兵团各纵队首长有执行严格纪律之权，不得姑息。

（三）本命令用口头直达连队。

< 谢富治，1955年被授予上将军衔。

颇为不寻常的是，命令是刘伯承、陈毅、邓小平分别口头向各纵队下达的。命令的严厉程度，也是过去少有的。

根据黄维兵团的现态势，刘伯承、陈毅、邓小平把总攻部队组成三个突击集团：

东集团：即命令中所说的陈赓、谢富治集团，由中原野战军第4、第9、第11纵队和豫皖苏军区独立旅组成，由第4纵队司令员陈赓、政治委员谢富治统一指挥。担任主要突击任务。

谢富治

湖北黄安（今红安）人。土地革命战争时期，任工农红军师政治部主任，军政治部主任，红四方面军总政治部组织部部长等职。抗日战争时期，任八路军129师386旅772团政训处主任，385旅政治委员，太岳军区副司令员等职。解放战争时期，任晋冀鲁豫军区太岳纵队政治委员，晋冀鲁豫野战军第4纵队政治委员，第8纵队司令员，中原军区第4纵队政治委员，第二野战军第3兵团司令员等职。

西集团：即命令中所说的陈锡联集团，由中原野战军第1、第3、华东野战军第13纵队组成，由中野第3纵队司令员陈锡联统一指挥。

南集团：即命令中所说的王近山、杜义德集团，由中野第6纵队、华野第7纵队及陕南军区第12旅组成，由中野第6纵队司令员王近山、政治委员杜义德统一指挥。

看看对阵双方的阵容吧。

东集团：

中野4纵，是中野的一支劲旅。1946年，该部执行晋南方向作战任务，会同太岳军区部队，并在吕梁军区部队配合下，先后取得闻夏、临浮等战役的胜利。1946年11月到1947年1月，进行了吕梁、汾孝等战役，挫败了国民党第一战区偷袭延安的计划。1947年4至5月，在晋南地区展开攻势作战，歼灭国民党军1.4万余人，策应陕甘宁解放区军民粉碎了国民党军的重点进攻。1947年8月，作为中野主力，挺进豫西。1948年3月参加了洛阳战役，以后参加了宛西、宛东战役和豫东战役。

4纵司令员陈赓，是我军将领中的一位传奇式的人物。他13岁就去当兵，与毛泽东在一所新式小学上学，在毛泽东主办的湖南自修大学学习过，1922年，刚刚18岁的他就加入了中国共产党。他是黄埔军校第一期的学员，毕业后即任连长，在1925年的东征中因立战功在黄埔生中声名显赫。南昌起义时，他担任保卫任务。1931年，在中央特科负责人顾顺章叛变的紧要关头，主管情报工作的陈赓，协助周恩来迅速疏散中央机关，后在红军中担任团长、师长。负伤治疗期间，陈赓被捕，因为他曾经救过蒋介石的命，蒋介石劝他投降，遭到严词拒绝，后机智逃出。长征中，他任干部团团长、红1师师长。抗日战争时期，陈赓任八路军386旅旅长，屡挫日寇，使日军恼怒万分，"扫荡"时在装甲车上贴上"专打386旅"的标语。1943年秋，陈赓在指挥太岳山区反"扫荡"中，曾一举歼灭日本"皇军观战团"，击毙服部直臣少将和6名大佐。在我军内外，陈赓以幽默风趣、豪放坦荡、智勇双全而著称，有关他的故事，实在多多。陈赓时年45岁。

中野9纵也是中野劲旅，参加过洛阳战役、宛西、宛东战役和

郑州战役

解放战争时期，中原野战军一部对逃离河南郑州的国民党军进行的围歼战。1948年10月，中原野战军为牵制徐州以西的国民党军孙元良兵团，掩护位于曲阜的华东野战军南下参加淮海战役，决定对郑州敌第十二"绥靖"区发起进攻。此役共歼灭国民党正规军1个师另2个团和4个保安团共1.1万余人，控制了平汉、陇海铁路枢纽，有力地配合了淮海战役的展开。

豫东战役。在1948年的郑州战役中，9纵在友邻配合下，全歼弃城北逃的国民党军，受到中原野战军的通令嘉奖。司令员秦基伟，当年只有34岁，出生于著名的将军之县湖北红安，13岁时参加黄麻起义，16岁入党，21岁即任红军师长，是身经百战的一员虎将。秦基伟好胜更好学，开车、下棋，样样都会。就在淮海战役期间，他在野战工事中抽空通读了三遍《孙子兵法》，敌机飞掠而过，轰炸声不绝于耳，他却聚精会神，若无其事，大将风度，可见一斑。政治委员李成芳，是秦基伟的湖北老乡，比秦基伟还小一岁。

中野第11纵队，曾在豫东战役中，毙伤国民党军6,800余人。司令员王秉璋，时年34岁。

东集团面对的是国民党第14军残部、第10军第75师和第114师。两个军均为国民党中央军嫡系部队。

西集团：

中野第1纵队，曾在鲁西南战役中首克郓城，创造了晋冀鲁豫野战军一个纵队单独攻坚和歼敌两个旅的先例，受到晋冀鲁豫军区的通报表彰。1947年8月千里跃进大别山，10月，参加高山铺战役，因战绩突出，受到野战军记大功一次的奖励。以后参加了宛东战役和豫东战役。

第1纵队司令员杨勇，也是我军赫赫有名的人物之一，在红一方面军中，他与杨成武、杨得志并称"三杨"，有"神威将军"的美称。杨勇20岁起即任红一军团政委、

黄麻起义

1927年11月，中共鄂东特委的潘忠汝、吴光浩、戴克敏等领导湖北黄安（今红安）、麻城的农军举行武装起义。14日攻占黄安县城，成立了黄安县工农民主政府，曹学楷任主席。建立了工农革命军鄂东军，潘忠汝任总指挥，吴光浩任副总指挥，戴克敏任党代表。12月遭到国民党军队的围攻，潘忠汝等牺牲，工农革命军突围后转移到黄陂县的木兰山开展游击战争。

∧ 抗战时期,在前线指挥作战的陈赓。

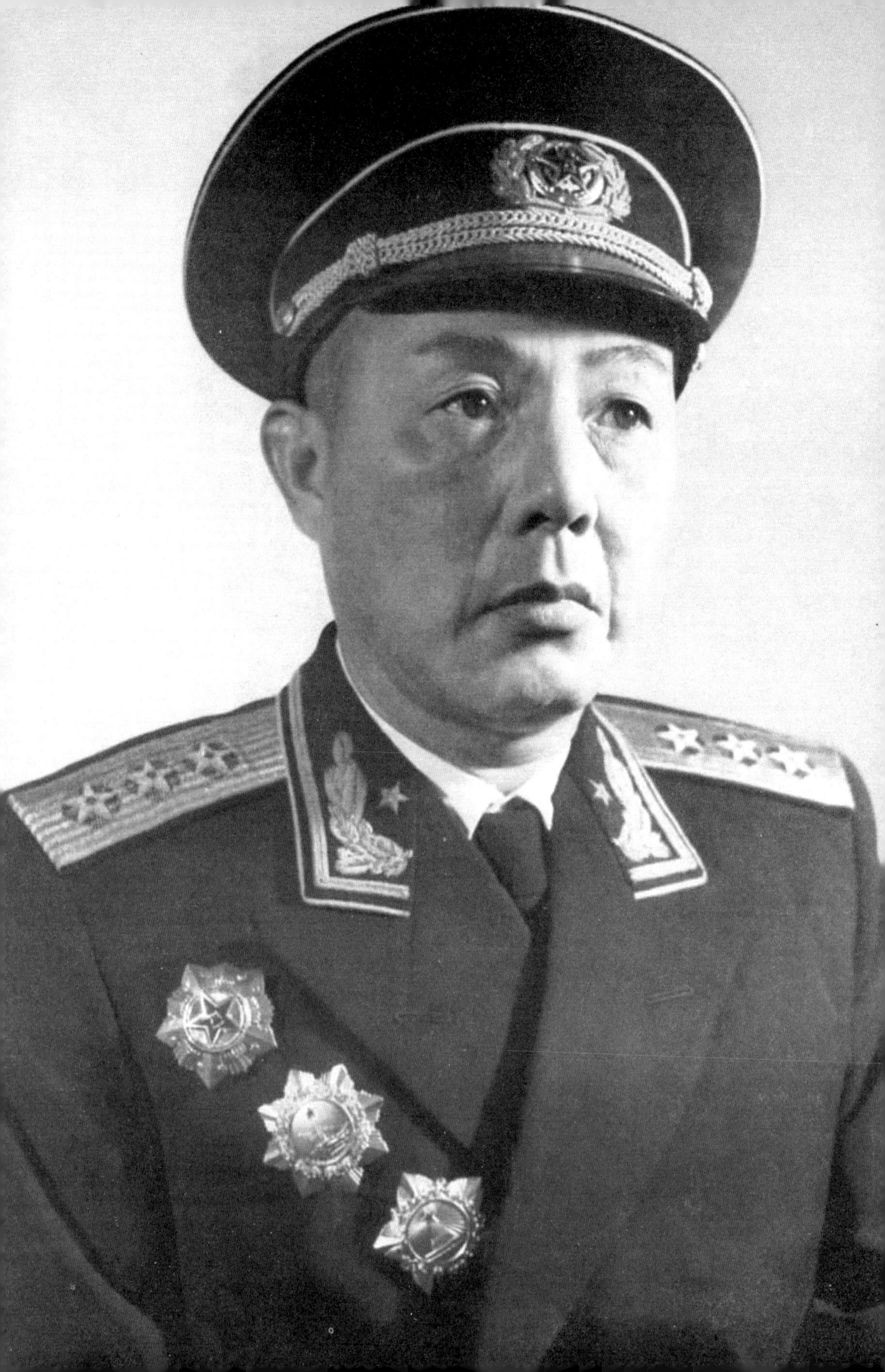

师政委。他神仪威武，治军严格，又以性情敦厚，义勇卓然著称。时年35岁。政委苏振华，时年36岁。

中野第3纵队，在1947年8月挺进大别山后，在皖西地区展开，10月初，在无后方依托的条件下举行张家店战役，全歼国民党整编第88师师部及第62旅，是刘邓大军进入大别山地区以来，第一次取得歼灭国民党军一个旅的胜利，对发展、巩固皖西根据地和坚持大别山斗争起了重要作用。

司令员陈锡联，湖北红安人。红军师长。在刘邓大军中，与陈赓、陈再道并称"三陈"。他身经百战，出生入死，尤其以善于打硬仗、恶仗、苦仗著称，被称为"小钢炮"。1945年10月19日凌晨，时任129师385旅769团团长的陈锡联率部主动出击，夜袭阳明堡飞机场，一举击毁日军飞机24架，震动了全国。邓小平说他"心胸开阔，肚量大。不仅能打仗，还特别能团结人"。时年33岁。

华野第13纵队，在济南战役中，担任攻城总预备队，与兄弟部队一起攻占商埠，突破外城，强攻内城，连续激战8昼夜，解放济南。战斗中，第37师政治委员徐海珊牺牲。第37师第109团在攻城中勇敢顽强，首先突破西南角城垣，战后被中共中央军委授予"济南第二团"的光荣称号。

司令员周志坚，湖北大悟人，1929年参加红军，参加过长征。时年31岁。政治委员廖海光，也是参加过长征的老战士，时年33岁。

西集团面对的是敌第10军第18师、第85军一部。

南集团：

中野第6纵队，在1946年8月至1947年5月，先后参加陇海、定陶、巨野、鄄城、滑县等战役和豫北攻势，歼灭国民党军2万余人。在巨野战役中，第18旅第52团第1连班长王克勤作战勇敢，首创思想、技术、体力三互助经验，成为闻名的战斗英雄，不久，在我军普遍开展了王克勤运动。在1947年的鲁西南战役中，攻克定陶，全歼国民党守军第153旅及地方保安团队4,000余人，取得了纵队第一次单独全歼国

< 苏振华，1955年被授予上将军衔。

苏振华

湖南平江人。土地革命战争时期，任红三军团1师3团连政治委员，第4师14团总支部书记，第5师13团政治委员，第4师12团政治委员等职。抗日战争时期，任八路军115师343旅政治委员，鲁西军区政治委员，八路军第2纵队政治委员，中共中央平原分局党校校长，冀鲁豫军区副政治委员等职。解放战争时期，任晋冀鲁豫野战军第1纵队政治委员，第二野战军5兵团政治委员等职。

∧ 总攻开始后,我军炮兵向双堆集敌军阵地轰击。

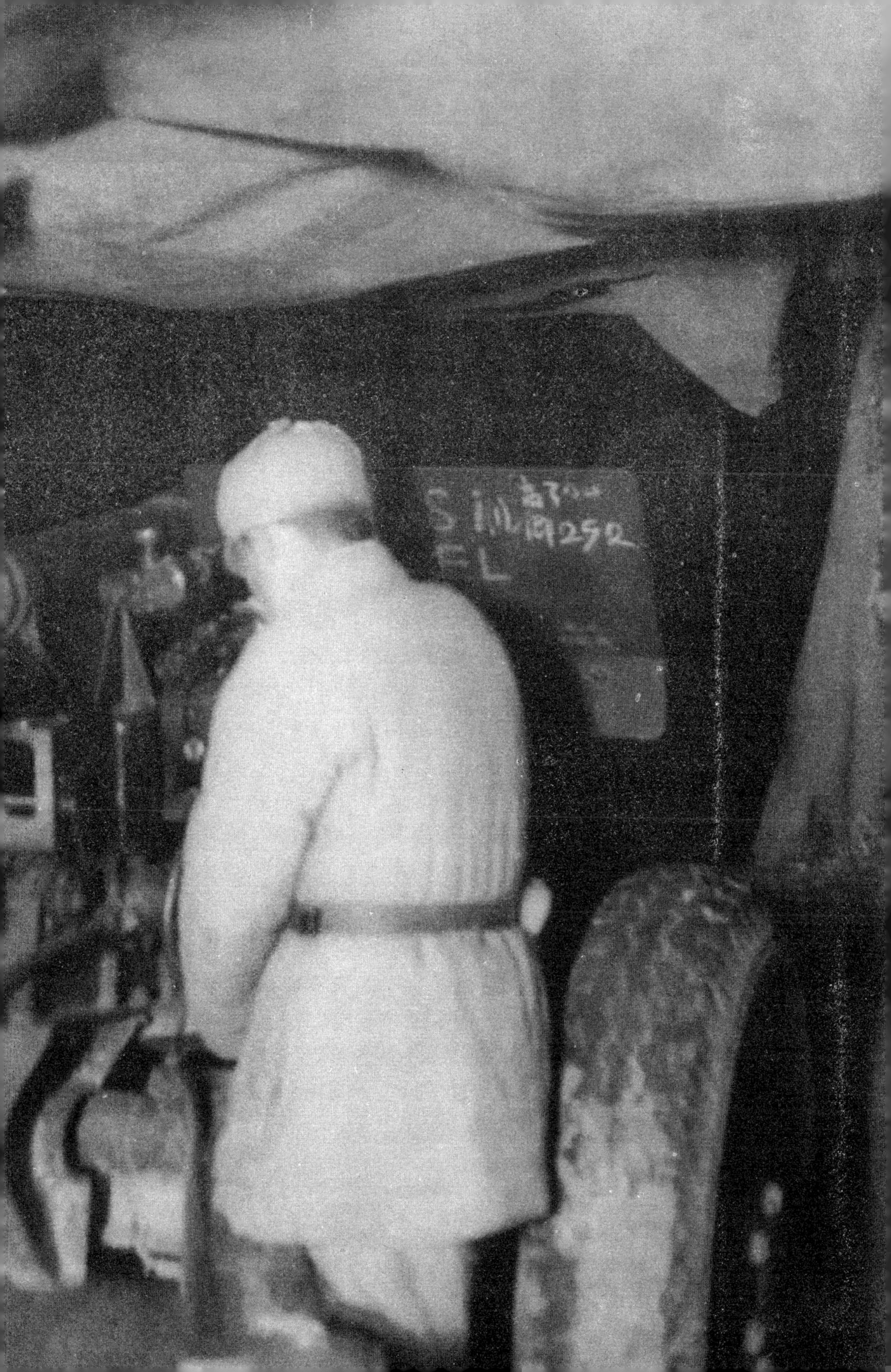

民党正规军一个旅的重大胜利。在1948年的襄樊战役中，歼灭国民党军1.4万人，俘获敌第十五"绥靖"区司令官康泽。第17旅第49团在围攻襄阳的战斗中战功卓著，被中原军区授予"襄阳特功团"称号。1947年年初，晋冀鲁豫中央局机关报《人民日报》曾发表社论《向六纵学习》，可见6纵在中野的地位。

司令员王近山，湖北红安人，是我军极富传奇色彩的一员虎将，以善打硬仗、恶仗而勇冠三军，号称"王疯子"。王近山15岁参加红军，16岁即任连长，18岁任团长、副师长。王近山指挥作战，必须派六七位警卫员跟随，否则他会冲到敌人阵地上去。有一次，攻城受阻，王近山亲自扛着梯子准备冲上去，警卫员拦阻，他竟暴跳如雷，又踢又咬，其刚烈急躁的性格，可见一斑。王近山时年33岁。政治委员杜义德是王近山的湖北黄陂老乡，曾任红军团政治委员、师政治委员，参加过长征。时年36岁。

华野第7纵队，1948年4至5月，参加潍县战役，在西线连续18天阻击济南国民党军的增援，对确保潍县战役的胜利起了重要作用。9月参加济南战役，与兄弟部队一起在滕县阻援，保障了攻济作战的顺利进行。在淮海战役的第一阶段，在徐州以东先切断了黄百韬兵团的西逃退路，后又参加了阻击徐州国民党军东援的作战。司令员成钧，红军团长，参加过长征，时年37岁。

2. 陈赓的"威风仗"

"一竿子插到底的命令"激励着严阵以待的我军将士。12月6日16时30分，随着各种火器的交响轰鸣，总攻开始，三个集团从东、西、南三个方向向敌人展开了攻击。

按照总前委的部署，先以东集团的攻击方向为重点，求得先攻占李围子、沈庄、杨围子和4个杨庄之敌，使敌人的防御体系瓦解，使其兵团部所在地的核心阵地与临时飞机场完全暴露于我军的直接攻击之下。待东集团得手后，再置重点于南集团，实施由南向北突击，总攻双堆集，最后歼灭敌人。

4纵攻击的首要目标是李围子。

固守李围子的是敌第14军第10师（欠1个团）。指挥各旅攻占李围子的指挥任务落在了10旅旅长周希汉、政委廖冠贤的身上。

对于陈赓和4纵广大官兵来说,李围子、沈庄都是他们的心头之恨,几天前,曾两次攻击李围子,两次受挫。这次如果再不能攻克,没法交代啊。

陈赓站在根据李围子的地形、地物、兵力布置、火力配置和阵地构筑情形设置的大沙盘前,向有关干部指出:

前两次,我们攻击李围子为什么会受到挫折呢?关键是我们对平原开阔地敌人坚固设防阵地的攻击没有一套行之有效的战术。总结经验教训,我看,主要要做好三件事,一是要采取抵近进攻战术,以近迫作业迫近敌前沿,筑成攻防两用阵地,尽量缩短我

∧ 洛阳战役后,荣获"洛阳英雄连"称号的某连在庆功会后合影。

军冲击时在敌火线下运动的时间,以减少伤亡。这点,我们经过艰苦的努力,已经做好了充分的准备。第二,为了弥补我军的火力不足,应集中所有可以集中的火炮,并充分利用自制的各种武器,加强我军攻击时的火力,压制敌人火力和摧毁敌人阵地。第三,要使突击队有充分的信心与决心,掌握战术技术,成为一把无坚不摧的锋利尖刀,完成歼敌任务。攻坚作战在战术上必须采取集中优势兵力、火力,攻击部队必须采取多路齐头并进,向心猛插。为使火力集中,采取一个村一个村的攻击,以便攻击一点时形成压倒敌人的优势火力,使敌人难于抵御。

攻击开始前,陈赓又出现在28团和31团的前沿阵地上,看着密如蛛网的交通壕、整装待发的的火力和跃跃欲试的战士们,陈赓的心稍微放松了一些。

攻击开始，几十门重炮和炸药抛射筒齐发，成排的炮弹和大量的炸药倾泻在敌人阵地上。大地在摇动，硝烟浓雾腾空而起。不到半小时，敌人的工事大部分被摧毁。只见各路健儿乘势发起攻击，多方向同时插入敌阵。

陈赓紧闭着嘴唇，紧张地注视着眼前的一切。

电话员跟在他后面拉线。他摆摆手："不需要了。指挥攻击的是周希汉。对下我无话可说，对上也没有要请示报告的。我是在观战，不需要电话。"

29团首先传来好消息，他们仅仅用了5分钟，就突破了敌人的西北阵地，直插敌人的集团工事，并攻占了炮兵阵地。

28团的攻击可就不容易了。3连刚刚冲击到敌人的鹿砦前，就遭到敌人两个连兵力的反击和火焰喷射器的杀伤。战斗在激烈地进行着。连长牺牲了，指导员带伤指挥战斗。部队前仆后继，勇往直前，经过3次猛烈的冲杀，全连只剩下一个班的兵力，他们以压倒一切敌人的英雄气概，突入了敌人阵地。战士王小四被敌人的火焰喷射器喷的浑身是火，仍英勇无畏，带着烈火向敌人冲去，献出了自己年轻的生命。危急关头，1连机智灵活地从3连左侧投入战斗，乘胜向敌人核心阵地攻击。

31团和32团2营也迅速突破敌人阵地，向纵深发展。

敌人竭力顽抗，拼命反击，与我军展开了逐屋、逐堡的争夺。

经过90分钟激战，敌第10师的两个团被全部歼灭，师长张用斌负重伤。被敌人吹嘘为"固若金汤"的李围子，成了一片焦土。许多俘虏被我军的炮火吓傻了，不少人的棉衣被炸成了碎片，有的俘虏是从炸塌的工事里挖出来的，一个个面如土色，连声惊呼："打得好惨！打得好惨！"敌10师特务连一个伤兵说："当你们的大炮排放时，村庄被打得好像一只船，乱摇晃！"敌特务连总共100多人，至少有80人死伤在炮弹下。

说是来观战的陈赓，其实比直接参战的人心情还要紧张，直到周希汉报告战斗全部结束后，他才支起身子，活动了一下因为蹲得太久而麻木的双腿，一拐一拐地往指挥所走去，边走边对身边的人说："过去发起冲锋我从来不紧张，两次打李围子受挫把我打'怕'了，这可是第三次，发起冲锋时我的心情特别紧张，好像犯人上刑场似的，魂飞魄散。"

4纵一鼓作气，集中10旅、13旅、22旅的4个团的兵力，开始了围歼沈庄守敌第14军85师（欠255团）的战斗。11旅以火力压制杨围子、杨庄之敌，支援沈庄战斗。

我军两次攻击沈庄，均未攻克，官兵们早已憋着一口恶气，决心打个"威风仗"。

12月8日17时，我军向沈庄之敌发起了攻击。38团突击队与预先潜伏的9连1班紧密配合，一举突破前沿。29团、30团经过10分钟战斗就突破了敌人的前沿阵地，向纵深实施穿插分割。66团也迅速突破敌前沿。两小时激战，我军全歼守敌85师师部和两个团，俘虏敌85师代师长潘琦以下1,200多人，我军伤亡不足20人。真是**痛快淋漓那!**

胜利之师的箭头，就像锋利的尖刀，矛头直指杨围子。

杨围子是敌14军阵地，军部率10师、85师各一个团和炮兵一个连防守，防御纵深大，工事坚固、复杂。

我军集中了10旅、11旅、13旅和9纵1个旅各一部共6个团的兵力，分多路指向了杨围子。

10日17时20分，我军首先对敌外围集团工事发起攻击，经过9个小时的激烈战斗、反复争夺，敌人的外围工事全部被我军占领。

11日17时，我军在强大的炮火掩护下发起了攻击，各部队争相冲击，一举突破敌前沿阵地。38团1连由西北方向突入，冲在最前面的班攻克8个碉堡，全班8人有7人负伤，仍继续坚持战斗，保证了该连突破敌主阵地。28团"洛阳英雄连"、30团3连和32团2连经过15分钟激战，突入敌人阵地，向纵深发展。

敌军南逃，遭到我军预伏的79团的迎头痛击，转向西逃，又遭到38团阻击，成了无头苍蝇。

激战1小时后，敌第14军守敌全部覆没，军长熊绶春被击毙，副军长谷炳奎、参谋长梁岱被活捉。

敌第14军覆没前后，还有一段小插曲。

11月23日，到任不久的参谋长梁岱被我军俘虏，他伪装成士兵，带着我军的劝降信回到了14军军部。

梁岱一到军部，熊绶春便抱着他哭了起来，说："当时在战场上拾到你的皮包，以为你阵亡了，我出过奖金，叫士兵寻找你的尸体，还打电话给汉口后方送抚恤金给你的太太呢!"梁岱报告了自己被我军释放的经过，从棉衣中取出信交给熊绶春。熊绶春看信后，梁岱问他："怎么办?"熊绶春说："不要理他!"说完便把信撕毁了。

过了几天，一位被我军俘虏的排长回到了14军，带回几封劝降信，限24小时之内答复。

熊绶春看信后，问梁岱："你看怎么办?"

梁岱看了看信，反问熊绶春："军长的意思怎么办?"

明明到了走投无路的地步，还能有什么办法？梁岱明白，24小时之内不答复，只有死路一条。但他却不敢提出自己的看法，只是说："上次被俘时，共军对我尚好。"

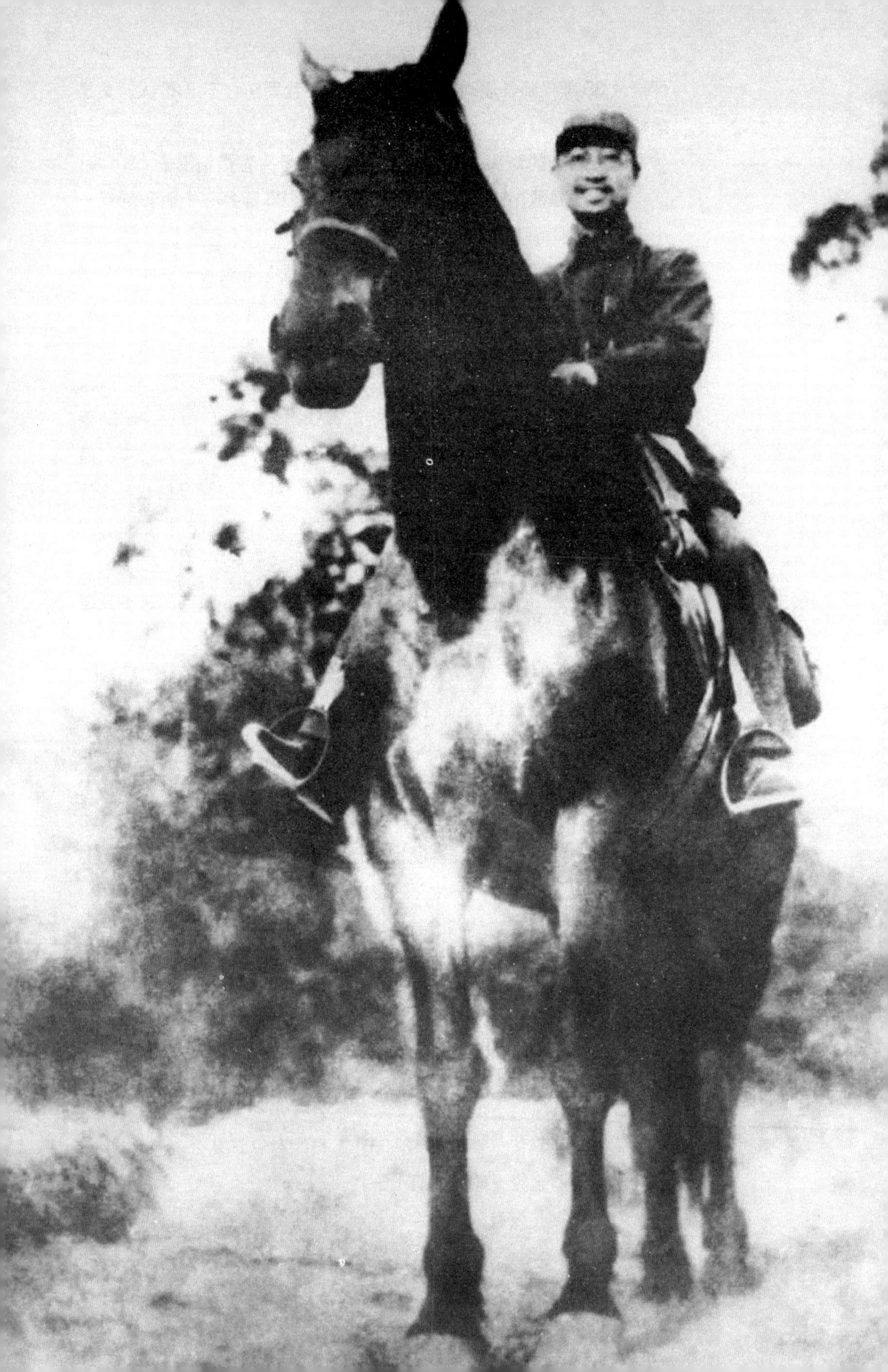

熊绶春突然说："像我们这样的人，会不会被杀？"

梁岱说："事到如今，士无斗志，弟兄们看见伤病员的情况，都说打下去自己也是那个命运。就算有那么一天可以突围，部队已经七零八落，带得了几个人突出去呢？到那时，你我都负不了这个责任！在这里僵持下去是死，就算冲出去，也还是死。"

听了梁岱的话，熊绶春反问了一句："照你的意思，是接受劝降吗？"

梁岱心里一横，说："接受！"

熊绶春沉吟良久，低声说："不知谷副军长会不会同意？"

梁岱说："很难讲，是不是请副座来商量商量？"

熊绶春扯住梁岱，说："我们先谈好再说。"

梁岱乘机献策："老谷如果同意，就大家干；不同意，就立刻监视他。"

梁岱请了谷炳奎来。谷炳奎看了信后，放声大哭，边哭边说："大家都同意，我何能独异？不过我们随校长几十年，怎能对得起他？"

……

时间在他们优柔寡断的商讨中一分一秒地过去了，最后的机会被他们白白丧失了。我军说到做到，没有等他们有一个明确的答复，我军的炮弹发言了。

电话机被震翻了，头上的泥沙像水一样倒了下来。熊绶春神色异常，面色惨白，伏在地上翻翻自己的皮包，先把皮包里的一些信件烧掉，又拿出妻子的照片，边看边流泪。

梁岱安慰他说："现在还不至绝望，何用这样悲观？"

熊绶春哭着说："我没有什么怨恨，只是连累了你，你接任这个参谋长，不到三个月便到了今天这个地步，是我连累了你啊！"

黄昏时分，我军冲入了杨围子，哨子声、喊话声、冲锋和脚步声，连成一片，震动了敌人的掩蔽部。熊绶春沉默无语，独自一人向掩蔽部门外冲了出去，梁岱和卫士来不及拉住。熊绶春一出门，一颗炮弹正好落在掩蔽部门口，熊绶春当场毙命。

梁岱被送往后方俘虏收容所的路上，碰到我军一位骑马的军官，戴着眼镜，后面跟着几个警卫人员。

< 抗战时期的陈赓。

他高声问梁岱："你们是哪个部队的？"

梁岱回答："我是14军参谋长。"

"你们军长呢？"

"已经阵亡了。"

"尸体在哪里？"

"在杨围子。"

"把熊军长的卫士留下来。"

他吩咐卫士说："我派人同你去找，一定要找出来，好好埋葬，立个碑，让他家人好查。"

熊绶春的尸体找回来后，埋在了南坪集一个土堆上，立了个木牌，上面写着："第14军军长熊绶春之墓"。

押送俘虏的人员问梁岱："你知道刚才问你话的是谁吗？"

梁岱摇头。

"他是我们的司令员陈赓。"

3. 秦基伟狠吃"青年团"

9纵司令员秦基伟是个打巧仗的主。和陈赓一样，连日来，他感到肩膀上的压力越来越大了。打完郑州后，9纵的声威大振，连陈毅也说，9纵成熟了，可以打大仗了。正在秦基伟暗暗得意之时，就被邓小平敲了两下，一是前面已经提及的，因为私自看戏，挨了一个处分，一是他的后勤部长杨以山因为强征民车被撤了职。

秦基伟毕竟是秦基伟，他知道邓小平是给他敲警钟，只有夹起尾巴，才能取得更好的成绩。这不，12月1日的小张庄一仗，就打得很有面子。邓小平亲自打电话表扬小张庄打得好。秦基伟深知，邓小平的电话，预示着在最后攻歼黄维兵团的战斗中，9纵将承担更重的任务。

这次，9纵的任务是在友邻部队的协同下，首先攻坚张围子守敌。

敌人守卫张围子的是第10军75师223团，是12兵团的所谓九大主力之一，是胡琏惨淡经营了多年的老班底，胡琏把这个团命名为"青年团"。

张围子守敌的最大优越之处在于，他们既可得到双堆集方向的炮火支援，又有随伴炮兵，可在前沿构成更强的火制地带。

∧ 我军某部突击队战士背满手榴弹,准备执行战斗任务。

< 向守志，1955年被授予少将军衔。

向守志 ————————▶—

四川宣汉人。土地革命战争时期，任红9军第76团副排长。抗日战争时期，任八路军129师386旅771团副连长、连长、营长、副团长，太行军区第10团团长。解放战争时期，任太行军区第一支队副支队长，晋冀鲁豫野战军第6纵队18旅副旅长，太行军区第2旅旅长，晋冀鲁豫、中原野战军第9纵队26旅旅长，第二野战军15军44师师长。

26旅76团团长李钟玄在12月5日的日记中这样写道：

新的战术精神要贯彻到战士中去。……敌人特点：1. 兵多地窄，工事复杂，无前沿与纵深的区别，子母地堡、鹿砦、交通壕纵横交错。2. 防御手段，主力放在二线，在我进入敌前沿时实施连续反扑，正面火力逆袭，兵力两侧迂回，炮火拦阻我第二梯队。我之对策：1. 近迫作业，缩短冲锋距离，以沟对沟，以堡对堡。2. 火力细密分工，准确摧毁。3. 加强突击队的短兵火器。4. 沿交通沟发展，以火力对付火力，不轻易跳出战壕。5. 动作要力求静肃。

不出我军指战员所料，敌人接受了廖运周师起义的教训，为能够控制局面，把所谓的"忠实可靠战斗力较强"的部队配置在一线，并以二线部队的人力物力源源补充，企图形成一副防御的厚甲。

在此之前，76团、78团已经在敌人火力下进行了3昼夜的近迫作业，挖好3条交通沟并以多条支沟连贯，将攻击出发地退抵至敌鹿砦前60～70米处。

仗被他们打得越来越精了。

6日16时，26旅78团由张围子东北及正东实施主要突击。由于该团刚从郑州赶到淮海战场,思想准备不足,没有周密组织步炮协同,加之守敌装备和战斗力较强,攻击没有成功。

接到旅长向守志的报告,秦基伟当即命令:调整部署,以该旅主力第76团加入战斗,重新组织进攻,务求必克。

7日上午,秦基伟亲自赶到26旅前沿,和向守志等一起研究,审定战斗部署,调整火力组织,向部队作战斗动员。

26旅吸取6日攻击受挫的教训,将交通壕继续前伸至敌前沿45米左右,把平射炮分别抵近敌前沿100～150米处,并调整加强突击队力量。

7日18时,76团和78团再次向张围子守敌发起攻击。

这是一场硬仗!

战斗发起,我军炮火准确地落入敌人阵地,突击队5分钟即突破前沿。

敌人极其死硬,连续8次向我军反扑。真是铜盆遇上了铁刷子,敌人再顽强,也抵不上我军,8次反扑被一一打垮。

后续部队陆续跟进,与敌人展开了逐沟逐堡的激烈争夺。双方都杀红了眼。

76团3连打得最顽强,最后只剩下9班长郝俊、通信员马绍孔等17名几次负伤的同志,他们编成了两个突击班,由指导员周福琼率领,拿下了最后一个地堡群。

至8日4时,9纵和友邻部队协同,全歼张围子守敌。

敌人不愧为主力部队,死硬顽强,一仗下来,留下的尸体遍地都是,俘虏却不多,由此可以想见战斗的残酷程度。在为数不多的俘虏中,有一个敌人是战防炮连连长,他说:"我们是9大主力中最强的青年团,可是你们比我们更顽强,你们能打败我们,别的团都不在话下了。"

这位连长有所不知,在我太行山根据地,有一个形象的说法,3纵是"第一个儿子",6纵是"第二个儿子",9纵作为太行人民哺育的"第三个儿子",还算是小弟弟,在淮海战役前夕,才刚刚完成了从游击兵团向正规兵团的过渡。

这倒不由得使笔者想起了古代"田忌赛马"的故事,田忌采取的战术,充其量只能取得3∶2的成绩。而此时的我军,要的是全胜,敢于把自己比较年轻的部队拉上去,同敌人的精锐部队对阵,要的是胆略、气魄、视死如归的精神。事实说明,好钢只有在烈火中淬,才能更锋利。

当一场战争胜利几十年后,后人在描述当年战斗场景时,着眼点会更多地放在痛快淋漓的胜利上。处在战争中的指挥员却不会像我们这样来描述战争,他们是清醒的、理智的,因为,他们深知,一场战争的结束,预示着下一场战争的来临,任何骄傲自满、头脑发热都是胜利的敌人。我们不妨读读当时任76团团长的李钟玄在战斗间隙写下的日记:

12月6日白小庄西南交通壕汇聚点

昨夜78团攻张围子未能突破。我为二梯队,因无充分准备,旅不让继续攻击。未突破的主要原因是准备不认真,火力不集中,敌前沿未破坏,部队不顽强,突击道路狭窄,二梯队未跟上,不敢大胆跳入敌人交通壕,被阻于敌鹿砦之外。

夜间继续挖交通沟,抵近张围子敌人前沿。

12月7日,78团、11纵一部和我团会攻张围子。原定下午3点半开始火力准备,后又延迟到下午4点。6点开始突击。初时火力不够猛烈,能否突破令人担心。当看到两发绿色信号弹升空才放心了。

传钧(指副团长东传钧)指挥3营突击。传钧负伤,3营长马振起负伤,3营教导员卢光华牺牲。我和政委进入突破口,指挥一营向纵深发展,战斗直打到8日拂晓。虽说完成了任务,但伤亡很大,进展不快。主要原因:1.整个战场只有这一处攻击,敌人可以集中全部炮火支援顽抗。2.我们的准备还不成熟,主要是交通壕还未抵近,冲锋出发地还较远。3.突击连长指挥上犯了错误,步兵跟上工兵一同跃进,工兵爆破鹿砦,步兵敌前卧倒,伤亡较大。4.第二梯队投入过于拥挤,混乱了建制。

战前,纵队李政委、向旅长、旅余政委都到战壕里来给突击队动员并照相,干部战士情绪高决心大,这是虽遭严重伤亡,终能完成突破的主要关键。

12月8日王大庄敌人自杨庄以7辆坦克引导约两个营的步兵,向张围子反扑。我们利用敌人原有的工事坚守,打退敌人多次冲锋。

部队进行搜索,我巡视了战场。房子都被烧光了,余烟未熄。遍地都是骡马和敌人的尸体,在掩蔽部里、交通壕里、鹿砦旁到处都是,数不胜数。有不少被埋在土里却露出两只脚来。我们的弹痕、未爆的炸药包也铺了一层。这种景象,十足地描绘着敌人弹尽粮绝、伤亡惨重、必然失败的命运。

> 用缴获国民党的火炮装备起来的中野某炮兵部队。

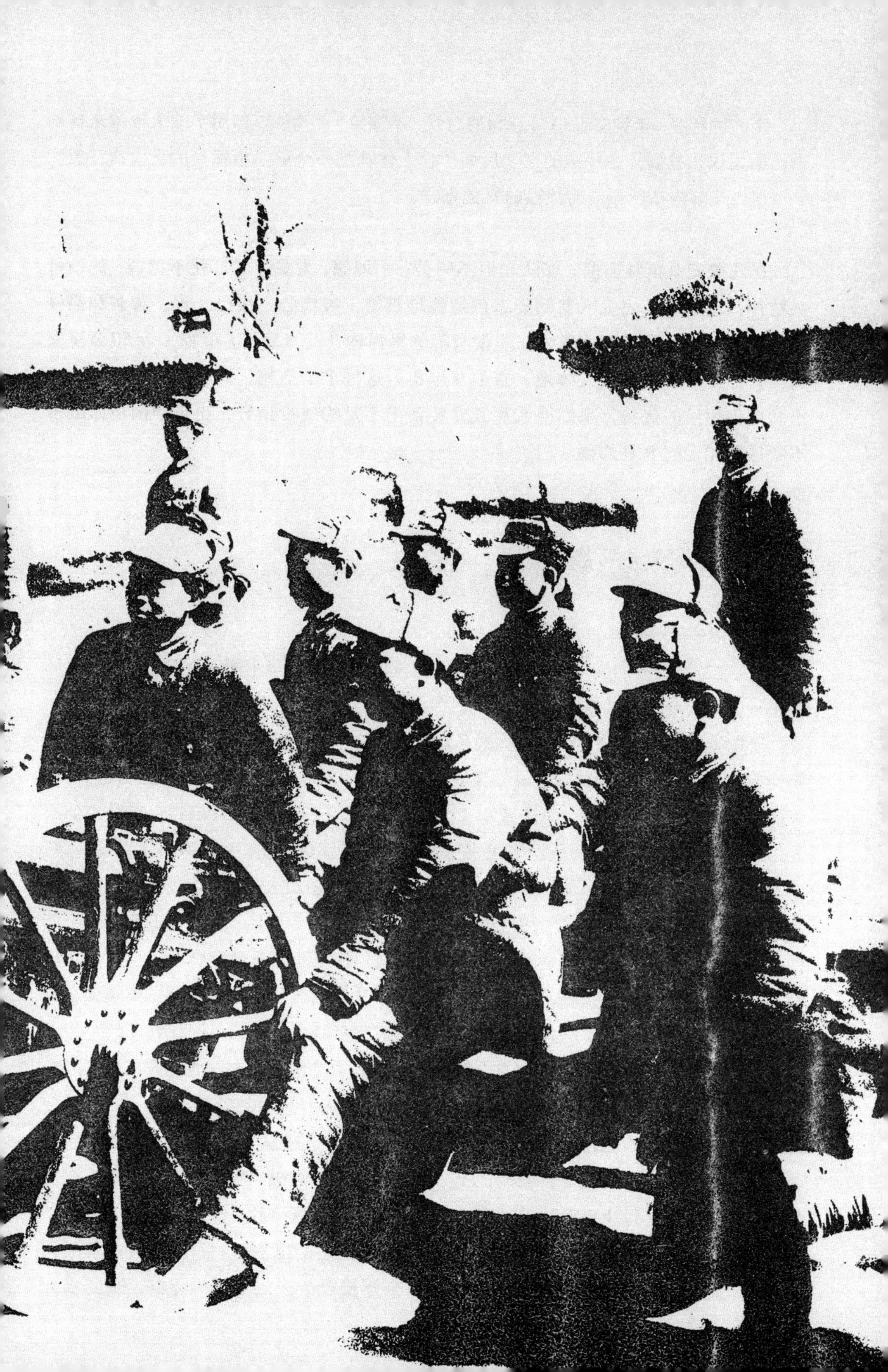

作为胜利者，李钟玄在书写胜利的时候，不渲染、不夸张，却用了很大篇幅来解剖自己的失误和教训，在平实的文字后面，让人体味到一个前沿指挥员的巨大责任感。

正如秦基伟在回顾淮海战役时写的那样：

在残酷流血牺牲面前，部队非但不叫苦，不埋怨，发扬了"打死不讨饶"的硬骨头精神；而且以历史主人翁的姿态创造性地贯彻上级决心，用血、火、智慧和沟壑织成了致敌死命的罗网。我纵在非常有限的纵深内（7、8公里）就挖了近50公里交通沟，一步一步钻透敌人阵地，直逼双堆集。这种上下信赖，同心同德，用人的觉悟和内部团结的优势，来弥补我军武器装备上不足的战役指导，正是中国革命战争不断从胜利走向胜利的要诀！

4. 西集团的"剥皮"战斗

西集团的战斗同样激烈。

3纵攻击马围子的战斗很不顺利。纵队指挥所里电话铃声不断，好消息和更多的坏消息一齐向司令员陈锡联袭来。

首先传来的是7旅19团向东马围子攻击的消息：6日16时开始火力急袭，待火力延伸时，6连乘烟雾弥漫之际，一举突破敌人阵地，5连、7连迅速跟进，投入战斗，扩大战果，经过1小时激战，俘虏敌营长以下100多人。在向纵深发展中，部队遭到敌人炮火袭击和暗堡火力的封锁，伤亡很大，正副营长都负了伤。敌人乘我军立足未稳，以大王庄和西马围子各一个连向我反冲击，2营转入抗击敌人反冲击的战斗，打得十分顽强。7连2排长李家海沉着指挥全排英勇战斗，负伤不下火线，连续击退敌人一个连的3次冲击，最后只剩下两名新战士和3名伤员，李家海同志壮烈牺牲，但保住了阵地。19团3连协同5连反击敌人向纵深发展时，遭到敌人的火焰喷射器、燃烧弹、炮兵火力的袭击，阵地成了一片火海，战斗到第二天拂晓，撤出战斗。

攻击西马围子的第22团1营和2营，分别占领了马围子正北、西北突出部敌人的工事和暗堡。但是，在冲入敌人主阵地时，遭到敌人各种火力的猛烈袭击，前进受阻。此时，22团又投入第二梯队，与突击队拥挤在一起，造成很大伤亡，只得退出战斗。

12月9日，再攻马围子。19团3连、4连在火力、爆破与突击密切配合下，很快从东北角突破。经过半小时战斗，攻占了东马围子，全歼守敌一个加强连。

主攻西马围子的23团2营，却因错过了炮火掩护的出击时机，虽然突破了敌人的前沿，击退了敌人的3次反冲击，但是，未能摧毁敌人的主要地堡群，遭到敌人纵深火力袭击，部队伤亡较大。攻击再次受挫。

陈锡联将纵队近日作战情况向邓小平作了电话汇报，陈锡联说，部队伤亡已近4,000人，有的连队只剩下三五个人，纵队、各旅、各团都把机关、直属分队人员充实到了连队，多次进行火线整编，决心不歼灭黄维，誓不罢休，哪怕战斗到最后一个人，也要战斗到底。

邓小平说："锡联同志，同意你们的这种决心，就是伤亡再大，我们能在江北消灭这两股敌人，也是值得的。"

陈锡联激动地说："请首长们放心，我们一定严密组织，精心指挥，坚决完成任务！"

12月10日晚，各部队隐蔽进入阵地，并连夜加强工事，将已经伸至敌人鹿砦外的交通壕，加筑了横向交通壕和冲击出发阵地，火器尽量推到前沿，占领阵地；埋设了大量的炸药抛射筒和炸药发射坑，准备了近2,000公斤重的大小炸药包。11日拂晓前，各部队全部隐蔽于地下，进攻前的一切准备都已经完成。部队憋足了劲头，准备倾全力对马围子之敌实施一点多面的攻击。

11日16时30分，华野支援队榴弹炮开炮了，1纵支援队火炮开炮了，全纵队所有队火炮都开炮了，各种各样的炸药抛射筒也加入了炮兵的合唱。愤怒的炮火掀动了敌人的整个阵地，前沿的敌人还没有反应过来，就被震死或者震昏了。地堡被连盖掀起，敌人的尸体被抛向了空中。

"冲啊！杀！"埋伏着的我军战士，一跃而起，发起了进攻。

19团采取"声东击西"的战术，首先以助攻方向的3营在东南角开始冲击，吸引敌人火力，然后以主力从正东方向突入村内。9旅26团在东北角突破敌前沿后，发展顺利，第二梯队乘势向村北发起攻击。19、26两个团密切协同，以4个箭头，楔入敌人的侧背和纵深，使敌人陷入被分割包围而没有反扑余地的境地。

19团2连1班，以小组为单位，携带炸药、手榴弹、手提机枪等武器，在突入敌人前沿阵地后，便沿着敌人的交通壕向敌人地堡等侧背进行攻击，一个地堡一个地堡地爆破，一个地堡一个地堡地搜索，炸毁敌人的重机枪3挺，缴获机枪1挺，地堡内的敌人大部分被炸死，于19时将中马围子的守敌全部肃清，有5名战士牺牲。

26团伸向西马围子东南，切断连敌人的退路。

19团继续向西马围子攻击。

8旅22团、23团分别由西南角、西北角突破敌人前沿，冲入村内时，遭到敌人的顽强抵抗和多次反击，狗急跳墙的敌人施放了毒气。8旅官兵坚决抗击，击退了敌人，歼敌大部。

19团4连趁敌人施放毒气时，不顾一切，向敌人阵地猛插，很快包围了敌人的团指挥所，活捉了敌团长，其余敌人全部被歼灭。

此时，19团10连主动插入马围子敌人的侧后，切断敌人和大王庄联系的惟一交通壕，堵住敌人的退路，并迎头阻击敌人的援兵。敌人对10连进行两面夹击，10连打得十分顽强，最后只剩下两个人，仍然坚守在阵地上，为保障主攻方向的顺利进行赢得了时间。

西马围子的100多名敌人，见突围无望，便退入一所房屋内顽抗。

"敌人的团长，你们已经被包围，顽抗下去，只有死路一条，立即放下武器，我们保证你们的生命安全！如果还执迷不悟，等待你们的就是被彻底消灭。"

伴随着喊话声的，是工兵轰隆轰隆的爆破声。

敌人自知突围无望，打下去只有死路，只好乖乖地缴械投降。

马围子守敌被全部肃清，双堆集的西大门被打开了。

12月6日17时，南集团在王近山和杜义德指挥下，按照统一时间，发起了对敌人外围据点李土楼和小周庄的进攻。

接防不到3天的华野7纵19师，不顾准备时间很短、部队向前运动的交通壕和进攻出发阵地还来不及构筑好的不利条件，按时发起了对小周庄之敌的进攻，全歼守敌，俘虏敌人副团长以下600多人。

担任攻歼李土楼的主攻部队是中野6纵第18旅52团和陕南军区第12旅34团。

第18旅在炮火刚刚一延伸的瞬间，即以敏捷的身手，从村东北角突破敌人的前沿，接着以猛打猛冲的动作，将敌人分割。

由西南方向突击的第12旅第4团主力在村外水塘受阻，一部分机动兵力从敌人侧翼插入，援助正面突击部队攻入敌阵。两支突击部队协同作战，迅速全歼了敌第23师69团1个营及1个连。

8日拂晓，敌人企图依托尖谷堆夺回李土楼，接替李土楼防务的第12旅35团同敌人进行了异常激烈的战斗，先后击退敌人6次冲锋，巩固了阵地。

总攻第一天，南集团首战告捷，剥去了敌人防御体系中的头层皮。

头层皮被剥去后，南集团迫近大、小王庄。这里和双堆集东北的敌野战集团工事，是敌兵团部所在地小马庄东南方向的屏障。

一场恶战是必然的了。

王近山拿出了自己的主力之一——16旅46团加强华野7纵，作为攻夺大、小王庄的预备队。第46团是红军初创时的部队，历史上参加过华阴、劳山、山城堡、平型关、香城固、百团大战、平汉等许多著名战役战斗。好钢要用在刀刃上。对这支部队，从战役发起到现在，王近山一直捏着，准备在关键的时刻完成关键任务。

关键时刻终于来到了。

12月9日黄昏，我军炮火对大王庄守敌阵地进行了长时间的轰击。炮声震天，地动山摇，华野7纵20师58团迅速突入大王庄，歼灭了守敌第18军第8师第33团（欠一个营）。

当夜，敌人在猛烈炮火的轰击下，疯狂向我军反击。接防大王庄的我20师第59团在抗击敌人进攻中，伤亡很大。敌人重新占领了大王庄，只有我59团1营一部在村西南角坚持战斗。

第20师师长张怀忠急令第46团增援，要求46团首长迅速查明情况，统一指挥第46、第59团夺回大王庄。

46团团长唐明春、政委钟良树立即率领部队冒着敌人的炮火，迅速向大王庄开进，在村南同59团首长汇合，共同决定，趁拂晓前举行一次反击，夺回大王庄。

10日4时，46团参谋长张超指挥第1、第3营沿着交通壕分4路向大王庄敌人发起猛烈反击；政委钟良树指挥第2营占领村西侧阵地掩护。部队迅速攻进了大王庄，同敌人展开肉搏，将敌人一步步赶出了大王庄。

敌人并不甘心他们的失败，天亮后即纠集18军精锐的两个团的兵力同我军争夺大王庄。敌人的炮火打了整整53分钟，村内打成了一片火海。8时许，敌人在坦克掩护下，开始了冲击。坦克从两翼迂回到村南我军阵地的侧后对我进行攻击，使我军腹背受敌。

46团和华野7纵59团一部沉着应战，同敌人逐沟逐堡反复争夺，到处响起"人在阵地在"、"宁愿战死也决不丢失阵地"的口号声和喊杀声。

46团1营营长高俊杰专门组织火箭筒手、爆破手打坦克。火箭弹打光了，就用爆破筒、集束手榴弹同敌人的坦克继续战斗。2连排长张大兴多次负伤不下火线，沉着指挥仅有的两名战士，打退了敌人多次进攻。

激烈残酷的战斗一直持续了10个小时，干部牺牲了，战士们就自动组织起来继续战斗。敌人的死尸遍地，堆了一层又一层，我军也付出了极大的伤亡。

15时30分，敌人终于被我军彻底打垮了。在敌人防御的核心阵地，我军硬是撕开了一个口子，插入了一把利刃，震撼了困守的敌人。

10日晚8时，惧怕遭到大王庄敌人同样命运的小王庄守敌，向我7纵投降。

至此，在三个集团的攻击下，敌人的内防线已经全部暴露在了我军面前。

战争宽银幕

❶ 我军向敌人发起猛烈攻击。

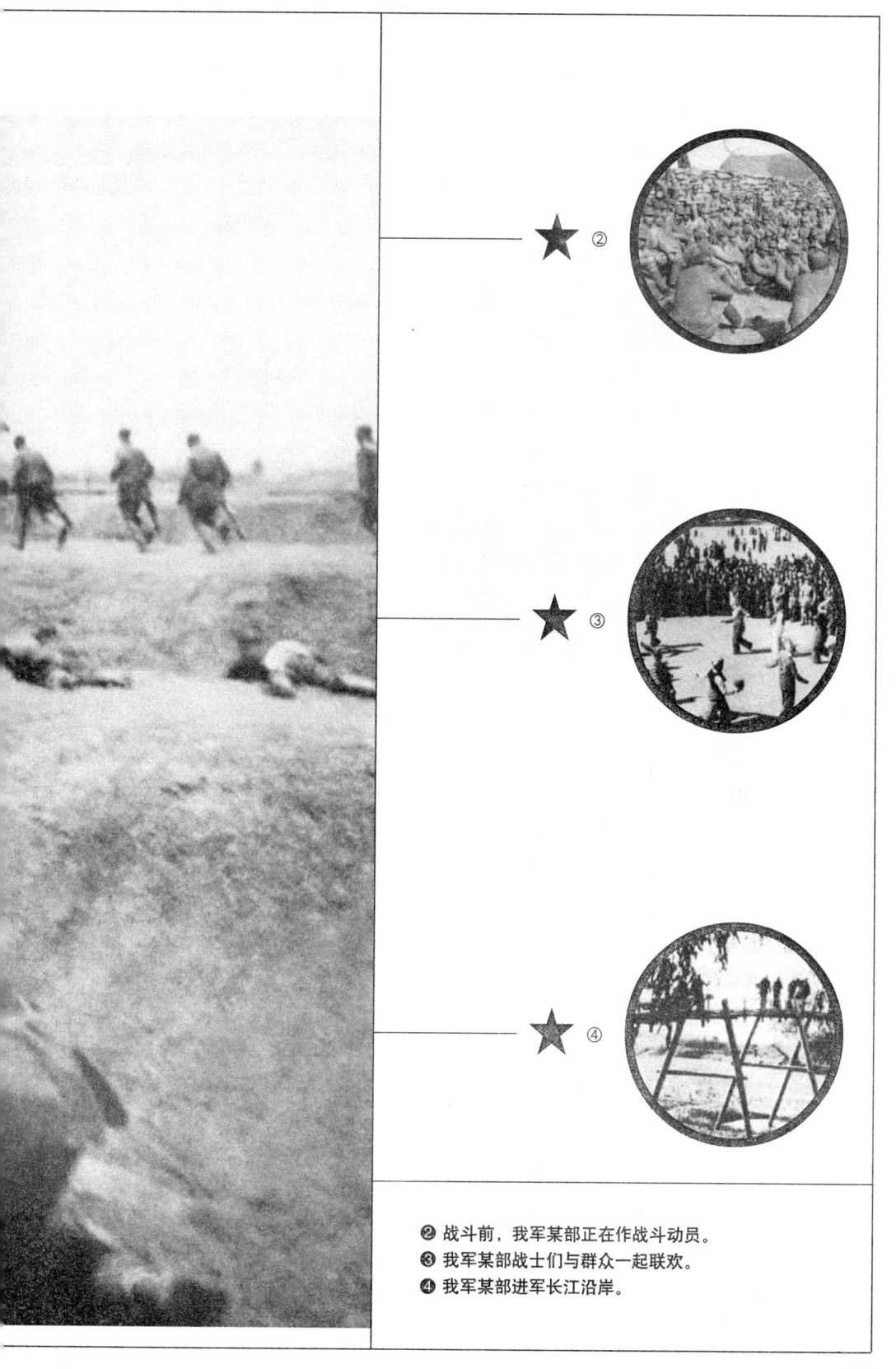

❷ 战斗前，我军某部正在作战斗动员。
❸ 我军某部战士们与群众一起联欢。
❹ 我军某部进军长江沿岸。

[亲历者的回忆]

李 达
（时任中原野战军参谋长）

12月6日下午4时30分，刘、陈、邓首长命令发起总攻。各集团以优势兵力和火力，实施有重点、多方向的连续突击。至7日晨，攻占了李围子、李土楼、小周庄、宋庄、东马围子等地。此后，我军昼夜不停地对敌猛攻，不让其喘息。我军愈战愈勇，攻坚能力不断提高，伤亡逐日减少，战果日益增大。

敌军在我连续猛攻之下，猬集一团，以村舍为核心，以地堡群为骨干，作困兽斗。他们每天以1个营至2个团兵力在坦克、炮兵和空军掩护下，向我反击。我军则依托纵横交织的交通壕和散兵坑，从四面八方同时攻击前进。每晚以"两点攻击、一点成功"。或"三点攻击，两点成功""四点攻击，两点成功"的战法压缩敌阵地，进展显著。

……

激战至13日，我东集团占领沈庄、杨围子、杨庄；西集团攻克东西马围子、周庄、腰周圈、小马庄；南集团拿下李土楼、小周庄、大小王庄等地。歼敌14军全部，85军、18军一部，将敌压缩在不到3华里的狭小地域内。

——摘自：李达《回顾淮海战役中的中原野战军》

黄 维
(时任国民党军第12兵团司令)

解放军对国民党军用依次逐点蚕食攻击的战法，大约从12月2、3日开始，至15日完全歼灭第12兵团为止的期间，逐次由各个边缘据点，伸展到核心据点。

如第114师之341团被全歼，该师其余部队被打残了；又如，第18师在大王庄争夺数次，屡被攻歼；再如，第18军在双堆集以北之野堡阵地被攻歼，又该军在双堆集东侧之大土堆制高点阵地及其邻接几个小村子被攻歼，团长陆志家阵亡等等。

在这样零敲碎打之下，迫使第12兵团残部仅保有愈为狭小地区的核心阵地，以至无法挣扎下去。

——摘自：黄维《第12兵团被歼纪要》

第九章

跳动的音符

∧ 中原野战军某部在火线上表彰英雄模范。

一场伟大的战役，如同一曲波澜壮阔的大合唱。如同任何一曲大合唱都是由一个一个跳动的音符组成一样，围歼黄维的战斗，也是由一个又一个的具体细节组成的。对此，我军著名的《孙子兵法》研究专家、当时任中野第1纵队政治部主任的姜思毅等同志都有生动的记述。

那么，让我们稍微停顿下来，来领略一下来自那场战场的一个一个动人细节吧。

1."加油之战"

故事之一：杨文学村战斗中的3个青年战士

在66团2连的阵地上，有3个青年。通信员吕金锁和卫生员尚多罗两个人都是党员，司号员张茂之顶多有十五六岁，因为指导员说他年龄小，不够入党条件，他硬说自己19岁。战壕里，3个青年坐在一起开会，一个跟着一个表决心，张茂之的决心是："我争取火线入党！"

攻击部队像一条链子一样，在弥漫的浓烟中运动了。刘道堂的第3排突破了鹿砦外壕的边沿有20米的开阔地，外壕的里沿是密密的一排地堡。当我们攻击部队进到这一片开阔地时，遭到了敌人凶顽的阻击。经过顽强的拼搏后，部队一齐扑到敌人的外壕里。外壕的里墙太高，战士们便在这里与敌人拼搏。

吕金锁和张茂之跟着连长李少金冲上来，刚进到一个飞雷炸出的弹坑边上，连长牺牲了，连里失去了指挥，张茂之腰上被子弹打伤了，吕金锁对他说："伤不重就不要下去。任务还没有完成，只要我们两个能走，就要往上冲。我们活着在一块，死也死在一块。"

这时，一串黑影打着手榴弹从他们的左边上来，驱逐了护沿地堡的敌人，占领了外壕。吕金锁一看，是1排的部队，便带上张茂之追上了1排，跟在排长后面，从外壕内壁一个被我们的炮火轰开的缺口爬了上去。占领了第2道小壕后，排长侯树贵又被打倒了，2班的人数也很少了。吕金锁喊了一声："1班冲！"1班就冲上去了。

鹿　砦 ──────────────────────────────── ▲ ──

用树木设置的形似鹿角的障碍物，分树枝鹿砦和树干鹿砦。用削去小枝的树枝分叉、并列设置的树枝鹿砦，主要用于防步兵；将树木朝向敌方交叉砍倒，留1.2～1.5米树桩的树干鹿砦，主要用于装甲战斗车辆。设置时可用刺铁丝、手榴弹和地雷予以加强；通常设置在有树可利用的阵地前沿和森林边缘、林间道路、林间空地以及有行道树的道路上。

∧ 辽沈战役中，我军某部越过敌军设置的鹿砦，向敌阵地冲击。

    吕金锁又跑去组织战场上其他失去建制的人员。他在阵地上来回地跑着，一共组织了10多个人，他把这些同志又带了上去。

    卫生员尚多罗随着1排突进了外壕，一面给伤员包扎伤口，一面动员战士们说："上！前面的任务还没有完成。上！"尚多罗和战士们用手榴弹击退了敌人，拿上枪向战斗着的地方跑去了。

    战斗结束了，通信员和卫生员把连长抬走后，又在阵地上的杂乱敌人尸体中间、错综的交通沟和弹坑里，找寻着自己的同志。营长命令他们把部队带回去。吕金锁和尚多罗自然而然成了全队的领导。

    当营长的话刚说完的时候，忽的远处传来了另一个号音。这是怎么回事？队伍已经集中了，哪儿还有我们的同志呢？他们顺着号音找去。在一片凹地里，月光下，一个黄色的铜号闪闪发光，一个矮小身材的人仰面躺在那里。大家走进一看，是他们的小司号员。

    故事之二：陈文单身伤敌酋

    12月6日黄昏，28团第2突击队（1连1排）向李围子发起冲锋。敌人用轻重机枪的密集火力，封锁出击口。2班的同志上去一个倒下来，又上去一个又倒下来；3班3个同志又冲了上去。1排机枪班长陈文端起机枪追随3班的3个同志冲向前。他一边跑一边打着，还没有到敌人的鹿砦跟前，3班的3个同志负伤了，而跟着陈文的3个弹药手也有两个负了伤，1个掉了队。只剩下陈文一个人了。他端着机枪跳过鹿砦滚进敌人的交通壕里。他扯下右臂上的联络记号——毛巾。战壕中3个敌人惊慌失措地抓住了陈文的双臂和衣襟，低声问道：

"干什么的？"

陈文十分镇静地回答道：

"自己人，不要误会。"

这时，一个高个子家伙走来，大声叫嚷着：

"不要乱，不要乱，我是师长。"

陈文乘着他刚扭过头之际，便一梭子机枪打过去，国民党第10师师长张用斌被打倒了。

"师长负伤了，师长负伤了！"敌人乱跑乱叫。陈文跳出战壕，爬了下来，把腰里的5个手榴弹全部扔了过去。

故事之三：高文魁和他的"飞雷"

22岁的青年工兵、共产党员、战斗英雄高文魁，在歼灭黄维兵团的战斗中，做了80多个飞雷，用了850多公斤炸药。在攻占李围子、沈庄、杨围子3次战斗中，他的飞雷阵地就设在离敌人140多米的地方。他亲眼看到他的10多公斤重的飞雷像一个大西瓜一样，怎样飞到天空，又怎样落到敌人的鹿砦、工事里，死尸怎样飞起几丈高。

攻占沈庄，他指挥的3门飞雷，一连打了22发，就有21发射中了敌人的工事。战士们看到飞雷的神威，高兴地喊道："好飞雷！好飞雷！"

攻占杨围子时，上级命令高文魁到飞雷排配合兄弟部队轰击村东头的敌人阵地，他们的飞雷不断轰击着敌人的地堡群。忽然，右边交通壕里跳出一位教导员焦急地喊起来："高同志！你怎么搞的？要突击了，最前面的大地堡还没有打下？"原来他只注意打地堡群，却把前面一个地堡忘掉了。这时，敌人的机枪从工事里"嗒嗒嗒"地叫着，我们的各种火炮都开始渐渐转向敌人的纵深了。高文魁一看，只剩下了1发飞雷，他瞪大眼睛大声地回答道："好！我最后一个飞雷解决它。"他亲自瞄准发射，最后一个飞雷炸塌了敌人的工事，教导员和战士们都拍手叫好，接着突击队就冲了上去。

2.战壕政治工作

一道道战壕奇迹般地出现在敌人的眼皮子底下，一根根捆绑的绳子勒向骄横的敌人。刘伯承、陈毅、邓小平的"紧缩敌人狭小范围以困饿之"的战法正在发挥出越来越大的威力。战壕，成了我军最牢固最可靠的前进阵地，成了夺取最后胜利前夕的"家"。就是在这蛛网般的战壕里，坚强有力的战壕政治工作，为赢得最后胜利奠定了良好的思想基础。

华野1纵1旅面对的是国民党军号称"五大主力"之一的18军11师。十多天的连续攻防战斗，对官兵的意志、忍耐力是一个严峻的考验。

战斗场地被挤压在一个非常狭小的空间里，在几乎是目光对目光的对峙状态下，不时有冷枪冷炮和飞机的袭扰，伤亡虽然是零星的，却极易影响战斗情绪；土工作业体力消耗大，官兵们已经非常疲劳了，加上战壕条件限制，寒冷异常，吃喝拉撒都是问题，生活不免单调枯燥，思想极易产生波折。政治工作如何不间断地从政治生活的活

姜思毅

天津人。土地革命战争时期，任天津扶轮中学党支部书记。抗日战争时期，任八路军115师支队宣传股股长，东进抗日挺进纵队宣教科科长，鲁西军区旅宣传部副部长，冀鲁豫军区宣传部部长，晋冀鲁豫野战军旅政治部主任，第二野战军师政治委员等职。解放战争时期，任西南军政大学五分校副政治委员，总政治部副秘书长、宣传部部长，解放军政治学院副教育长、副院长，军事科学院副院长等职。

跃和物质生活的保证上，来提高斗志，减少疲劳，求得全体官兵始终细心耐心地顽强作战，这的确是个大事情。设想一下，几十天来，部队一而再再而三地同敌人的汽车轮子赛跑，比得是速度、利剑般的锐气，现在，突然停在了敌人的眼皮子底下，活动范围大大缩小，这正像角力的双方扭在一起时，就不单单要比速度，更重要的是要比耐心、耐力，比谁能坚持到最后的意志了。如果说，追击、截击、堵击考验的是"外力"的话，那么，此时考验的就是"内力"了。

对于人民解放军来说，政治工作是自己的传家宝。此时，更是派上大用场的时候了。这里没有什么灵丹妙药，最重要的就是，要使全体指战员保持清醒头脑，明确任务，提高斗志，激励决心，战

胜疲劳，战胜恐惧，顽强作战到底。方法有：进行不间断的及时的解释鼓动工作，培养沉着、坚韧的战斗作风，克服悲观、急躁、麻痹思想；活跃战壕政治文化生活；发挥党组织和骨干作用，开展群众性的政治工作。形式要短小精干，分散进行，注重趣味性、活泼性、多样化，使官兵喜闻乐见。

党支部、党小组、士兵委员会、以党员为核心的互助小组的活动，生动活泼地开展起来了。

姜思毅曾有这样的记载：

战壕中的连队党支部工作，不停止在支委会的讨论上，而着重发挥党小组的作用。7团3连6班的党小组，党员分工与非党战士谈心，解释战法，领头开好班的军事民主会，研究了巩固突破口、反坦克和出击时机、道路等问题。他们还在班里发起"与敌

▽ 淮海战役期间，文工团员在战壕内为我军战士们表演节目。

▽ 淮海战役期间，我军某部将报纸上的照片剪下来布置展览。

人比困难"的讨论，组织互助组间的"吃苦耐劳"比赛，想办法在工事中多铺草防寒。敌人的炮火把党员刘青云的枪打坏了，而人在工事中并没有受伤。刘青云当即向群众宣传加修工事的好处。结果，6班的工事做得最好。大家说："有6班在，3连的阵地在，敌人在这里绝跑不了一个！"

1团7连士兵委员会，在战中开了3次会。第一次，经过班里酝酿，再利用夜间在战壕开士兵大会，发动徐州会战立大功。才入伍不多天的敌181师解放战士都纷纷发了言。第二次，执行紧急待攻任务，大家决心搞战壕广播、飞行问答和改善伙食。第三次，开士兵委员会和学习组长联席会，检讨总结了几天的活动，研究改进工作方法。他们及时明确了士委会战壕活动的内容和范围，工作不只有布置，并且及时检讨总结进行改进，加上士委会能及时向连队领导反映意见，领导能够帮助解决工作上的难处。在7连，各种好消息和好例子都能很快地广播到全连。战壕中，战士们不断进行回答讨论："为什么说一年左右能够根本打倒国民党反动政府？""现在山海关谁占着了？""怎样打坦克？"等等。士委艾乐仁是炊事班副班长，他经常征求战壕里的战士对伙食的意见，回伙房时又经常把胜利消息传给后方，保证了每天吃发面馍、菜不重样。上士谢殿顺跑了30里路，拿出自己省下的全部津贴，买了30盒纸烟送到战壕，喜的战士没法说。

以党员为核心的互助小组，最适于战壕活动。连里的张公店和宿县战斗解放的战士，未经一天训练，就参加了双堆集战斗。战壕里展开了互助谈心。新老战士在谈心中，比国民党和共产党的不同。比敌我困难的不同，比敌我战法的不同，比民心向背，谈大家所见的敌人的暴行，这成为最生动实际的入伍教育。7团打了一个胜仗，2连张公店解放战士于书琴在战壕里自言自语地说："解放军为什么老打胜仗？因为有互助小组！——干部伤亡了，战士还能指挥战士继续作战！"一个老战士待在战壕里不耐烦了，说："守在这里，光挨敌人的炮，咱们的炮也不打啦？！"一个张公店解放战士还向他解释："咱们的炮多得很！这还没到总攻的时候呀——上次181师师部，就没有没挨炮弹的地方！"不少保垒间，互助组与互助组互派代表送信挑战，展开革命竞赛，战壕中你来我往，热闹极了。

同深入细致的政治思想工作相比，战壕文化活动也毫不逊色，真可谓"八仙过海，各显神通"。

某团战士报社出刊的《火线报》，图画、快板、短小的鼓动文字、新闻，应有尽有，每天准时分发到连队。针对敌人使用燃烧弹，报纸上马上就登出了"对付燃烧弹"的快板："燃烧弹，能烧人，多半用在冲锋中。身上如果着了火。赶快就地来打滚，要是刚刚燃着了，把土按住也能行。只要机动又灵活，燃烧弹也不中用。"土是土点，但是琅琅上口，易记易学，管用，还配有生动的图画，更是一看就明白。报社还出版了油印画报。团里要表扬模范人物，他们的形象就在画报上出现了；连团党委发出的号召，画报上也会用图画逐条表现出来。快捷，传神，一看就能记住。

手榴弹

用手投掷的弹药，因形似石榴而得名，一般由弹体和引信两部分组成，有的还带有手柄。主要用于杀伤和摧毁近距离的有生目标和装甲目标。按用途可分为杀伤手榴弹、反坦克手榴弹、特种手榴弹（包括燃烧、照明、发烟、毒气以及光眩、震聩等多种）和辅用手榴弹（包括训练、教练手榴弹）；按引信分还有碰炸手榴弹、定时延期手榴弹以及碰炸定时延期手榴弹。

另一个部队的"连队文化报"，有字有画有时事。一场战斗刚刚结束，战场形势图就上了报。本部队的英雄故事更是不在话下，被一一画了出来，很快就在阵地上传开了。

"人民英雄"广播电台在黄维兵团还在被围困中，就打出了大大的提前量，播出了题为"俘虏收容所快作好准备工作"的广播稿："各级俘虏收容所、解放大队注意：请你们赶快进行充分的准备工作。因为你们的工作马上会忙起来了……迅速准备收容俘虏的房子，布置俘虏吃饭、睡觉以及警戒等工作。"看看，除了新闻工作者的敏感外，那必胜的信心，不是传达得淋漓尽致了吗？电影队要到前方拍摄，消息会立刻广播出来："大家注意！东北电影队第二队已经带了摄影器材到了前方，要将这次淮海战役的各种新闻摄成影片。凡是我军战斗中的英勇场面，都有机会收入镜头，在全国人民面前放映。"能让全国人民看到自己英勇战斗的场面，那是一股多大的动力啊

某部的"战壕传单画"，开本不大，但却是彩色的，还配有快板。内容有表扬模范人物事迹的，有鼓舞战斗意志的，有介绍战术知识的，十分丰富。随便翻开一张，立马吸

引读者的眼球。有的画着两个战士正准备投掷手榴弹，旁边的快板书写道："手榴弹本来不大，六七个腰中一挂，单等着我逼近敌人，给他个就地开花。敌人命大的当个俘虏，命短的血丧黄沙。"有的画的是如何喊话、捉俘虏，画面上一个战士正在喊话，两个敌人翻戴着帽子，举手缴枪，旁边的快板书写道："捉俘虏要有办法，离几步就喊话：弟兄们缴枪吧！敌人说：缴枪你们杀不杀？不杀就把枪放下。"还有一幅对照画，画面上一边是面黄肌瘦、垂头丧气的敌军士兵，另一边是红光满面正待出击的我军战士。看了这些画报，大长精气神自然不在话下，在一次战斗中，有人真的中了燃烧弹，他突然想起画报上的画来，马上滚倒在地，火很快熄灭了。战斗结束后，他逢人就说：是小画报救了我的命。

华野1纵1旅政治部的机关报干脆改为战壕小报，一件事一期，仅在黄维兵团被围困后的10天里，就出了55期13,750份，分发到战壕各个堡垒中。报纸一到战壕，读报员马上朗读，连的广播员拿着喇叭登高一呼，各工事的广播员便都探出头来，经由他们马上又叫遍了全连的战壕。旅政治部一个同志还发明了用晒蓝图的办法编了几期小画报，把拍摄下来的战地照片、战斗英雄像及时晒印出来，发到连队。报道的材料直接来自战壕一线，旅政治部组织的20多个人的轮回巡视组，每天轮番走进战壕，不仅沟通上下级的联系，了解战士的困难，帮助和检查连队战时政治工作，为战士读报和进行采访，写通讯报导也是重要任务。

3.火线政治攻势

廖运周起义后，曾深有感触地说：解放军喊的"你们为谁打仗？你们打伤了怎么办？"最能打动国民党官兵的心。

他所说的就是我军瓦解敌军的重要手段——火线政治攻势。

在围攻黄维兵团以至以后的围攻杜聿明集团的战斗中，我军的火线政治攻势发挥了巨大的威力，被指战员们称为"掏心战"。

这是淮海战场别样的景观，同大炮轰鸣、血火厮杀的场面相比，一点也不逊色。

无数个喊话小组活跃在前沿，有人负责喊话，有人负责看情况、听反映。上半夜时，是敌人士兵最寂寞、军官不太注意掌握部队的时候，恰好是我军喊话的最佳时机。

喊话的内容，直指敌人心理的脆弱部位。

这里喊道："你们负伤了没人管，你们死了，父母妻子怎么办？"

那边喊道："邱清泉、李弥、孙元良兵团在永城被包围，已经被歼灭七八万了，不能来增援你们了"，"放下武器，保住命，吃饱饭。"

这招真灵，不一会儿，就可以清晰地听到敌人伤兵的哭声。

∧ 淮海战役中，刚解放的国民党军士兵主动申请参战，杀敌立功。

这是其一。

其二是劝降。最有效的是释放俘虏的敌人伤兵或个别老弱人员回去劝降。劝降人员回去时，都带有劝降信，附有宣传品的包子、馒头、香烟等物品。1纵7旅将13个俘虏分7次放回。他们回来汇报说：一进去就被团团围住了，问这问那，什么"人家打你了没有？"什么"有饭吃没有？"回去的人自然是实话实说。末了还要说一句："人家人多得很，我们不行了。"说者有心，听者有意，这些平实的话，像刀子一样戳在了敌人的心头。

再就是文字宣传。夜间接近敌人阵地时，散发宣传品。或者将宣传品做成彩色小旗插在敌人的阵地前，或者用发射弹发射宣传品，这些宣传品有的还附有漫画和通

行证。在席子或者布匹上写上醒目的大字标语，竖立在敌人阵地前。

在我军强大的政治攻势面前，敌人的心理防线在土崩瓦解，逃跑的、投诚我军的，不打就放下武器的，逐日增加。敌阵就像被雨水打湿的土墙，一天一天在剥落。

姜思毅同志在回忆文章中曾举了一个班的火线政治攻势的例子，生动、传神。

黎明的时候，冯富昌和另一个同志，从敌人的阵地前爬回来了。他告诉大家说："昨夜挖的壕沟，已伸到敌人鼻子底下啦。我们爬到尽头，连敌人的咳嗽声也听得清清楚楚。我们把带去的标语牌，都给插上了。天一亮，他们一伸脖子，乖乖，这怎么得了！"说到这里，他干脆说起快板来了：

李延年、刘汝明，蚌埠逃，

杜聿明又被饺子包，

黄维的粮草吃完了，

你们还是缴枪把命保！

接着，冯富昌又拿起一副碗筷，"丁光丁光"敲出"数来宝"的节奏，对着敌人的阵地，高声唱道：

人是铁，饭是钢，

一顿不吃心发慌，

三天不吃见阎王。

唱到这里，他大声喊了一句："蒋军弟兄们！"接着又唱：

太阳一出白天到，

我们又要开饭了，

白面花卷红烧肉，

请你们过来吃个饱！

冯富昌正唱的起劲，班长低声喝道："停一下！看，有人爬过来了。"

战士忙向班长监视的方向望去，只见一个穿国民党军装的人，弯腰弓背地奔跑着。快接近我们这边时，竟被敌人发觉了，机枪朝他猛烈扫射过来，吓得他伏倒在地，埋着头不敢动弹。

"机枪掩护！"班长一声令下，战士的机枪随即把响枪的敌人堑壕打得尘土飞扬，敌人的机枪哑了。

爬倒在地上的那个国民党军士兵，还是不敢动一动。冯富昌把身子探出堑壕，热情地向他呼叫："不要怕，快过来！再跑30步，你就解放啦！"冯富昌这一喊，爬在地上地人"呼哧"一下爬起身，连跳带滚地跃进了我们地堑壕。冯富昌拍拍他的肩膀，鼓励他道："你听劝告过来，很好！"说着，从自己的干粮袋里，摸出3个油饼递过去："你一定饿了，拿着吃吧！"

油饼吃完了，重机枪手看到大家的水壶都空了，便从机枪水箱里放出半碗水给他喝。他连嘴角也不抹一下，专心在自己衣服上捡饼屑粒。大家又给他4个花卷和两个高粱饼。好家伙，一下子全"报销"了。

班长摸出自己的小旱烟管，装了一锅烟丝，问他："吃饱了，想抽锅烟吗？"这个国民党的士兵叫张明虎，他接过烟管大口大口地吸着，咧开嘴笑着说："你们都是好人！"

"我们共产党、解放军，都是好人，"班长问他："你在家种田吧？"

张明虎连连点头，又补充了一句："是给东家种田的。"

"我在家也扛过长工。"班长指指冯富昌和另外几个同志，说着："他也是，他也是，他也是的。"又指指剩下的同志:"他们有的是铁匠,有的是木匠。"

张明虎听班长这么一介绍,紧接着说了一声:"原来都是一条裤子一根绳!"

"对呀!我们本来都是穷兄弟,你现在过来了,应该和我们在一起。"

张明虎忽然站直了身子,又冤屈、又伤心、又愤恨地说:"我早想跑过来啦!"于是,他一忽儿面对这个,一呼儿面对那个,诉说着过去扛长工、打零工、讨饭和被抓当兵遭受的苦楚。

张明虎讲完自己的身世,班长问他:"冤有头,债有主。张明虎,你说你的仇人是谁?"

张明虎想了想,明白起来了,他说:"蒋介石不挖开花园口,我全家不会死;狗养的不抓我,我饿死也不会给老蒋当兵。"

冯富昌早已憋不住了,他绕到张明虎面前:"张明虎,说得对。我们的仇人就是蒋介石,和蒋介石一条心的人,也是我们的仇人!"说完,又冲着张明虎的脸问:

"张明虎,你想不想打倒蒋介石,给自己报仇?"

张明虎回答得干脆:"怎么不想?当然想!"

班长接上去说:"靠一个两个人,蒋介石是打不倒的。所以我们要齐心合力来打倒他。"

第二天,经过上级批准,张明虎就正式成为这个班的一个成员了。

当天夜里,连队要攻击双堆集外围的小郭庄。张明虎向班长伸出一双厚实、多茧的大手,说:"班长,给我一支枪!"

班长拿了4个手榴弹给他说:"张明虎同志,革命战士的枪,都是从敌人手里缴来的。你拿这4个手榴弹,向敌人去要枪!"

张明虎接过手榴弹,咬了咬牙,和大家一起投入了战斗。

一场激战之后,班里查点人数,发现少了一个张明虎,难道张明虎牺牲了吗?

天色渐渐亮了。突然,一个熟悉的豫东口音,由远而近地喊过来:"班长,我回来啦!"

啊,张明虎!张明虎回来啦,他活着!

战士们都跳起来,迎上去接他。张明虎头上流着血,可是满脸喜色,因为他肩膀上多了一支步枪。

大家都为他高兴,也为全班高兴。接着,张明虎滔滔地说起来:"昨晚,我们班冲进庄子,我就和几个敌人缠在一起了。我还穿着原来那套军装,敌人把我当自己人,还招呼我:'快逃,解放军来啦。'我就将计就计,跟着这几个敌人跑,悄悄地摸出手榴弹,扔了过去,自己往地上一趴。敌人没有防备,一家伙炸倒了仨,活着的跑没影啦!我赶紧摸上去,摸到一支步枪,高兴得跳起来就跑。可一看,班长呢?你们全不见了,可把我急坏了!我摸来摸去,被那边的同志拦住了。他们给我指了路,我这才背着枪回来了。"

全班战士都愉快地笑了。

在围困黄维兵团的战斗中,每天都在演绎着这样生动的故事。尽管敌营中相当一批顽固分子采取了种种严酷的手段,企图制止这种现象,但是,不管他们怎样费尽心机,又怎样气急败坏,还是不能阻挡这坍塌之势。他们也许至死也明白不了这样的道理:国民党的失败,最根本的原因是失去了民心。

4. 战场上的炊事兵

对炊事兵,当时在中野4纵32团负责战勤工作的团政治处副主任原增禄有很生动的记载。

在浍河北岸蒙宿公路东侧的张庄,是中野4纵32团的后方。

这天黄昏,原增禄来到了10连炊事班。他用手拨开茅屋窗户上的麦秸,往里一看,只见炊事员萧建章正蹲在锅灶旁烙高粱面饼。萧建章已经病了几天了,发着高烧。原增禄推开门,一股浓烟向他扑来。原来,炊事班为了躲避敌机,不暴露烟火,用麦秸、高粱秆、被子、棉衣等堵塞了门窗,人就在浓烟中工作。战场上已经找不到一片干柴了,全靠刨湿树根和秫秸来烧,烟特别多。

萧建章48岁了,是1942年入伍的老同志,是连里的老管家,行军中把菜刀、勺子、铲子、锅盖、抹布、小丝箩等零星东西全背在自己身上。开过饭,别人都休息了,他东跑跑、西走走,张罗下一餐的饭菜,还抽空给驻地群众扫院、挑水。

两人正聊着,门外飞来一声"冲呀!"进来个浓眉大眼挺腰直背的年轻人——小赵。他挑着满满两大桶水,腋下还挟了块大青石,那是当案板用、擀面的。小赵一进门就嚷嚷:

V 淮海战役期间，在我军某部后方医院中治疗的伤病员。

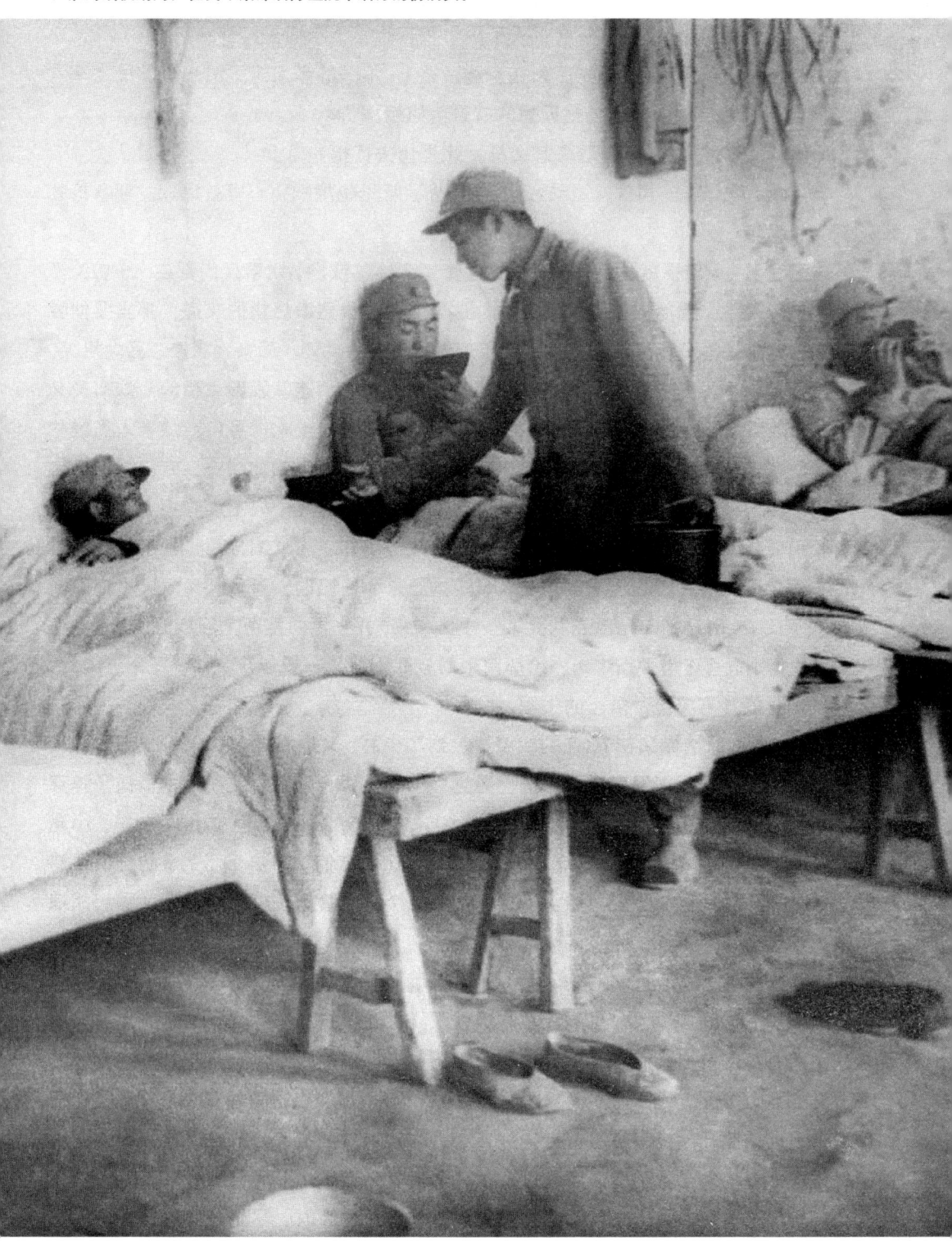

"班长，他们又出阵了，一人带了好多手榴弹！"

"怎么，你又心动啦？他们干他们的，咱们干咱们的，你看锅都快炸了。"

"嗨，围着锅台转！要不是这里人手少，我真想丢下水桶去打仗。"

小赵是去年参军的，父母先后死在了逃荒路上，惟一的亲人姐姐被一个国民党军官糟蹋后含冤跳塘自杀。小赵，整天想的就是为姐姐报仇。

原增禄问萧建章："小赵近来怎么样？还是想去扛枪？"

萧建章"嗯"了一声说："年轻人，性子火，听见枪炮响，心里就痒痒。都拿枪去冲锋，谁做饭……"

这天晚上，原增禄就住在炊事班。他检查了各连的伙房。炊事兵们都在"一切为了前线"的口号下，想尽办法来改善生活。这里要他尝尝蒸馍烙饼的味道，那里要他尝尝糖包；这个炊事班炸出油条，那个炊事班做了油条、辣汤、面条、水饺。后勤机关，把杂粮留给自己，细米白面全部送给伤病员和前方。有的连队领到点粗粮，炊事员又自己扣下吃，送到火线上的，全部是细粮。为了让前方战士吃得可口，炊事人员绞尽了脑汁。有一天，10连吃猪肉包子，老班长想到连里有两个回族战士，专门为他们包了十几个牛肉馅的。他们送饭过浍河时，遇上兄弟连队的几个战士没吃饭。小赵走在老班长前面，就让那几个战士吃包子。那几个战士不知道包子馅分两种，摸了些吃着跑了。等老班长从后面赶上来，才发现拿走的正是牛肉馅的。老班长又气又后悔。回去做来不及了，他只好向兄弟连队要了些馒头和菜，并一再向那两个回族战士道歉。晚饭时，他特别向4连借了点牛肉，给那两个回族战士补了一顿包子，觉得还不够周到，又写了一封信，再次检讨自己的失职。

几天之后，原增禄又在10连的战壕里见到了小赵。又是一声"冲呀！"小赵来了。他一身灰土满脸汗，一根扁担两只桶，晃晃悠悠的，像一阵风。左面的木桶被子弹穿了个窟窿，用棉絮塞着，汤在往外渗。战士们一边喊着"小赵"，一边围了上去。小赵说："快拿碗来，盛胡辣汤喝。"老班长说："对！让同志们喝口热乎乎的，防止伤风感冒，身强力壮好杀敌人。"不一会儿，战士们一个个都捧着搪瓷碗吸吸溜溜地喝起胡辣汤来。一个个头上冒汗，脸上闪光。

随着战役时间的延长，炊事员们一个个熬得眼发红，就连原来又黑又胖的小赵，也面黄肌瘦了。这时，敌人一见到我军吃饭就眼红，飞机拼命地炸我军的后方，白天黑夜从不间断，常常把装满水的锅打炸翻，把正往阵地送的饭菜抛上半空。

为了不让飞机找到目标，炊事员们发明了"无烟灶"，在厨房外安装一根长管，把烟引得远远的散开；或者在墙壁上插许多小管，让炊烟贴着墙分散往下流。因为有人出出进进，夜晚火光从门口很容易被发现，他们就创造了"双层门"，不管进还是出，总有一扇门是关着的，火光就不容易被发现。往前线送饭时，尽量多去一些人，多做些饭菜,多准备几副担子,即便在路上被炸坏一副,还有备用的。白天不好通过的封锁线,夜晚过。炊事员们把自己的棉被、大衣,全都拿出来包在饭菜挑子上,保证部队吃热饭喝热汤。

向黄维发起总攻时,指挥部命令,必须在下午4点前把晚饭送到前沿。10连炊事班接到命令,立即忙碌起来。3点,饭菜全做好了。出发前,炊事班先开饭,几个炊事员摸过高粱面窝窝,连菜也不要,就大口大口地吃了起来。老班长从饭筐里拿出4根油条,分给小赵和另一个炊事员,他们俩趁老班长转脸的瞬间,又把油条放了回去,啃着高粱面窝窝,挑起饭菜出发了。

12月的淮海大地,寒风似铁,霜花如雪。炊事员们不顾寒冷,向前疾走。离浍河浮桥还有一里多路程,突然,三四架敌机凄厉地呼啸着,盯上了他们。

走在队伍最后的原增禄见情况不妙,刚叫了声:"隐蔽!"敌人的机枪就"格格格格"地扫射了过来,地面腾起一串串烟雾。原增禄像是被人猛推了一把,倒在了地上,浓烟烈火吞没了送饭的队伍。

等原增禄睁开眼睛时,只见老班长正伏在饭桶上,头发和衣襟被鲜血染红了,负了重伤。

"副主任,几……几点了?"老萧喘着气,问为他包扎伤口的原增禄。

原增禄抬腕一看,3点半了,距离指挥部的要求只剩下半小时了。原增禄没有回答,他叫通信员赶快把老班长背到救护所去。可是,老萧紧紧护卫着饭桶,手里紧握着扁担不放,他从副主任的神色中已经意识到时间已经很紧迫了,他拄着扁担,摇摇晃晃地站了起来,发怒似的叫道:"快把饭送到前沿,快……"

走在前头的小赵已经奔了回来,他头发蓬乱,棉衣被炮弹撕烂了,白花花的棉花飘得到处都是,汗水和灰土涂了一脸,人都快认不出来了。这时,老萧脸色逐渐苍白,声音渐渐微弱,他看见小赵,大声说道:"小赵,快!快……"

"班长,你,你……"

"别管我,快,快挑去!"老萧从牙板里迸出了这么几个字,严厉地看着小赵。

"班长,我懂,我懂!"小赵斩钉截铁地回答道。说完,挑起几副加在一起的重担子,挺腰直背,头也不回地向前沿阵地奔去了。

5. 小竹棍、独轮车们记载的历史

在中国人民军事博物馆里，陈列着两件特别的文物。

一件是华东支前英雄唐和恩支援淮海战役时用的一根竹棍，一米来长，上面用针尖刻满了密密麻麻的小字，仔细看去，开头刻着唐和恩从家乡出发的地点——山东胶东地区莱东县陶障区（现莱阳县万第乡），接着刻着是他支前经过的路线：水沟头、平度、临淄、蒙阴、临沂、徐州、萧县、宿县、濉溪口等等地名，包括了山东、江苏、安徽3个省88个城镇和村庄。这不是一般的里程记录，它是数百万英雄的支前民工在淮海战役中走过艰苦光荣战斗历程的缩影。

1948年秋天，解放区广大翻身农民正在欢天喜地地忙碌着土改后的第一个大丰收，上级号召组织支前队伍，共产党员唐和恩就像前几次一样，头一个报名参加支前小车队，大伙选他当小队长，出发时大伙都坚决表示：犁不到头不卸牛，完不成任务不回家，解放军打到哪里我们就支援到哪里。唐和恩带上了那根在旧社会讨饭用的小竹棍，准备在上面记下支前路线，传给子孙后代。

唐和恩带领的小车队和千万个支前队伍一样，冒风雪，忍饥寒，翻山越水，日夜奔走，他们想尽办法节省粮食，自己吃三红（红高粱、红萝卜、红辣椒），省下小米白面给子弟兵吃。在风风雨雨的运粮途中，队员们一个个把自己身上穿的蓑衣、棉衣脱下来，盖在粮车上，宁愿自己身上淋透，也不能淋湿军粮，在泥深路滑的情况下，满载军粮的独轮小车，一动一道沟，一步两个坑，队员们深一脚、浅一脚。鞋被拔掉了，脚被磨破了，仍然拼命地拉，使劲地推，艰难地向前跋涉。有一次，唐和恩的小车一下子陷进了泥坑，拉也拉不动，推也推不动，他一连拉了几次都没有拉动，最后他憋足劲猛烈一拉，只听"咯噔"一声，绳子断了，他一头栽到泥坑里，嘴磕破了，牙齿也磕掉了一颗，他从泥窝里爬起来说："前方战士身上穿个窟窿，还照样冲锋，咱磕掉颗牙算什么。"

一次运粮途中，小车队被一条大河挡住了去路，绕道10多公里过桥要耽误时间，大伙决心涉水过河。当时，北风嗖嗖，雪花飘飘，河上结了一层薄冰。唐和恩带头脱掉棉衣，扛起一包粮食，第一个跳入河水中，在前面破冰、涉水、探路前进。队员们也扛起粮包，抬起小车，紧紧地跟上，刚刚到了对岸，还没有来得及穿衣服，敌机就来了。他们为隐蔽粮车，迅速疏散队伍，一口气跑了半里多路，才避开敌机的袭击。尽管个个冻得唇青脸紫，直打冷战，但大伙精神抖擞，又继续前进了。

在5个多月的支前运输中，唐和恩带着这支小竹棍，带领小车队克服了无数困难，跑遍了淮海战场，总计行程达2,500多公里。行军时用它当挂棍，过河、涉水、踏雪时用它探路，有时还用它绑上树枝防空和引路。风餐露宿的野外生活、紧张繁重的运输任务、崎岖不平的坎坷道路，都没有使他们停下脚步。每到一地，唐和恩都要在小竹棍上刻下地名，把这些地名按照地理位置连接起来就形成了一条支前路线图。

另一件是山东省泗水县模范运输团运粮时使用的独轮车。一次，该团接受了6天内运粮4.5万公斤的任务，千余名民工冒着敌机袭击，破冰渡河，长途转运，3天就运粮2.7万公斤。这辆独轮车因为运粮有功，被誉为"功劳车"。

这两件文物，是人民群众支援子弟兵作战的真实写照。

陈毅元帅曾说过这样的话：淮海战役的胜利是人民群众用小车推出来的。

在"一切为了前线的胜利"的口号下，解放区和临近战区的人民群众，克服了种种困难，从人力、物力、财力上给予子弟兵以全力支援。来自江苏、山东、河南、安徽、河北5省的支前民工云集战场，冒着枪林弹雨，忍着风雪饥寒，破冰渡河，长途跋涉，支援子弟兵作战。运输线上，人如潮涌。车轮滚滚，夜以继日，川流不息。人们背扛、肩挑、车推、船载、担架抬、毛驴驮、牛车拉，组成一支亘古罕见、气势磅礴的支前大军。后方群众不分男女老幼，参加冬耕生产，昼夜突击碾米磨面，加工军粮，赶做军鞋、军衣，筹集粮草，照料伤员。在整个淮海战役中，动员支前民工，包括随军、二线转运常备民工和后方临时民工共543万人，还不包括后方碾米、磨面、做军鞋等人工，为参战部队人数的9倍。动用担架20.6万副，大小车辆88万余辆，担子35.5万副，船8,500余艘，汽车257辆。共向前线运送了1,460多万斤弹药，9.6亿斤粮食和其他大量军需物资，向后方转送伤病员11万名。这里的2.7万多名妇女，在很短的时间里，就赶做了7.6万双军鞋。这样的支前规模在我军历史上是空前的。

在香港出版的一本小册子中写道：

当12兵团还留在豫西时，有一次，18军军长杨伯涛和胡琏两人到了唐河，他们想找几个老百姓聊聊风土人情，可是蒋军一到，老百姓都走光了。后来找到一个老头，交谈起来，才知道因为在改用金圆券之前，蒋军曾用作废的"法币"大量抢购粮食，一转眼间，"法币"分文不值，老百姓叫苦连天。自此以后，蒋军所到之处，老百姓即逃避一空。到第12兵团由确山出发后，经豫皖边境时，所碰到的情形也是一样。新蔡、临泉一带，因为18军曾在那里抓过壮丁，一次就抓去四五千，老百姓听说蒋军要来，避之如洪水猛兽，颇有"军行所至，鸡犬一空"之势。当时杨伯涛见此情形，还以为这一带是因为黄河改

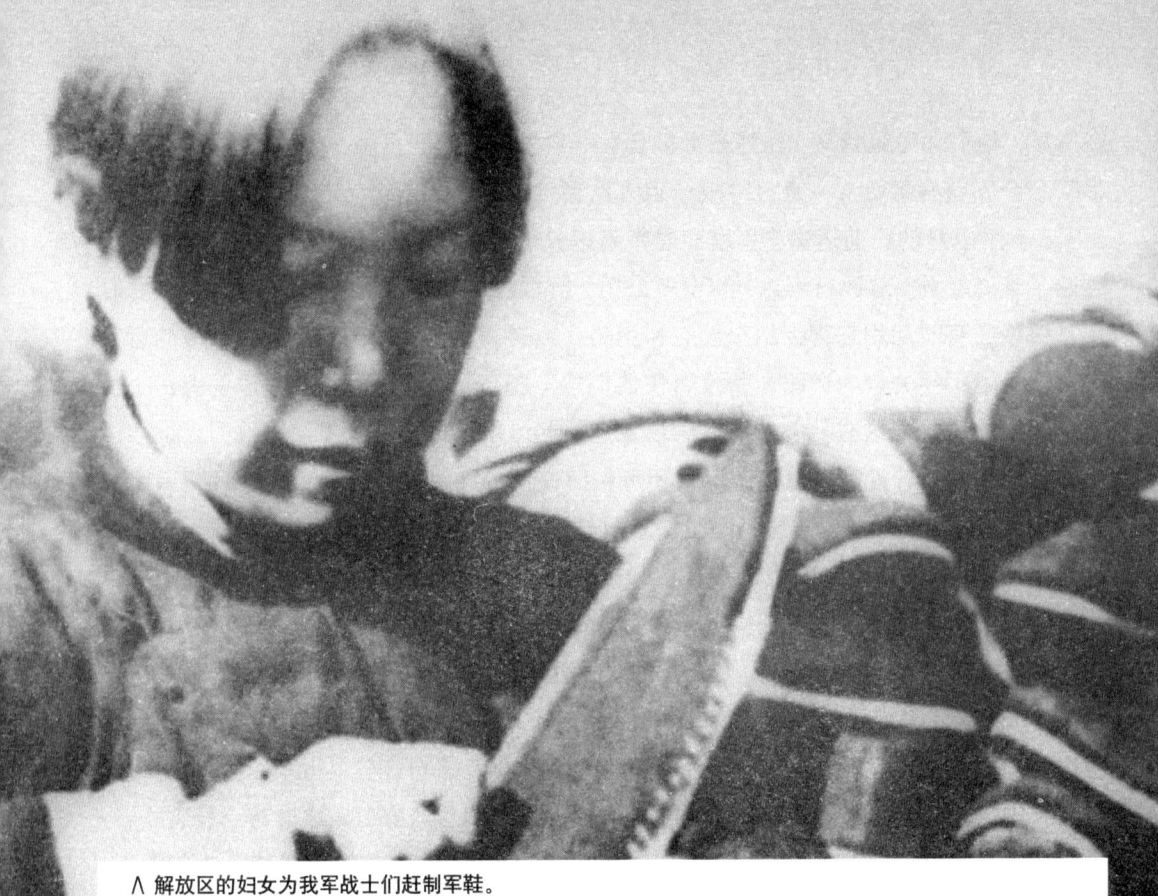

∧ 解放区的妇女为我军战士们赶制军鞋。

道，双方曾拉锯战，地理人事条件都坏，是故少见人烟，本不足怪。岂知等到他当了俘虏，被解放军由双堆集押送到临涣集去时，沿途经过数十里，随处都熙熙攘攘，行人如鲫，千千万万老百姓，都为支援军队而忙。杨看到这等场面，不觉顿生江山依旧，人事全"非"之感。以前当他以军长身份经过，许多乡村都门户紧闭，寂然无人；此时，当他以俘虏身份经过时，不但家家开户，处处炊烟，而且铺面上还有卖馒头的卖花生烟酒之类的，身上有钱的俘虏亦争着去买来吃，解放军也不禁止。他还看见一辆辆大车从前面经过，车上装着宰好刮净的肥猪，是送去慰劳解放军的。这位蒋军军长，眼看着解放军和老百姓住在一起，有的在一起聊天，有的围着一个锅烧饭，有的同槽喂牲口，除了衣服不同外，简直分不清军民的界限。他又想起18军在鲁西南荷泽、巨野打仗时，为了怕老百姓和解放军里应外合，常常把老百姓集中在一处关起来，简直视民为敌。杨伯涛一来一往，看到两种截然不同的情形，不禁油然兴感，因而曾经对黄维等发牢骚说：他们都是"国民党的罪人，共产党的功臣"。

得道多助，失道寡助。小葱拌豆腐，一清二白的事情。民心向背，是一支军队能否取胜的根本原因。

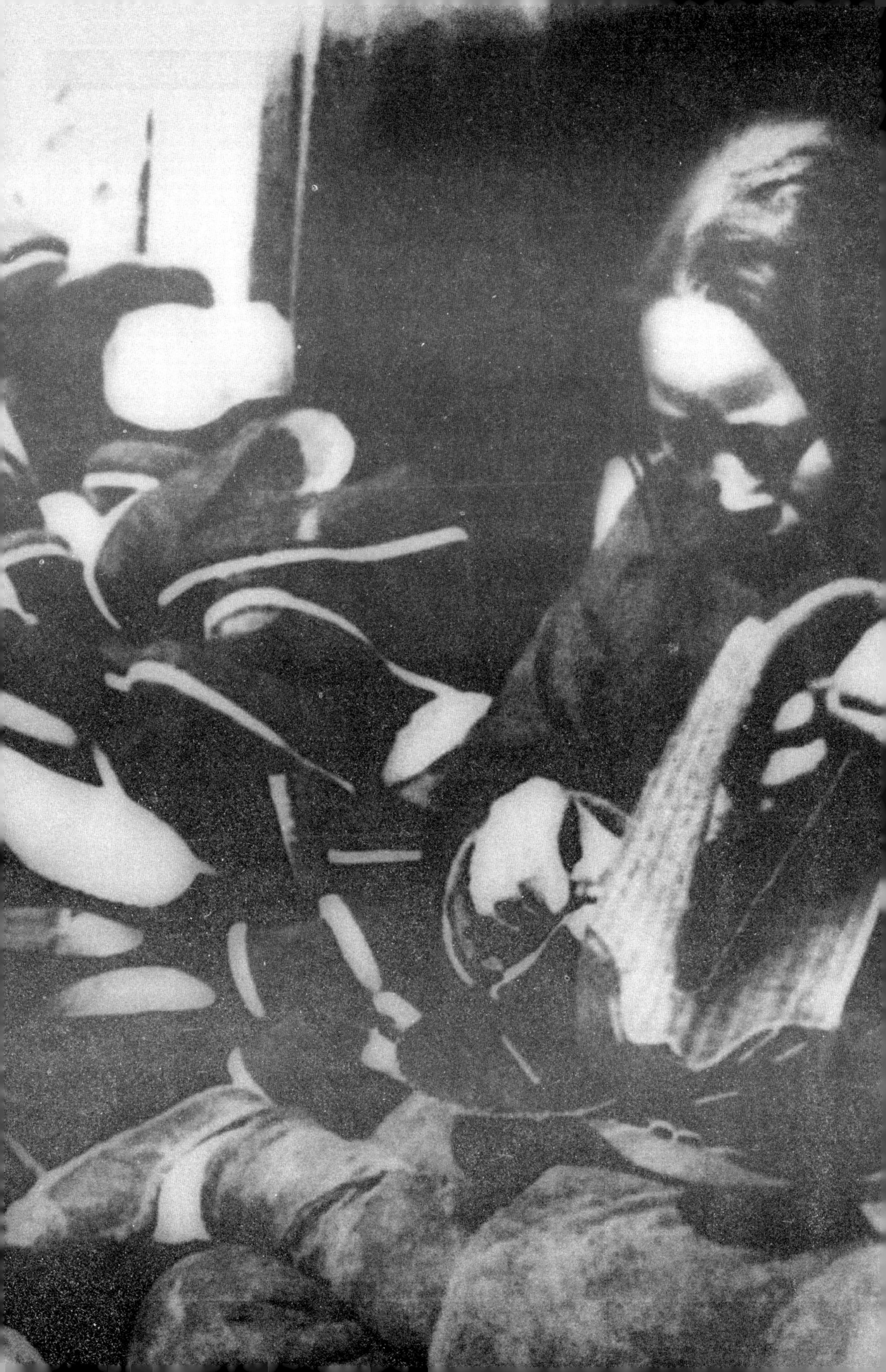

战争宽银幕

❶ 我军攻击部队步步逼近敌人龟缩的村庄,并发起冲击。

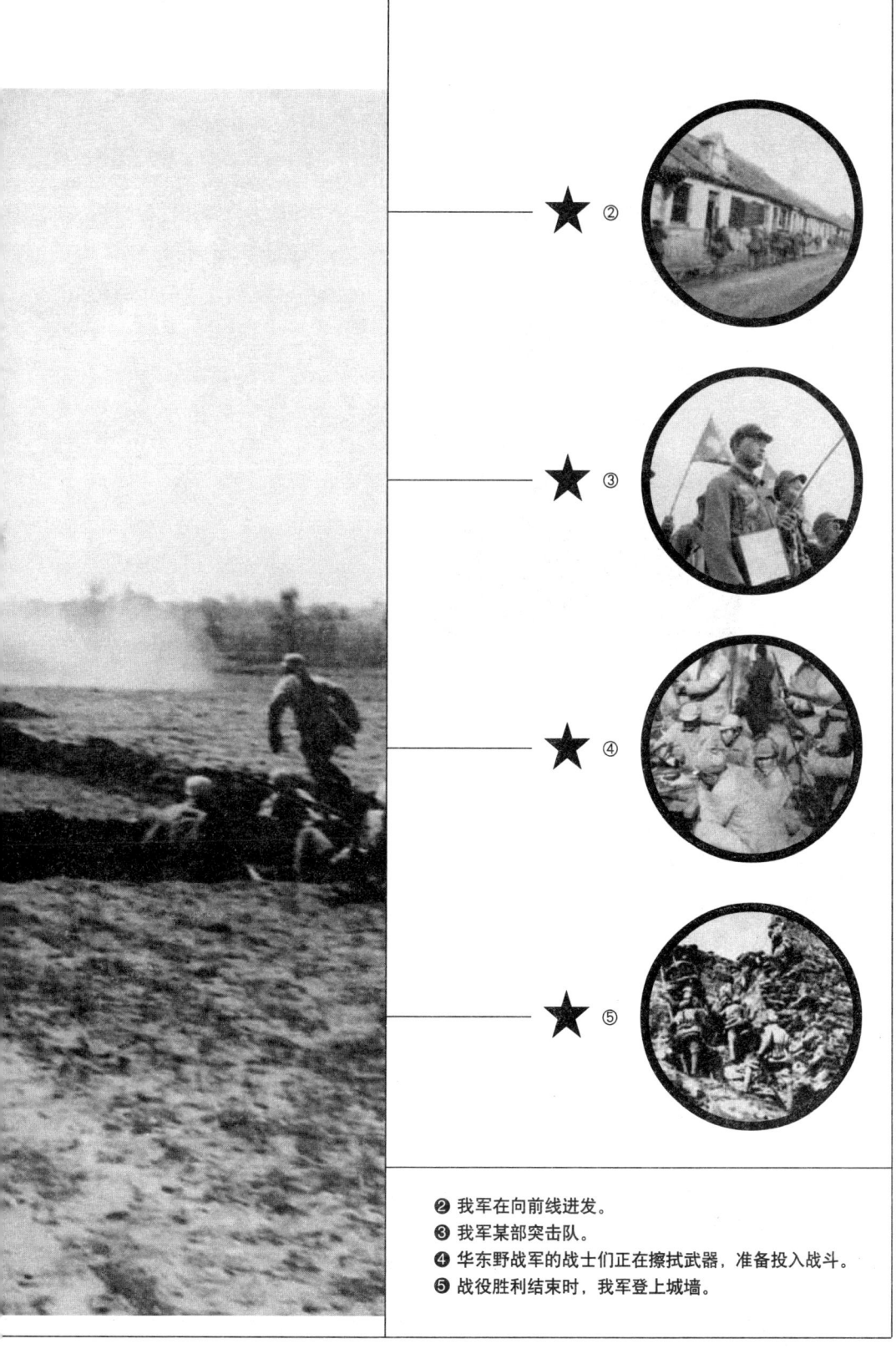

❷ 我军在向前线进发。
❸ 我军某部突击队。
❹ 华东野战军的战士们正在擦拭武器,准备投入战斗。
❺ 战役胜利结束时,我军登上城墙。

[亲历者的回忆]

李 达
（时任中原野战军参谋长）

淮海战役中的思想政治工作，在邓小平、张际春领导下，在前阶段整党整军的基础上，更为活跃。

首先组织各级干部深入学习中央军委的战略意图和总前委关于先打黄维兵团的作战计划，提高认识，统一思想，确立勇挑重担，破釜沉舟，敢打更大胜仗的信心与决心。

各级领导干部和政治机关深入部队，帮助做好战前动员和战斗中的宣传鼓动工作。

强调坚决服从命令，遵守纪律，加强团结，密切协同，顾全大局，为了整体不惜牺牲局部和个人利益；发扬不怕困难，艰苦顽强，连续作战的战斗作风。

把战斗动员、作战行动和开展军事民主、火线练兵、火线评查结合起来；和群众性的思想互助、立功运动结合起来，从而使部队的战斗勇气和信心建立在坚实的自觉基础上。

——摘自：李达《回顾淮海战役中的中原野战军》

刘明辉

（时任中原野战军第2纵队4旅政治委员）

在对敌作战的同时，我们还组织部队积极开展瓦解敌人的政治工作。

敌人被围后，补给困难，天气又冷，飞机空投的食品本来就不多，敌军人员互相争夺，不断发生火并，陷入将无良策、士无斗志的困境。而解放军得到了人民群众的大力支援，整个淮海战役战场上，有543万民工支援前线，作战物资和部队生活有比较充分的保障。我旅部队在战斗中每天可以吃上一顿肉，阵地上都放着馒头、包子，与敌人形成鲜明的对照。部队指战员利用战斗间隙，向敌人宣传解放战争的大好形势，宣传我军的俘虏政策，不断向敌人喊话："别替国民党蒋介石卖命了，打下去死路一条！""解放军优待俘虏！""你们也是受苦人，过来吧，我们这边有肉包子！"等等。

通过政策攻势，到了半夜，有些国民党士兵爬到我阵地前吃包子，有的跑过来就不走了，后来成班、成排，甚至成连的投诚。

——摘自：《刘明辉回忆录》

第十章

直捣双堆集

∧ 20世纪30年代，蒋介石与其长子蒋经国在一起。

黄维的残兵败将困守着残缺不全的少数据点，罪恶的毒气计划也挽救不了行将灭亡的命运。是彻底端掉双堆集的时候了！大炮轰鸣，人喊马嘶，硝烟弥漫。战功赫赫的"洛阳营"、"襄阳营"并肩冲锋在前。黄维的所谓突围，只不过是四散逃命，上下如无头苍蝇，到处乱撞，个个失魂落魄，丑态百出。

1."最后通牒"

在震天动地的枪炮声和喊杀声中，黄维怎么也睡不着觉了。经过我军连续突击、步步紧逼，他的兵力越来越少，地盘越来越小了。一开始，他还指望凭借实力保守空间，争取时间，作一番挣扎。

如今，外围阵地连连失守，自认为坚硬的"硬核桃"也没有多少外壳了。军心散了，整班整排整连整营的携械投降，这是决堤的水啊，怎么能堵得住呢？这不，12月10日，第85军第23师师长黄子华率该师及第216师残部共约半个师的兵力向解放军投降了。

黄维或许根本不用看地图，就知道自己究竟还有多少地盘，多少人马。此时，14军已经全部被歼，85军只存有216师残部，10军还剩下1/3的兵力，只有18军两个师还算是完整。问题的严重性还在于，他的残兵败将被压缩在纵横不足1.5公里的地域内，只剩下大王庄、尖谷堆、杨围子等几个核心据点了，动弹不得啊。

就是在这狭小的地域内，一切可吃、可烧、可用的东西都已经荡然无存了，几万人马只能靠空投接济。地盘太小了，空投物资至少有一半落在了两军的交界处，有的直接落到解放军的阵地上了。落到自己地盘上的，也免不了一阵哄抢、火并，解决不了多少大问题。内无粮草，外无援兵，天寒地冻，伤员无法救治，死者只能暴尸阵前，真是叫天天不应，叫地地不灵那。更有甚者，在严重的危机面前，他的部队固有的派系矛盾、官兵矛盾更加尖锐和公开化了。黄维被上下涌动的阴森气氛和绝望的情绪笼罩着，一股股凉气从后脊梁骨袭来。

胡琏回来了，带着蒋介石的愁容回来了，没有带回一个救兵，只带回蒋介石一句"毅然突围"的话。

研究部署突围方案也就是例行公事，连视察部队也成了例行公事。

黄维和胡琏冒着逼面而来的寒风，踏着白茫茫的霜雪，木然地走在双堆集硬邦邦的土地上。

到处是啼饥号寒的士兵，到处是来不及掩埋的尸体。

尤其是负伤人员，最初还由工兵部队在露营地上挖出一道道掩盖壕安置，以后人太多了，根本无法收容，只好任其在野地上露营。将近1万人哪，轻伤转成重伤，重伤者很快死亡。

在镇子的东面和南面，是用800多辆美国制造的"道奇"大卡车为骨架，用泥土覆盖的"汽车防线"。第18军在尖谷堆修筑的螺旋工事外围，竟然是用几百具士兵的尸体垒起，再浇上泥水，经严寒冻成的"人墙"。

无语，一路无语。

突然，从解放军的阵地上，传来清晰的喊话声，黄维停下脚步，原来是刘伯承、陈毅向黄维发出的最后通牒——《敦促黄维投降书》。

∨ 黄维兵团用800余辆汽车在双堆集东、南面构筑的防线。

黄维将军：

现在你们所属的4个军，业已大部被歼。85军除军部少数人员外，已全部覆灭。14军所剩不过2,000人。10军业已被歼2/3以上。就是你们所最后依靠的精锐18军，亦已被歼过半。你的整个兵团全部被歼，只是几天的事。而你们希望的援兵孙元良兵团，业已全歼。邱清泉、李弥两兵团业已陷入重围，损失惨重，自身难保，必遭歼灭。李延年兵团被我军阻击，尚在40公里以外，寸步难移，伤亡惨重。在这种情况下，你本人和你的部属，再做绝望的抵抗，不但没有丝毫出路，只能在人民解放军的强烈炮火下完全毁灭。贵官身为兵团司令，应爱惜部属的生命，立即放下武器，不再让你的官兵作无谓的牺牲，如果你接受我们这一最后警告，请即决策。

中国人民解放军中原军区司令员刘伯承

中国人民解放军华东军区司令员陈毅

1948年12月12日

在1948年7月襄樊战役中，中野某部"襄阳营"率先攻上襄阳城头。

∧ 在洛阳战役中,"洛阳营"营长张明(右)带伤指挥部队攻占洛阳外围阵地。

黄维恼怒地命令道:"把那个宣传点给我炸掉!"

猛烈的炮火只能阻断阴阳分界,却不能消灭激情。文告还是通过广播和喊话筒传播,反复传到敌人的耳中。

蒋介石不能眼看着黄维被困死,一个罪恶的计划形成了。

12月11日,蒋介石、顾祝同、王叔铭等秘密制定了一个"亥真1700计划",即由空军向双堆集解放军阵地投掷代号为"甲弹"的糜烂性毒气炸弹和代号为"乙弹"的窒息性毒气炸弹,打开缺口并阻止解放军追击,掩护黄维兵团突围。黄维、胡琏和兵团的正副参谋长、第3处处长等极少数人根据"亥真1700计划",又秘密制定了在空军大规模使用"甲弹"、"乙弹"掩护下突围的实施计划,直待空军确定轰炸时间即可以执行。

实施计划制定后,胡琏把第18军军长杨伯涛叫到兵团部,对他说:"南京有一个极端秘密的计划,决定使用毒气大规模地歼灭解放军。计划用飞机在兵团阵地周围施放窒息性和糜烂性毒气,你回去秘密布置一下,把陆空联络的布板信号准备齐全,围着我们的阵地标示出来,并研究我们自己防护的处置,一切尽快准备好。空军什么时候来,听候通知。"

听了胡琏的话，杨伯涛心里一惊：放毒气时一旦控制不好，那不就和共军同归于尽了吗？想到这里，杨伯涛对胡琏说："这样办，怕是未必能消灭敌人，保全自己。"

胡琏沈吟良久，没有回答。

南京很快就把毒气弹空投到了第12兵团的阵地上。黄维命令，大部分发给18军，一部分发给第10军使用。

可惜，毒气弹并没有挽救黄维兵团灭亡的命运。敌人几次使用，都没有能阻挡我军进攻的步伐。

2. 英雄营合击"威武团"

为了最后解决黄维兵团，淮海前线总前委于13日又调整了攻击部署：以南集团为主，东西集团配合，并从华东野战军围困杜聿明集团的部队中抽调第3、第13纵队加入南集团作战，鲁中南纵队为预备队，南集团改由华东野战军参谋长陈士榘指挥。对拒绝投降的黄维兵团发起最后攻击。

此时，陈赓、谢富治指挥的东集团已经攻占了沈庄、杨围子、杨庄；陈锡联指挥的西集团已经攻占了东西马围子、周庄、腰周圈、小马庄；王近山、杜义德指挥的南集团已经攻占了大、小王庄。黄维兵团就只剩下尖谷堆和位于双堆集东北的野战集团工事等不多几块地盘了。

为了守住这仅有的防线，黄维把第18军军长杨伯涛派到尖谷堆坐镇指挥，把他的最后一张王牌，号称"威武团"的第54团摆在了据兵团部马庄只有1公里处的野战集团工事里。

砸烂"威武团"的任务落在了两个战功赫赫的英雄营的肩上，一个是"襄阳营"——中野第6纵队第17旅49团第1营，一个是"洛阳营"——华野第3纵队第23团第1营。

"襄阳营"是中野最擅长攻坚的部队之一。在1948年7月的"襄樊战役"中，斩劈三关，首先突破襄阳城防，为全歼国民党第十五"绥靖"区所属部队、活捉特务头子康泽立下了头功。开战以来，无论多么紧张，也不管"襄阳营"叫嚷得多起劲，王近山就是光养不用。王近山心里知道，总有刺刀见红的时候。

∧ 陈士榘，1955年被授予上将军衔。

陈士榘

湖北荆门人。土地革命战争时期，任红12军第34师参谋长，红一军团司令部教导营营长，第4师参谋长，红13军参谋长、代军长等职。抗日战争时期，任八路军115师343旅参谋长，晋西支队司令员，八路军115师参谋长，山东滨海军区司令员。解放战争时期，任新四军兼山东军区参谋长，华东野战军参谋长兼西线兵团司令员，第三野战军参谋长兼第8兵团司令员和南京警备司令员。

"洛阳营"的名声也许比"襄阳营"还要大,骁勇善战,以攻坚著称。参加战役战斗百余次,先后涌现出"首先突入枣庄的第一连","团结模范连"、"爆破模范排"、"陈合金班"等19个英雄集体和近百名战斗英雄。在1948年的"洛阳战役"中,该营担负进攻全城守备重点的洛阳城东门的任务,3个连队连续突破18道工事障碍,炸开两道城门,首先攻入城内;面对国民党军队炮火的猛烈反扑,顽强抗击,打退了守军数次反扑,巩固住了突破口,为后续部队开辟了进攻道路,对战役胜利起到了重要作用。"洛阳营"营长张明更是了得,在洛阳战役中,他带伤顽强指挥,后被授予"甲等战斗英雄"称号。

王近山拿出了自己的尖刀部队,华野3纵司令员孙继先派出了自己的看家部队,黄维抬出了他的拳头部队。

一场恶斗势所必然。

王近山对"襄阳营"营长何满岗、教导员谭笑林说:"这可是一场硬仗、恶仗。只能打好,不能打坏。你们应该懂得,你们是代表6纵甚至中野和华野竞赛,打不好,可是丢人的事呦!你们要把刺刀磨得更快些,把仗打得更漂亮些,要首先打进去!"

第17旅旅长李德生心细如发,他多次到前沿勘察地形、敌情,制订了严密的作战方案和步炮协同计划。战斗一打响,他就亲临49团指挥所进行指挥。

第49团提出了"向华野部队学习"的口号,决心打个漂亮仗。

孙继先一听这口号,心里想,都说王近山王疯子粗,他分明粗中有细嘛,用这样的办法来激励部队,那等于是给刀刃淬火啊。他顾不上让连续急行军3夜的"洛阳营"休息,就摊开敌我态势图,对张明和教导员孙启明说:"经过中野兄弟部队10昼夜的'剥皮战',敌人只剩下最后一道防线了。打掉'威武团',就打掉了黄维兵团的'七寸'。要知道,全纵队就是你们一个营参加突击。在这个方向,你们不仅代表着我们第3纵队,而且也是代

洛阳战役

　　解放战争时期，解放军在河南洛阳对国民党军发起的攻坚战。1948年3月8日，华东野战军第8纵队袭占偃师；晋冀鲁豫野战军第9纵队袭占新安、渑池等城镇，并分别在洛阳东西地区阻击国民党军增援。9日，华东野战军第3纵队和晋冀鲁豫野战军第4纵队袭占洛阳四关，11日开始攻城，至14日攻克洛阳。为便于歼敌有生力量，解放军于17日撤出洛阳。4月5日，晋冀鲁豫野战军太岳兵团再次攻克洛阳。此役共歼国民党军24,600余人。

∧ 洛阳战役中，我军某部重机枪手向洛阳外围敌据点射击。

表着华东野战军参战的。你们和赫赫有名的'襄阳营'并肩作战，这是你们的光荣。因此，我要求你们：第一，要首先打进去。只有首先打进去，才是对兄弟部队最大的支援。告诉全体指战员，不要有任何顾虑，全纵队的炮火都来支援你们；如果你们团的两个营作二梯队不够，全纵队都是你们的二梯队。第二，要虚心向兄弟部队学习，主动搞好团结；战斗中的缴获，全部送交兄弟部队，不许任何人打'埋伏'。"

张明他们飞快地赶到前沿，李德生等人陪同他们去看地形。

敌人的阵地是一个筑有厚2米、高1米的围墙，周围有无数暗堡的环形防御阵地。墙内有火炮阵地和指挥所，通向前沿有无数交通壕，墙外伸出无数子母堡，

榴弹炮

身管较短、弹道较弯曲的火炮。榴弹炮的初速较小；射角较大，最大射角可达75°；弹丸的落角也大，杀伤和爆破效果好。采用多级变装药，能获得不同的初速，便于在较大纵深内实施火力机动。它适用于对水平目标射击，主要用于歼灭、压制暴露的和隐蔽的（遮蔽物后面的）有生力量和技术兵器，破坏工程设施、桥梁、交通枢纽等。

∧ 我炮兵战士在战前擦拭榴弹炮。

构成了阵前的稠密火网。集团工事的西面就是敌人的榴炮阵地和临时机场。

张明一进入阵地，就闻到一阵扑鼻的泥土香。刚刚挖好的堑壕，弯弯曲曲，上宽下窄，壕壁像刀切一样整齐。两侧排出大大小小的地堡、防空洞、掩蔽部和指挥所，壕底隔不多远就有一个小小的水井，壕内还有用弹药箱做成的标语牌和路标。

再看看敌人的老虎窝，四周有圩墙，墙外有圩沟，沟外伸出6组三角形集团堡，有交通沟连接。明暗子母堡像片片鱼鳞，圩上的火力点像蜂窝。

有兄弟部队这样坚实的准备，张明的心里更有底了。

联合指挥机构很快建立起来了，由49团统一指挥两个营突击。

14日下午4点45分，上百门榴弹炮、山炮、迫击炮和"飞雷"发出了震天动地的怒吼，炮弹、炸药包像暴雨一样倾泻在敌人的阵地上。顷刻之间，敌人苦心经营的集团工事大部分灰飞烟灭了。浓烟滚滚，火势熊熊，泥土与碎木齐飞，断肢与残臂乱溅。敌人聋了、瞎了、傻了。

位于西南角的"襄阳营"和位于东南角的"洛阳营"正蓄势待发。

团指挥所上空，升起了攻击信号。

"同志们！冲啊！"随着指挥员一声令下，担负突击任务的"襄阳营"1连指战员，迅速跳出战壕，手中的武器喷吐着愤怒的火焰。

全营迅速跟进。

沉寂了片刻的敌人暗堡突然响起了机枪的怪叫声。

冲锋的战士一个一个倒下了。

"爆破组，上！" 2连连长梅金生手中的驳壳枪一挥。

看着爆破组一组一组地倒下，梅金生的眼睛都快冒血了，他夹起一个炸药包，刚刚冲到暗堡前，就被一颗子弹击中了，他在倒下的瞬间，将身体堵在了敌人的机枪射口上。

在攻击信号升起的当口，"洛阳营"营长张明命令司号员吹号。司号员小郭负了重伤，他倚着堑壕壁，艰难地站了起来，左手按着小腹，右手把号对准嘴巴，他用尽平生气力，只吹了一声，就软绵绵地倒下了。

张明命令"红一连"副连长："刘绪湘，按计划突！进去后注意同兄弟部队取得联系。"

应着张明的命令，1连的两个排几乎同时跃出战壕，3排冲向三角堡，1排直扑核心据点，2排跟进。

紧接着，教导员孙启明带着2连上来了。他见突击连已经打进去了，把驳壳枪一挥，高喊："2连，跟我上！"

右前方三角堡里的敌人，立即用火力封锁了2连前进的道路，同时封锁了我们堑壕的出击口。

随着要求炮火延伸的信号，我军的炮弹如同及时雨，落在了敌人阵地上，敌人的火力立时成了哑巴。

孙启明跑在2连的最前面。突然，他踉跄了几步，倒下了。

"教导员负伤了！快抢救！"

"同志们，不要管我，勇猛地冲啊，坚决消灭'威武团'！"说着，他用手艰难地指了指"襄阳营"突击的方向，仿佛提醒大家，只要首先打进去，才是对兄弟部队的最有力的支援。

"3连，马上消灭右前方集团堡里的敌人，保证后续部队投入战斗！"

"是！"

此时，"襄阳营"突击方向，战斗仍然在激烈地进行着，从攻击三角堡到突破圩墙，每前进一步，都是一场血火厮杀。"飞雷"闷雷般的声音和战士们低沉的喊杀声，此起彼伏。

冲在最前面的1连第3排，在突破口内打退了敌人两次反扑后，只剩下3人了。最小的战士李正全说："我们3个人是3个班的，应该有一个'头'才好，我提议老同志刘乃江当班长。"另一名战士庄金凤赞成。刘乃江来不及推辞，命令道："马上集中炸药和手榴弹，从敌人尸体上捡子弹，对付敌人新的反扑！"

捡来的弹药也耗尽了，他们就端起刺刀，迎向敌人。

增援的2连2排及时赶到。"洛阳营"1连1排、3排也迅速赶到了。两支部队会合了。

面对被包围之势，敌人还是不甘心他们的失败，拼命挣扎、反扑。

2连"陈合金班"战士李景坤，从交通沟迂回到敌人的背后，抓住敌人的机枪，大喊："缴枪不杀！"，那个不知死活的家伙还在拼命地扣扳机，不肯松手。李景坤一个飞脚过去，把他踢倒在地，他才老老实实缴械投降。

有的战士已经掐住了敌人炮手的脖子，那家伙还把手里的炮弹装进了炮膛。有的端起刺刀，嗥叫着向我军扑来。

这是意志和勇气的拼搏，是血刃之争。压倒敌人，决不屈服。敌人硬，我们更硬。钢珠对钢珠，刀锋对刀锋。

17岁的小战士朱东，左臂被机枪打断了，还挥动着右臂，向敌人投掷手榴弹。

最后的胜利，仍然要付出极大的代价。

终于，西北角上空飞起3颗红色信号弹，那是敌人核心据点被占领的信号，也是请求炮火延伸支援的信号。

一瞬间，我军强大的炮火又铺天盖地地在这个据点和敌人的兵团部之间构成了一道火墙。

3. 逃跑与覆没

到14日夜，南集团的中野6纵、华野3纵各一部攻占了双堆集东北敌人的临时机场南端集团阵地，歼敌18师54团全部及8团、9团残部；华野7纵攻占了双堆集以南尖谷堆阵地，歼敌33团残部，118师一个步兵连、一个工兵连；东集团的中野4纵、9纵攻占了杨老五庄和杨自全庄。黄维兵团占领的核心阵地双堆集就完全暴露在了我军面前。

双堆集东南的尖谷堆制高点被我军占领后，整个双堆集就完全处于我军的控制之下了，不仅第18军军部直接受到威胁，离制高点西北面300多米处的敌快速纵队的战车、油车、弹药车、修理车以及炮兵阵地也被困死了，不能活动。黄维、胡琏决定，将快速纵队转移至兵团部附近，由第11师掩护。所有炮弹都已经打光了，成了废铁。炮兵也都拿起轻武器，参加步兵的战斗。黄维还将收容的第14军零散人员补充到第18军，又将兵团部特务营划归第18军第118师建制。凡是能拿枪的人员都用上了。黄维的兵团部则和第18军第11师驻在一起，形成核心内廓。到12月14日下午5时，第12兵团兵团部南面的第54团野堡阵地被我军捣毁，第11师的东南角直接受到攻击，兵团部和位于双堆集的第18军的交通被我军火力截断，仅剩下两条交通壕赖以维持联络。硝烟弥漫，炮弹呼啸。龟缩在掩蔽部里的黄维、胡琏一筹莫展。

12月15日中午，黄维、胡琏决定突围。

12时30分，黄维向顾祝同发出了最后一封电报：弟只好断然自行行动，听天由命了。

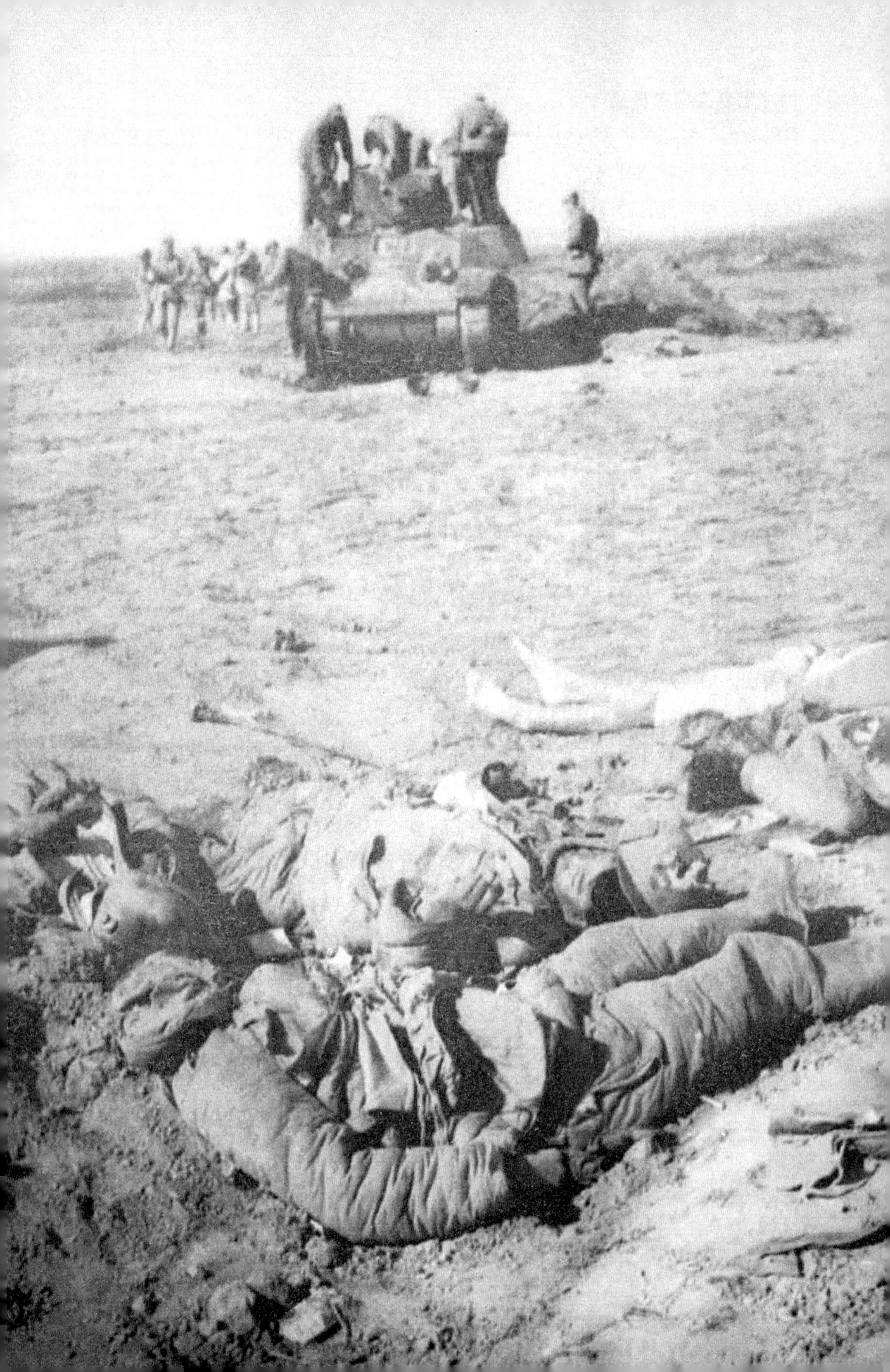

突围的方针是：四面开弓，全线反扑，觅缝钻隙，冲出重围。

黄维和胡琏也只能骗骗自己了，所谓的"四面""全线"之说，不过是四散逃命的代名词而已。

黄维判断，解放军围攻的重点在双堆集的南面和东南角，主要是挡住他的部队通往蚌埠方向的去路，双堆集的西面和北面则是解放军的后方，除了直接围攻的兵力外，第二梯队配备的兵力依然不多。因此，他把突围的主要方向放在西北东三面。

主要部署是：

第10军，由覃道善率所属第75师和第114师的残部向东突围，突出后再向南奔蚌埠。第18师向东北角突围，向东北绕个圈子再奔蚌埠。

第18军：第11师向正西突围，由黄维、胡琏亲自指挥配属坦克向前开路，步兵跟着猛冲。黄维、胡琏、吴绍周各分配一辆坦克，只要前面打开一个缺口，就不顾一切地闯出去。双堆集方面由杨伯涛率第118师以及所有炮兵、工兵残余部队向西北角突围，突出后向西绕个圈子，再向南顺着蒙城、蚌埠的方向逃跑。整个兵团突出后的集合地点是凤台县。

胡琏召集杨伯涛到兵团部，特别交代杨伯涛说："安徽合肥是桂系李品仙的势力，须告知所有干部，千万不要向那个方向去，李对我们的态度不好，会收缴我们的枪械，到达集合地后可即向蚌埠或南京直接联络。"

逃是要逃的，逃跑后也不能给"共军"留下好处，黄维、胡琏发出命令，各部队将能够携带的武器，如轻重机枪、冲锋枪、六〇炮、步枪等，无论官兵，人手一支，尽量带走。不能携带的重武器如迫击炮、山炮、野炮、榴弹炮等一律破坏，或者膛炸，或者将炮闩拆毁，将不能打碎的重要部件四处掩埋。炮兵的剪形镜，通信兵的总机、分机、无线电台，一律砸毁。尤其是那部装置在中型吉普车上的陆空联络电台，是美国移交的重要通信工具，更不能留给"共军"，杨伯涛亲自命令一个参谋去监督破坏。

只是用作工事的汽车因为司机早就逃散一空，没有人去实施破

< 尖谷堆战斗中，被我军击毁的敌军坦克和被击毙的国民党军士兵。

坏，留了下来；有些军师长的指挥用车已经无用了，毁了完事。

究竟能不能突得出去，谁心里也没有底，大家心里只有四个字：凶多吉少，一股不祥的空气笼罩在双堆集上空。

黄维、胡琏也心虚啊，他们向医生要了大包安眠药，准备在万一不能脱身时用来自杀。黄维和胡琏还相互约定，只要能突出一个去，就由他来照料另一个的家属，担待一切善后事宜。事实上，胡琏后来并没有实行他的诺言。

名义上是突围，实质是四散逃命，规定不规定具体行动也就没有什么意义了。

不到下午4点，电话线就被拆断了，消息不通，只能各自为战了。

胡琏规定黄昏开始行动。但是，黄维和胡琏却提前行动了。下午4点，他们就命令第11师和坦克部队突围，他们跟在后面，根本就没有通知杨伯涛和覃道善。此时，杨伯涛还在傻等。直到等得不耐烦了，出外一看，才发现西北乱成一团。派人联络，才知道黄维、胡琏已经走了。此时再走，为时已晚。

我军阵地如同铜墙铁壁，根本无缝可钻。大批战士冲进了双堆集，敌人再也没有人敢于抵抗了，到处是"缴枪不杀"的喊声。

黄维的部队早已经乱成一团，无人指挥，像无头苍蝇，到处瞎撞。第18军军长杨伯涛见势不妙，亲自带领一群乱兵折向西北第11师方向，企图跟着后尾逃出去。此时，第11师早已被打散，迎头遭到我军痛击，只得折回。杨伯涛一看，突围没有任何希望了，便跳进一条小河中，企图自杀。随行的副官因为后面我军追得紧，竟然顾不了他这个军座，四散逃去了。河水没到头顶，杨伯涛受不了刺骨的寒冷，自杀的勇气顿时丧失殆尽，急忙挣扎着爬上岸，走不出多远，被冲上来的两名解放军战士左右挟住，堂堂"国军"军长，就像一只落汤鸡一样，被我军战士拖着走了十来里，才找到指挥所，为其烤衣服。

起初，杨伯涛还谎称自己是书记官，但是，他的呢子军装、红皮鞋和口袋上插的派克金笔掩饰不住自己的身份，他只好无奈地承认："我是第18军军长杨伯涛。"

黄维和胡琏跟着第11师拼命往外逃，胡琏侥幸逃脱。黄维可就没有那样的运气了。他乘坐的坦克发生故障，只好下车，夹杂在溃兵中逃奔，灰溜溜地当了俘虏。

∧ 我军担架队将敌军遗弃的伤员送到后方治疗。

兵团副司令兼第85军军长吴绍周没有乘坐黄维分配给他的坦克,他知道大势已去,逃也无益,就乖乖地坐在兵团部的附近,束手就擒。

第10军副军长兼第11师师长王元直逃奔了十余里,只见四面都是解放军,无处可逃,走到一条小河边,就着河水吞下十几片安眠药,晕倒在地,被我军救起。

第10军军长覃道善在突围途中被俘获。

……

至此,蒋介石的王牌之一的黄维兵团彻底被我军歼灭。时间是1948年12月15日晚12时。

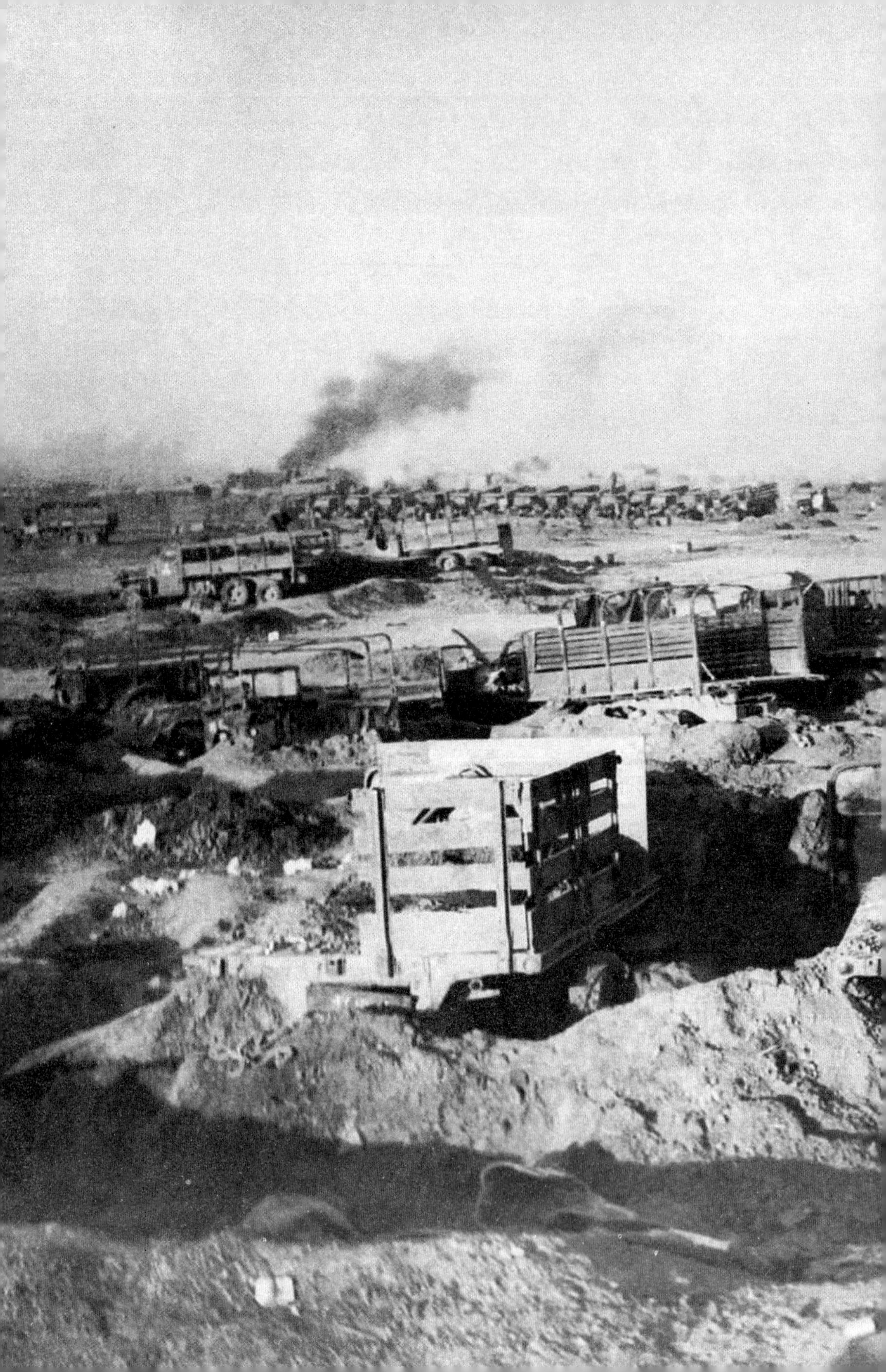

∧ 歼灭黄维兵团的双堆集战场一角。

4. 总前委留影

双堆集，被胜利气氛笼罩着，灯火彻夜不灭，人声鼎沸。刘伯承、陈毅、邓小平都感到松了一口气。

第二天一大早，邓小平就步行来到了位于邻村的中原野战军政治部驻地，走进政治部主任张际春住的房子里。一向不苟言笑的邓小平坐下来，居然从口袋里摸出了一个苹果，亲自用小刀一分为三，笑眯眯地让张际春他们品尝。

看着邓小平孩子一般的动作，张际春脸上漾出了笑容。

只见邓小平从口袋里摸出好似账单一样很长的一幅纸，指着上面的字对张际春说："这是中央发来的20几个电报，都是同作战没有关系的，请你一个一个地起草复报吧。"

是啊，邓小平太忙了，打完黄维，他面临着重要的两件事情，一件是总结双堆集战役的经验，一件是召开总前委会议。

就在总攻黄维兵团最紧张阶段的12月12日，毛泽东以中央军委的名义，向淮海前线总前委发来一封绝密电报。

刘陈邓、谭粟：

（一）黄维兵团歼灭后，请伯承同志来中央商谈战略方针，估计黄维数日内可全歼，邱李则尚须较多时间才能全歼。黄维歼灭后，请刘、陈、邓、粟、谭五同志开一次总前委会议，商讨好在邱李歼灭后的休整计划，下一步作战计划及将来渡江作战计划，以总前委意见带来中央。如果粟谭不能分身到总前委开会，则请伯承至粟谭指挥所，与粟谭见一面，了解华野情况，征询粟谭意见，即来中央。我们希望伯承能于亥哿（12月20日）至亥有（12月25日）间到达中央会谈。

（二）我们对今后的作战方针大致意见如下：甲、在全歼黄、邱、李诸敌后，华野中野两军休整两个月（分为四期，每半月为一期）并大致做好渡江作战所需诸物（雨衣、货币、炮弹、治疗药品、汽船等）及初步完成政治动员。乙、在江淮间现有诸敌未退至江南的条件下，两军协力以一个月至两个月时间举行江淮战役，歼灭江淮间诸敌，占领长江以北、淮河以南、平汉以东、大海以西诸城镇，主要是安庆至南通一带诸城镇，控制长江北岸。丙、然后再以相对时间，最后地完

张际春

湖南宜章人。土地革命战争时期，任红4、红3军政治委员办公厅秘书长，红11、红13、红45师政治委员，红一军团政治部宣传部长，红军第2步兵学校政治委员等职。抗日战争时期，任陕北河防警备区政治部主任，抗日军政大学政治部主任等职。解放战争时期，任晋冀鲁豫军区、晋冀鲁豫野战军、中原军区、第二野战军副政治委员兼政治部主任。

成渡江的诸项准备工作，即举行渡江作战。其时间大约在明年5月或6月……

（三）此电只发刘邓陈，请小平负责于粟谭至你处开会时，给粟谭二人一阅，阅后焚毁，保守机密。

由于粟裕、谭震林正忙于指挥华东野战军围歼杜聿明集团的作战，不能分身前来总

▽ 解放战争时期，时任二野副政治委员的张际春在群众集会上发表讲话。

∧ 被我军缴获的敌12兵团的关防和司令官黄维的印章。

前委所在地小李家村开会，刘伯承、陈毅、邓小平决定前往华东野战军指挥部所在地萧县蔡凹村同粟裕、谭震林见面。

12月17日晚，刘伯承、陈毅、邓小平安排好工作后，便乘车向蔡凹驶去。

蔡凹村位于安徽萧县和河南永城交界处，在总前委小李家村的东北方，相距50多公里。华东野战军指挥部就设在这个普通村庄的一座土坯砌成的小屋子里，窗前有一株石榴树，石榴树的叶子已经掉光了，枝干光秃秃的。

得知刘伯承、陈毅、邓小平要来蔡凹，粟裕高兴极了，他指示张震安排好休息和开会的地方，还特地派人到符离集买来两筐烧鸡。

粟裕、张震他们早早来到村口，等待着刘伯承他们到来。

邓小平一下汽车，就风趣地说："你们住这么大的村子，不怕飞机炸？还是'怕死'一点啊。"

一句话，说得大家哈哈大笑起来。

张震插了一句："现在蒋介石搬家都搬不赢，顾不上来炸我们了。"

向来不爱大动感情的粟裕,抢上前去,握着刘伯承的手,喃喃地说:"刘校长,我们有17年没有见面了!"

"啊,对,对。那时你才20岁,现在都胡子拉碴了。哈哈……"刘伯承笑着回答。

17年前,刘伯承是中央红军学校的校长兼政治委员,粟裕由红4军参谋长调到学校任学员队长,两人相处时间虽然不长,但留下了深刻的印象。

第二天早上,谭震林也从山东兵团驻地赶到了。

刘伯承、邓小平和粟裕、谭震林都已经十几年没有见面了,此次战地相聚,心情格外兴奋。

12月18日,淮海前线总前委会议召开了,这是总前委成员惟一的一次会议。会议的议题已经不是淮海战役了,会议的主要议题是将来的渡江作战计划和部队整编方案。

中间休息时,总前委5位成员在小土屋前留下了一张珍贵的合影。照相时,陈毅要张震等几个华野的部门领导也参加,他们谁也不好意思靠上去。晚年的张震回忆起来,不免有后悔之感。

战事频仍,容不得丝毫停顿。12月17日下午,中央军委又来电报,要陈毅和刘伯承一道去中央汇报工作,并参加中共中央政治局会议。12月19日,刘伯承、陈毅就带着总前委研究的意见,驱车北上,前往西柏坡汇报工作,谭震林返回山东兵团驻地,粟裕仍然坐镇蔡凹,邓小平回到了小李家村。

聚也匆匆,分也匆匆。

如今,以总前委5位成员合影为原型制作的巨型雕像,屹立在徐州淮海战役纪念馆门前。50多年前的英姿永远定格在中国人民的记忆中!

作为淮海战役承前启后的重大关节,双堆集战役的胜利,为中国人民解放军军史留下了宝贵的经验。对于双堆集战役经验的总结,邓小平倾注了极大的心血。

当时任中原野战军作战科科长的张生华回忆道:

(1949年)1月1日下午,邓政委在作战室对我说:"生华同志,整个淮海战役即将胜利结束,现在要考虑写歼灭黄维作战总结了。这个总结要以电报形式上报中央军委的,文字不宜过多。详细的,怕要等李达参谋长以后来组织编写了。这个初步总结,具体由你执笔。作战情况、材料,你这个作战科长是熟悉的。按三个作战阶段写,要写出各个阶段的特点和主要经验。可以吧?"当时我虽感到担子沉重,但考虑到参谋长和作战处长都不在,我是义不容辞,因此还是勇敢地硬着头皮承担了下来,回答说:"我当尽最大努力去做。"邓政委亲切地笑着说:"大胆写吧。"邓政委走后,我立即动笔,上午把第一稿写出来,下午修改誊抄了一遍,当晚把总结初稿呈邓政委审查。2日上午,邓政委在作战室,把我叫道跟前,说:"稿子我已看过，基本上反映了歼灭黄维作战的情况和特点，但有两个问题需要研究改进。一是稿子突出重点还不够，主要是突出第三阶段作战不够，第三阶段作战是重点，许多经验也集中在这一阶段，因此第三阶段作战经验要写得更踏实、更充实、更深刻些。第二是整个初稿文字太简，总共3,000字。你大概受我说的这个总结要以电报形式上报中央军委这话的影响，故而尽量压缩文字。简明扼要是对的，但要有个限度，简到说不清、说不透、说不明问题，就不行喽！"接着邓政委又具体地说："稿子对第一、二阶段作战写得基本上可以，只是第二阶段作战需要把内容更充实些。这不难，由你自己去充实、加强。我们现在着重研究怎样改写第三阶段作战经验。"说到这里，邓政委具体讲了第三阶段作战主要经验12条，还讲了每一条的具体内容和写法。边讲边让我记录。邓政委讲的12条经验有些是原稿上没有的，有些是原稿上虽提到，但内容太贫乏、不深刻。邓政委几乎把第三阶段主要经验全改了。最后邓政委说："就这样，你按我说的意思再整理一下，把文字理顺，然后送我定稿。"

1月2日上午，张生华把修改后的稿子交给邓小平，邓小平又用了半天的时间进行修改，1月3日给张际春看过后，便以邓小平、张际春的名义上报了中央军委。

1949年八一建军节，刘伯承为中原野战军《双堆集歼灭战初步总结》的题词中说：

淮海战役乃毛泽东军事学说中各个歼灭黄百韬、黄维、杜聿明三军的范例，而双堆集歼灭黄维一战，则乃承前启后的关键。由于我在津浦西侧从黄维的外翼开始围攻，而杜聿明则欲从徐州西南拊我外翼，以与李延年军协援黄维，因而被歼灭于永城东北地区。双堆集以运动战始，以阵地战终；以消耗敌人始，以围歼敌人终。我在转换关头上运用不同战法而持之以顽强，必须着重研究而发扬之！

> 被俘的国民党军12兵团司令官黄维（前坐者）及其部下。

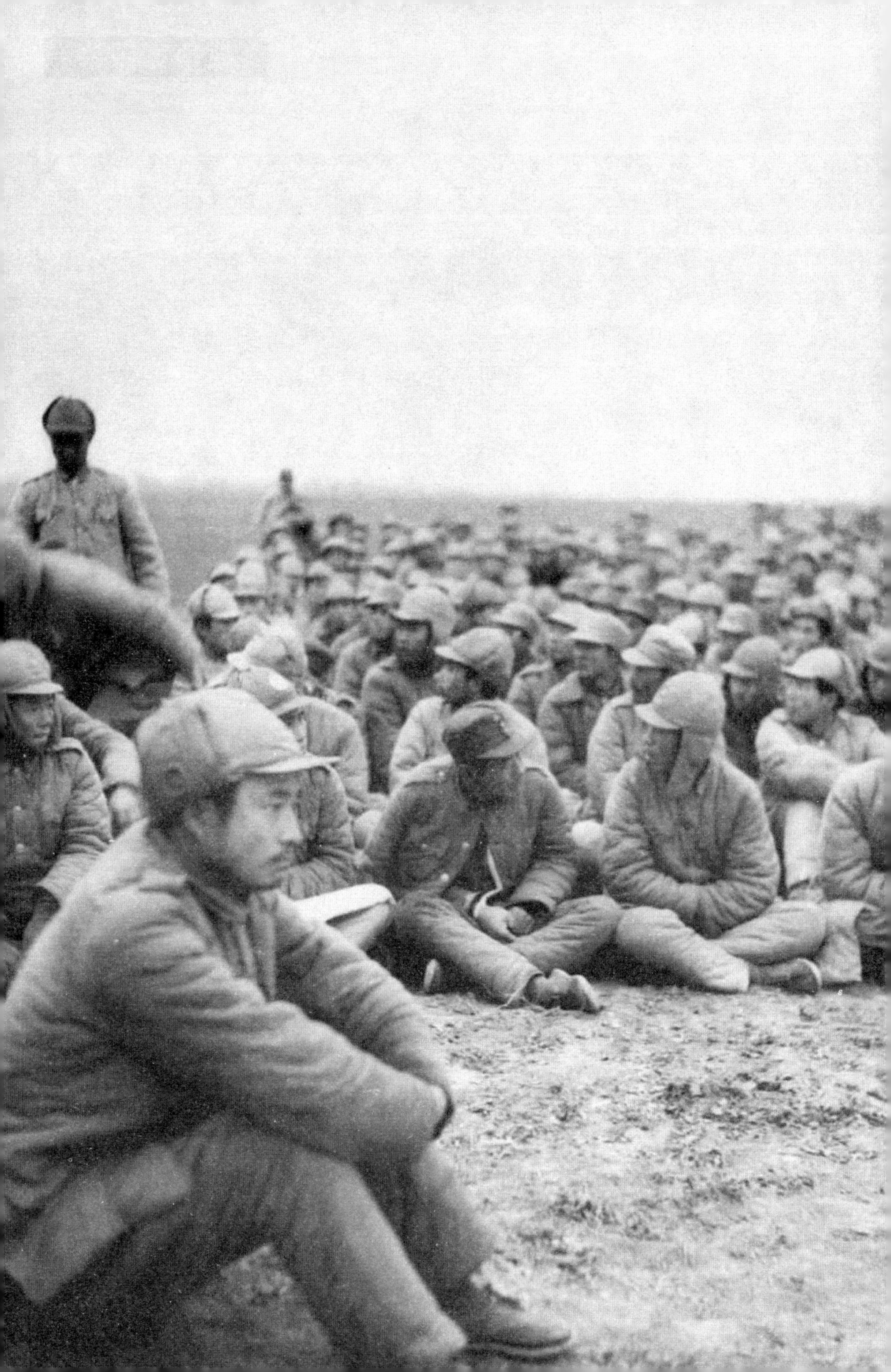

战争宽银幕

❶ 我军登上兰封城头。

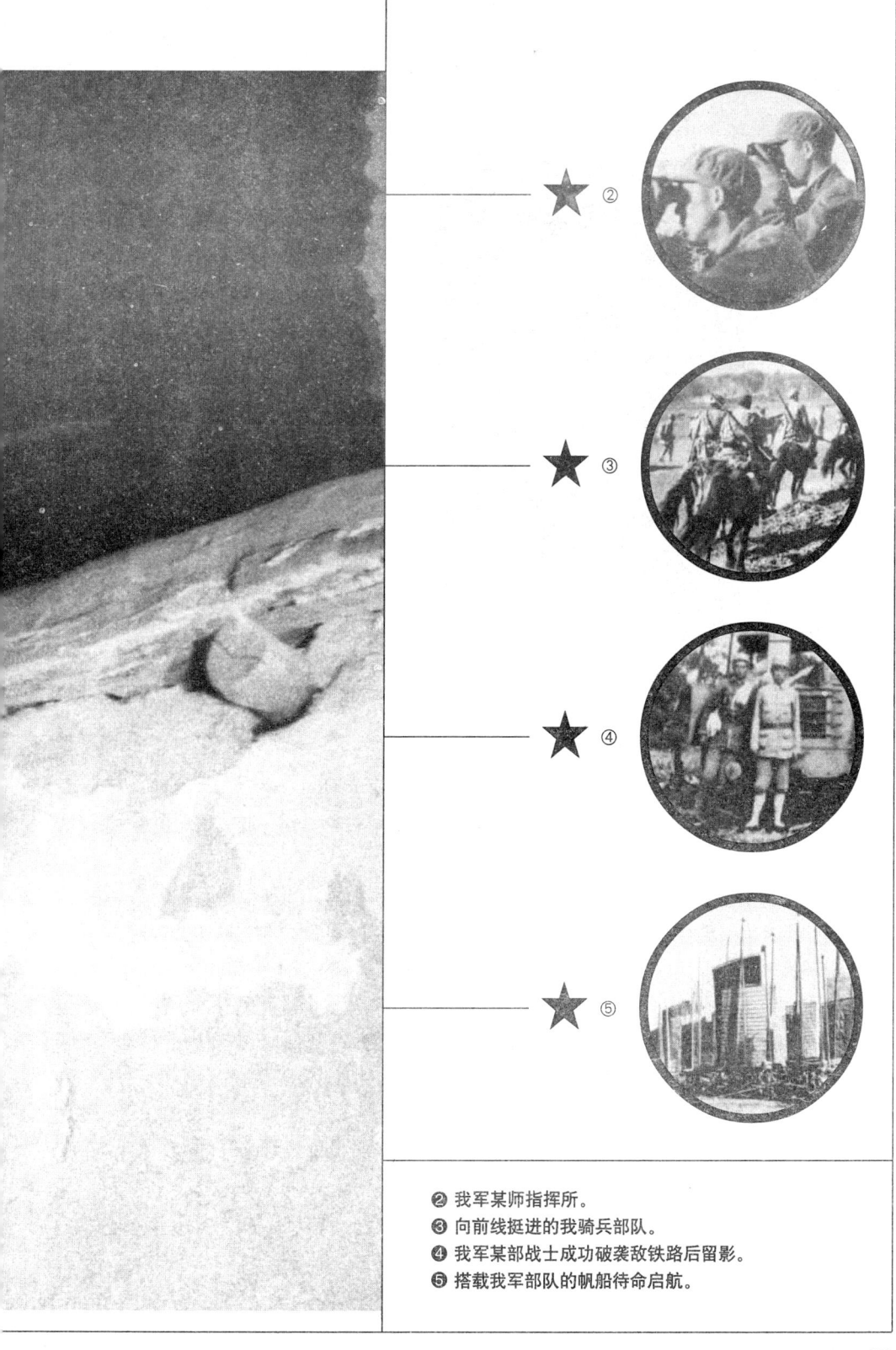

❷ 我军某师指挥所。
❸ 向前线挺进的我骑兵部队。
❹ 我军某部战士成功破袭敌铁路后留影。
❺ 搭载我军部队的帆船待命启航。

[亲历者的回忆]

黄 维
（时任国民党军第12兵团司令）

（12月）15日上午9点多钟，空军副司令王叔铭飞到阵地上空，与我通话。

他说："不能照计划实施。"我回答说："你不能照计划实施，我只好自己断然处置了。"

于是，召来第10军军长覃道善和第18军军长杨伯涛，当面决定目标，分别突围。规定第一集合地为蚌埠之南，第二集合地为滁县。并规定各部队于黄昏后开始同时突围。

当突围的命令下达后，各部争先恐后的逃命，有的提前就开始突围，特别是战车营，在将近黄昏时，因其停车场受到解放军的激烈炮击，以致战车纷纷移动，引起其他部队的误会，各自乱跑，而为解放军立即发觉，层层截击。

所谓突围，实际上是乱跑。

至此，计4个军10个师约十几万人的第12兵团，除少数漏网者外，悉数被歼。

至于国民党军师长以上干部，除副司令官胡琏，副军长谷炳奎，师长尹俊、王靖之、张用斌等逃跑之外，我和军长吴绍周、覃道善、杨伯涛，副军长王岳，师长王元直、尹钟岳、夏建勋、潘琦等均被解放军生俘。

——摘自：黄维《第12兵团被歼纪要》

陈锡联
（时任中原野战军第3纵队司令员）

12日，刘伯承、陈毅司令员发出《促黄维立即投降书》，但黄维拒绝投降，作垂死挣扎，并施放毒气，进行顽抗。

此时，敌人已被压缩在以双堆集为中心的狭小地区。

为迅速坚决黄维兵团，总前委于13日调整了部署，调华野3纵、13纵加入南集团作战，南集团改由华野参谋长陈士榘指挥，鲁中南纵队为战役预备队。

以南集团为主，结合东西两集团直攻敌指挥中心双堆集核心阵地。黄维兵团在我军连续围攻下，阵地不断丢失，伤亡日益严重，至14日其核心阵地、指挥中心已完全暴露，15日黄昏向西突围。

——摘自：陈锡联《截断徐蚌线 会战双堆集》

《聚歼天津卫》　《解放大上海》　《合围碾庄圩》　《进军蓉城》
《保卫延安》　　《血拼兰州》　　《喋血四平》　　《剑指济南府》
《鏖战孟良崮》　《席卷长江》　　《攻克石家庄》　《总攻陈官庄》
《围困太原城》　《登陆海南》　　《兵发塞外》　　《重压双堆集》

1.部分图片由解放军画报社供稿

摄影作者(按姓氏笔画排列)：

于天为	于庆礼	于成志	于坚	于志	于学源	马金刚	马昭运	马硕甫	化民	孔东平	毛履郑
王大众	王文琪	王长根	王仲元	王纪荣	王甫林	王纯德	王国际	王奇	王学源	王林	王述兴
王青山	王春山	王振宇	王晓羊	王鼎	王毅	邓龙翔	邓守智	丕永	冉松龄	史云光	史立成
田丰	田建之	田建功	田明	白振武	石嘉瑞	艾莹	边震遐	任德志	刘士珍	刘长忠	刘东鳌
刘叶	刘庆瑞	刘寿华	刘保璋	刘峰	刘德胜	华国良	吕厚民	吕相友	孙天元	孙庆友	孙候
安靖	成山	朱兆丰	朱赤	朱德文	江树积	江贵成	纪志成	许安宁	齐观山	何金浩	余坚
吴群	宋大可	张平	张宏	张国璋	张举	张炳新	张祖道	张崇岫	张鸿斌	张谦谊	张超
张颖川	张熙	张醒生	张麟	时盘棋	李丁	李九龄	李久胜	李书良	李夫培	李文秀	李长永
李风	李克忠	李国斌	李学增	李家震	李唏	李海林	李基禄	李清	李维堂	李雪三	李景星
李琛	李锋	李瑞峰	杜心	杜荣春	杜海振	杨绍仁	杨绍夫	杨玲	杨荣敏	杨振亚	杨振河
杨晓华	沙飞	肖迟	肖里	肖孟	肖瑛	苏卫东	苏中义	苏正平	苏河清	苏绍文	谷芬
邹健东	陆仁生	陆文骏	陆明	陈一凡	陈书帛	陈世劲	陈希文	陈志强	陈福北	周有贵	周洋
周鸿	周锋	周德奎	孟庆彪	孟昭瑞	季音	屈中奕	林杨	林塞	罗培	苗景阳	郑景康
金锋	姚继鸣	姚维鸣	姜立山	祝玲	胡宝玉	胡勋	赵化	赵良	赵奇	赵明志	赵彦璋
郝长庚	郝世保	郝建国	钟声	凌风	唐志江	唐洪	夏志彬	夏枫	夏苓	徐光	徐肖冰
徐英	徐振声	流萤	耿忠	袁汝逊	袁克忠	袁绍柯	袁苓	贾健	贾瑞祥	郭中和	郭良
郭明孝	钱嗣杰	陶天治	高凡	高礼双	高帆	高宏	高国权	高洪叶	高粮	崔文章	崔祥忱
常春	康矛召	曹兴华	曹宠	曹冠德	盛继润	章洁	野雨	隋其福	雪印	博明	景涛
程立	程铁	童小鹏	董青	董海	蒋先德	谢礼廊	雁兵	韩荣志	鲁岩	楚农田	照耀
路云	熊雪夫	蔡远	蔡尚雄	裴植	潘沼	黎民	黎明	冀连波	冀明	魏福顺	

(部分照片作者无记载：故未署名)

2.部分图片由gettyimages供稿